NANDER
Drowden
ESTILL
Thigpen
WESTER
Birn
MIDDLUNS
Randa
Leck
Murgon
Westport
SUNDER
South Bay
Sunport
Suncliff
MONSEA
Château de Po
LIENID
Ror
OCÉAN
Monport
ESTILL
Murgon
SUNDER
Col de montagne
Route de Murgon
Col de Grella
Leck
Sunport
Suncliff
Route du port
MONSEA
Monport
Les sept royaumes
Lac
Colline
Monts
Forêt
Plaine
Rivière
Route

GRACELING

KRISTIN CASHORE

GRACELING

LIVRE UN

Le don de Katsa

Traduit de l'anglais (États-Unis)
par Raphaële Eschenbrenner

hachette

Hachette Livre, 43 quai de Grenelle, 75015 Paris.

Pour ma mère, Nedda Previtera Cashore, qui possède le don de cuisiner d'excellentes boulettes de viande, et mon père, J. Michael Cashore, qui a le don de perdre (et de retrouver) ses lunettes.

Première partie
Une lady tueuse

1

L'obscurité était totale à l'intérieur du donjon, mais Katsa avait le plan des lieux en tête. Un plan établi par Oll, qui, jusqu'ici, se révélait exact. Laissant filer ses doigts le long du mur froid, comptant les couloirs et les portes, tournant quand il fallait tourner, Katsa finit par arriver devant une ouverture censée donner sur un escalier. Elle s'accroupit et toucha le sol de ses mains. Tapissée de mousse, la première marche était glissante. La seconde aussi. Elle espérait que lorsqu'ils la rejoindraient avec leurs torches, Oll et Giddon s'en apercevraient : s'ils dégringolaient dans l'escalier, le bruit de leur chute réveillerait tout le donjon.

Katsa descendit les marches. Elle prit à gauche, puis deux fois à droite. En pénétrant dans un passage éclairé par une torche, elle entendit des voix. Selon Oll, en face de la torche se trouvait un autre souterrain où un groupe d'hommes faisaient le guet devant une cellule. Katsa avait été envoyée pour les neutraliser.

Elle s'avança vers la lumière et les éclats de rire. Elle aurait pu écouter un instant les inconnus afin d'essayer de déterminer leur nombre, mais le temps pressait. Elle tira sur sa capuche et tourna au coin du mur.

Elle faillit trébucher sur les quatre premiers gardes, lesquels, assis par terre, étaient en train de s'enivrer. Sans leur laisser le temps de réagir, elle les assomma en les frappant derrière la nuque.

Avachi devant la cellule située au bout du couloir, le cinquième garde se leva et dégaina son épée. Certaine que l'éclairage l'empêchait de distinguer ses yeux, Katsa se dirigea vers lui.

— Halte ! ordonna-t-il. Je sais qui vous êtes. Je ne vous crains point.

Il parlait d'un ton calme. Un homme vaillant. Il agita son arme. Elle continua d'avancer.

— Vous ne me faites pas peur, reprit-il.

Il allongea une botte. Elle esquiva la lame et lui décocha un coup de pied à la tempe. Il s'effondra au sol.

Elle l'enjamba et s'approcha des barreaux. Contre le mur du fond, elle distingua une silhouette recroquevillée. Quelqu'un, qui, de toute évidence, n'avait plus la force de prêter attention à ce qui se passait. Katsa remarqua aussi que le prisonnier grelottait. Ses cheveux blancs étaient ras. L'anneau d'or qui scintillait à son oreille indiquait qu'il s'agissait bien d'un homme du royaume de Lienid. Celui qu'ils cherchaient.

Elle saisit la porte. Verrouillée. Peu importe. Elle émit un sifflement bas, pareil à celui d'une chouette. Elle étendit le brave geôlier sur le dos et lui glissa un comprimé dans la bouche. Elle retourna auprès des quatre autres victimes et leur en inséra également un entre les lèvres. Alors qu'elle se demandait si Oll et Giddon s'étaient égarés, ils surgirent au coin du mur.

— Un quart d'heure, pas plus, dit-elle.

— Un quart d'heure, répondit Oll. Vous pouvez partir tranquille, Lady Katsa.

La lumière de leurs torches éclaboussait les murs tandis qu'ils marchaient vers la cellule. Le vieillard gémit en se recroquevillant davantage. Katsa aperçut ses habits déchirés et tâchés. Elle entendit le cliquetis des passe-partout d'Oll. Elle aurait préféré attendre qu'ils ouvrent la porte, mais sa mission n'était pas terminée. Elle rangea son paquet de comprimés à l'intérieur de sa manche et s'éloigna en courant.

Le moindre incident signalé par les gardes postés sur son itinéraire remonterait jusqu'au chef des gardes du château. Dès que l'un deux remarquerait l'absence d'un collègue, l'alerte serait donnée, et si à ce moment-là Katsa et ses compagnons ne s'étaient pas suffisamment éloignés, tout serait perdu. Ils seraient pourchassés, un bain de sang aurait lieu ; on verrait ses yeux et la démasquerait. Elle devait donc se charger de tous les gardes. Vingt au total, selon l'estimation d'Oll. Le prince Raffin lui avait remis trente comprimés, au cas où.

La plupart ne lui posèrent aucun souci. Quand elle parvenait à les frapper par-derrière, ils ne pouvaient savoir qui les agressait. Le chef des gardes du château présentait plus de difficulté car cinq sergents surveillaient son bureau. Elle tournoya parmi eux, distribuant des coups de pied et des coups de genou. Leur supérieur surgit pour se joindre à la lutte.

— Je sais reconnaître un Graceling quand j'en vois un, déclara-t-il tandis qu'elle esquivait son épée. Laisse-moi voir les couleurs de tes yeux afin que je les crève !

Elle éprouva un certain plaisir en le frappant sur la nuque avec le manche de son couteau. Elle le saisit par les cheveux, le traîna sur le dos, déposa un comprimé sur sa langue. À leur réveil, honteux, sonnés, ils affirmeraient tous qu'un jeune guerrier Graceling les avait attaqués. Ils la prendraient pour un homme car elle s'était déguisée ainsi. Et elle avait veillé à ce que personne n'ait le temps d'apercevoir Oll ou Giddon.

Non, nul ne songerait à elle. Lady Katsa n'était pas un assassin qui rôdait dans les cours à minuit, affublée en bandit. En outre, on la croyait en route vers l'est. Son oncle Randa, le roi des Middluns, l'avait vue partir ce matin, escortée par le capitaine Oll et par Giddon, son vassal. Seule une journée de voyage dans la mauvaise direction aurait pu la conduire vers le sud, à la cour du roi Murgon.

Katsa traversa le jardin au pas de course. Elle dépassa des parterres de fleurs, des fontaines, des statues de marbre représentant Murgon. C'était un endroit agréable pour un roi aussi déplaisant. Le sol était fertile, un parfum sucré émanait des fleurs dégouttant de rosée. Elle s'éloigna dans le verger de Murgon, laissant derrière elle un grand nombre de gardes drogués. Drogués mais pas morts : distinction importante. Comme la plupart des membres du Conseil secret, Oll et Giddon voulaient les tuer. Mais lors de la réunion qui s'était tenue afin d'organiser cette mission, Katsa avait argué que les éliminer ne leur ferait pas gagner de temps.

— Et s'ils se réveillent ? avait questionné Giddon.

— Vous doutez de mes comprimés ? s'était offensé le prince Raffin. Ils ne se réveilleront pas.

— Les tuer serait plus simple, avait insisté Giddon.

À l'intérieur de la pièce sombre, plusieurs têtes avaient opiné.

— Je peux les assommer dans le délai imparti, avait affirmé Katsa, et quand Giddon s'était mis à protester, elle avait levé la main. Ça suffit. Je refuse de les tuer. Si tel est votre souhait, alors envoyez quelqu'un d'autre.

Oll avait souri et tapoté le jeune noble dans le dos.

— Réfléchissez, sire, cela sera plus amusant pour nous. Délivrer le prisonnier sans faire de mal à une mouche, un exploit !

La salle s'était esclaffée. Katsa n'avait pas ri. Elle ne tuerait point. Un meurtre était définitif et elle en avait déjà commis beaucoup – surtout pour son oncle. Le roi Randa la trouvait fort utile. Quand des pillards sévissaient à la frontière, pourquoi envoyer l'armée alors qu'une seule personne suffisait ? C'était bien plus économique. Mais elle avait également tué pour le Conseil lorsque cela s'était révélé inévitable. Cette fois, elle pouvait se dérober face à l'irréparable.

Au bout du verger, elle aperçut un vieux garde qui lui tournait le dos. Voûté, appuyé sur son épée, il se tenait parmi de jeunes pommiers. Elle s'approcha de lui et remarqua ses mains tremblantes.

Un roi qui continuait de faire travailler un vieillard au lieu de lui permettre de jouir d'une confortable retraite était un souverain méprisable selon Katsa.

Mais si elle épargnait le vieil homme, il découvrirait ses collègues inanimés et donnerait l'alerte. Elle le frappa sur la nuque, le rattrapa avant qu'il ne tombe, l'abaissa délicatement vers le sol, puis introduisit un comprimé à l'intérieur de sa bouche. Elle massa un instant la bosse qui se formait sur son crâne, espérant que celui-ci était solide.

Elle avait tué une fois par accident, et ce souvenir ne la quittait pas. Cela lui avait permis, une décennie plus tôt, de découvrir la nature de son don. Un lointain cousin visitait alors la cour. Sa façon libidineuse d'observer les servantes, de les suivre des yeux, de les toucher quand il se croyait à l'abri des regards, lui déplaisait.

— Comme vous êtes mignonne, lui avait-il déclaré. Les yeux des Gracelings sont souvent repoussants, mais les vôtres sont magnifiques. Quel est votre don, mon trésor ? Narrer des histoires ? Lire dans les pensées ? Je sais. La danse.

Katsa ne connaissait pas son don. Certains dons se manifestaient plus tardivement que d'autres. Et l'eût-elle connu, elle n'en eût jamais parlé à son cousin. Elle l'avait toisé d'un air renfrogné et s'était retournée. Au même moment, il avait glissé la main vers la jambe de Katsa. En un éclair, son poing s'était abattu sur le nez de son cousin. Avec une telle force qu'elle lui avait enfoncé la cloison nasale à l'intérieur du crâne.

Les dames de la cour avaient crié, l'une d'elles s'était évanouie. Quand on avait soulevé le jeune homme de la flaque de sang dans laquelle il gisait, il était mort. La foule s'était tue en reculant. Des yeux effarés – pas seulement ceux des femmes, mais aussi ceux des vassaux armés, s'étaient braqués sur Katsa. Ces derniers trouvaient agréable de déguster les mets fins du cuisinier du roi ou de pouvoir envoyer leurs chevaux blessés chez son maréchal-ferrant. Un Graceling doué pour la grande cuisine ou pour le soin des destriers ? Fantastique ! Mais une enfant possédant le don du meurtre ? une tueuse ? Ce n'était guère sécurisant.

Un autre roi l'eût bannie, ou tuée. Mais Randa était intelligent. Il avait tout de suite compris à quoi pourraient lui servir les talents de sa nièce. Katsa n'avait pas eu le droit de quitter les appartements qu'elle occupait durant deux semaines. Ce fut la seule punition qu'il lui infligea. Quand elle en était sortie, tout le monde s'était retiré de son chemin. Personne ne l'avait jamais aimée car personne n'aimait les Gracelings, mais au moins, avant la révélation de son don, on tolérait sa présence. À présent, nul ne feignait plus la sympathie. « Prenez garde à celle qui a une prunelle bleue et l'autre verte, murmurait-on aux invités. Elle a tué son cousin d'un geste parce qu'il lui parlait de la beauté de ses yeux. » Même Randa gardait ses distances.

Le prince Raffin était le seul à apprécier sa compagnie.

— Tu ne recommenceras pas, dis ? Mon père ne te laissera pas tuer qui tu veux.

— Je n'avais pas l'intention de le tuer, avait-elle répondu.

— Que s'est-il passé ?

— Je me suis sentie menacée. Alors je l'ai frappé.

— Tu dois apprendre à maîtriser ton don. Surtout un don pareil. Il le faut, ou mon père nous empêchera de nous voir.

C'était une perspective effrayante.

— Je ne sais pas comment le maîtriser.

— Tu demanderas à Oll. Le chef des espions sait comment faire mal sans donner la mort. C'est la façon dont ses hommes obtiennent des informations.

Raffin avait alors onze ans, trois ans de plus que Katsa. Elle suivit ses conseils et alla trouver Oll, le capitaine grisonnant et maître espion du roi Randa. Oll était loin d'être idiot. Il savait que l'enfant silencieuse aux yeux étranges pouvait se montrer dangereuse, et le potentiel de celle-ci l'intriguait.

Oll établit des règles avant qu'elle ne commence son apprentissage. Elle ne s'entraînerait pas avec lui, ni avec aucun homme du roi. Elle s'entraînerait sur des sacs remplis de céréales et sur des prisonniers condamnés à mort.

Elle s'exerçait tous les jours. Elle apprit à connaître sa propre vitesse et sa propre force. Elle apprit la différence entre un coup fatal et un coup visant à blesser. Elle apprit à désarmer un adversaire, à lui briser la jambe, à lui tordre le bras jusqu'à ce qu'il la supplie de le délivrer. Elle apprit à se battre avec une épée, une dague et différents couteaux. Elle était si rapide, si pleine de ressources, qu'elle pouvait trouver un moyen d'estourbir un homme tout en ayant les bras ligotés.

Avec le temps, la maîtrise de ses talents s'améliora et elle put se mesurer aux soldats de Randa. Les combats étaient un spectacle : une enfant sans armes, douée d'une détente fulgurante, virevoltant parmi un groupe d'hommes vêtus d'armures, renversant les uns, assommant les autres à coups de genou et de poing. Parfois, les membres de la cour venaient assister à ses prouesses. Mais dès qu'elle croisait leur regard, ils baissaient la tête et se retiraient en hâte.

Sacrifier le temps d'Oll ne dérangeait pas Randa. Katsa ne lui serait pas utile si elle demeurait incontrôlable.

Et à présent, dans les jardins du roi Murgon, personne ne lui reprocherait d'avoir acquis un tel contrôle de son don. Sans un bruit, elle traversa la pelouse qui bordait une allée de graviers. Oll et Giddon devaient avoir atteint le mur du jardin où deux jardiniers de Murgon, amis du Conseil, gardaient leurs chevaux. Elle y était elle-même presque arrivée.

À l'affût du moindre bruit, elle percevait la chute de chaque feuille, le bruissement du vent dans chaque branche. Cependant, à sa surprise, elle n'entendit pas l'inconnu qui l'assaillit par-derrière. Un bras enroulé autour de sa poitrine, il maintenait un poignard contre sa gorge. Dès qu'il se mit à parler, elle le désarma et le fit basculer par-dessus ses épaules.

Il atterrit sur ses pieds.

De toute évidence, il s'agissait d'un Graceling possédant le don du combat. Et puisqu'il avait touché son buste, il savait qu'il avait affaire à une femme.

Il se retourna vers Katsa. Ils se dévisagèrent avec méfiance.

— J'ai entendu parler d'une dame qui possédait votre don, déclara-t-il d'une voix grave.

Il s'exprimait avec des intonations particulières, un accent qu'elle ne connaissait pas.

— Que pourrait bien faire cette dame, à minuit, dans les jardins du roi Murgon, loin du royaume des Middluns ?

Il se plaça entre elle et le mur. Il était plus grand que Katsa. Faussement calme, prêt à bondir, il se mouvait comme un chat. Une torche située dans une allée proche fit scintiller de petits anneaux d'or à ses oreilles. De même que le prisonnier, il ne portait pas la barbe. Elle était démasquée, mais tuer un habitant de Lienid ennuyait Katsa.

— N'avez-vous rien à me dire, Lady ? Vous n'imaginez tout de même pas que je vais vous laisser passer sans aucune explication…

Son ton était presque badin. Elle l'observait en silence. À ses doigts, elle remarqua des bagues en or.

— Vous êtes originaire de Lienid, décréta Katsa.

— Quelle vue perçante !

— Pas suffisamment perçante pour distinguer la couleur de vos yeux.

Il rit, puis déclara :

— Je connais la couleur des vôtres, je pense.

— Vous aussi, vous êtes loin de chez vous, commenta Katsa. Que faites-vous à la cour du roi Murgon ?

— Répondez d'abord à ma question.

— Vous ne saurez rien et vous devez me laisser passer.

— Vraiment ?

— Si vous refusez, je vous y contraindrai.

— Vous en croyez-vous capable ?

Elle feinta et il la bloqua facilement. Elle recommença, plus vite. Même résultat. Il était fort, mais elle était Katsa.

— J'en suis capable, répondit-elle.

— Ah, fit-il amusé. Mais cela risque de prendre des heures.

Pourquoi jouait-il ? Pourquoi ne donnait-il pas l'alerte ? Peut-être était-il lui-même un tueur Graceling. Le cas échéant, cela faisait-il de lui un allié ou un ennemi ? En principe, un homme de Lienid eût approuvé qu'elle vînt délivrer l'un des siens. Sauf si c'était un traître. Ou sauf s'il ignorait l'identité du captif du donjon de Murgon. Il était possible que le suzerain ait bien gardé le secret.

Le Conseil lui aurait demandé de le tuer. Le Conseil lui aurait expliqué qu'elle leur faisait courir un risque en épargnant l'homme qui l'avait identifiée. Néanmoins, il ne semblait ni brutal, ni stupide, ni menaçant.

Elle ne pouvait se résoudre à lui donner la mort. C'était idiot et sans doute le regretterait-elle plus tard.

— J'ai confiance en vous, dit-il tout à trac.

Il s'écarta de son chemin et lui fit signe d'avancer. Elle le trouvait étrange, impulsif. Cependant, il baissait la garde et Katsa n'était pas du genre à gâcher une opportunité. En un éclair, sa jambe se détendit et le frappa au front. D'un air étonné, il s'effondra au sol.

— Désolée, murmura-t-elle en l'étendant sur le dos.

Je ne sais que penser de vous et je ne devrais même pas vous laisser la vie sauve.

Elle sortit ses comprimés, en glissa un à l'intérieur de la bouche du jeune homme inanimé. Elle fit pivoter sa tête vers la torche. Il lui paraissait légèrement plus jeune qu'elle. Il devait avoir dix-neuf ou vingt ans. Un filet de sang coulait sur son front et le long de son oreille.

Quel curieux personnage ! Raffin saurait qui il était.

Elle se secoua. Oll et Giddon l'attendaient.

Elle s'élança.

Leurs montures galopaient. Ils avaient attaché le vieil homme en travers de son cheval car il était trop faible pour rester en selle. Ils s'étaient arrêtés une seule fois afin de l'envelopper dans une couverture supplémentaire. Pressée d'avancer, Katsa avait demandé :

— Ne se rend-il pas compte que nous sommes en plein été ?

— Il est gelé, Lady Katsa, avait répondu Oll. Il frissonne, il a de la fièvre. S'il périt durant le voyage, le délivrer n'aura servi à rien.

Il avait suggéré d'allumer un feu mais ils n'avaient pas le temps de se reposer. Pour éviter de se faire prendre, ils devaient à tout prix gagner la ville de Randa avant l'aube.

Tandis qu'ils traversaient une forêt à vive allure, Katsa regretta d'avoir épargné le jeune assaillant. Il connaissait son identité. Toutefois, il ne lui avait pas semblé dangereux, simplement curieux. Il lui avait même fait confiance. Sans savoir qu'elle avait laissé plusieurs gardes drogués dans son sillage, bien entendu.

S'il rapportait au roi Murgon les détails de leur rencontre, la situation risquait de devenir scabreuse pour Lady Katsa. Randa ignorait totalement la nature de la mission qu'elle était en train d'accomplir.

Quoi qu'il en soit, elle devait conduire le vieil homme en lieu sûr. Elle se pencha en arrière et talonna son cheval.

2

C’était une terre divisée en sept royaumes. Sept royaumes et sept rois imprévisibles. Au nom de toute chose sensée, dans quel but aurait-on enlevé le prince Tealiff, le père du roi de Lienid ? C’était un vieillard sans pouvoir, sans ambition. Il n’était même pas en bonne santé. D’après la rumeur, il passait ses journées à jouer au coin du feu avec ses petits-enfants ou à contempler les couchers de soleil sur la mer. Il n’importunait personne.

Le peuple de Lienid n’avait pas d’ennemis. Ses habitants expédiaient leur or en échange de biens, cultivaient leurs arbres fruitiers et élevaient leur bétail. Ils restaient entre eux sur une île que l’océan avait séparée des six autres royaumes. Ils avaient leurs propres coutumes et appréciaient leur isolement. Le roi Ror de Lienid était le moins querelleur des sept. Il n'avait jamais déclaré la guerre aux autres souverains et se montrait juste envers son peuple.

Le réseau d'espions du Conseil avait découvert l'emprisonnement de Tealiff sans en comprendre la raison. Ni pourquoi il se trouvait dans le donjon du roi Murgon, à Sunder. En général, Murgon ne créait pas de conflits parmi les royaumes. Cependant, si on lui proposait une somme suffisante, il lui arrivait d'organiser un crime pour le compte d'un autre.

De toute évidence, quelqu'un l'avait payé pour enlever le prince Tealiff. La question était de savoir qui ?

Randa, le roi des Middluns, l'oncle de Katsa, n'était pas intervenu dans ce rapt. Le Conseil pouvait en être certain car Oll était le maître espion du souverain et son confident. Grâce à Oll, le Conseil savait tout ce qui lui était utile de savoir sur Randa.

La plupart du temps, Randa prenait garde à ne pas provoquer ses homologues. Frontalier avec Estill, Wester, Nander et Sunder, son royaume présentait une position trop faible pour former des alliances. Irréfléchis, inconstants, et sans pitié, c'étaient les rois de Wester, de Nander et d'Estill qui généraient le plus de problèmes. Impétueux, ambitieux, jaloux, ils semblaient faits sur le même moule. Le roi Birn de Wester pouvait par exemple s'allier au roi Drowden de Nander afin d'attaquer l'armée d'Estill, mais les deux monarchies ne parvenaient jamais à travailler ensemble bien longtemps. Soudain, l'une offensait l'autre, Wester et Nander redevenaient ennemis, Estill se joignait alors à Nander pour s'opposer aux soldats de Wester.

Et les rois faisaient preuve de malhonnêteté envers leurs gens. Avec Oll, Katsa avait aidé des serfs d'Estill à s'échapper d'une étable qui abritait une prison improvisée. Il s'agissait de paysans qui n'avaient pas payé la dîme à Thigpen, leur roi, car son armée, alors en route pour mener un raid dans un village de Nander, avait piétiné leurs champs en les traversant. Thigpen aurait dû les dédommager ; même Randa en convenait. Mais Thigpen les avait condamnés au gibet. Oui, Birn, Drowden et Thigpen offraient peu de repos au Conseil.

Il n'en avait pas toujours été ainsi. Wester, Nander, Estill, Sunder et les Middluns avaient par le passé cohabité paisiblement. Plusieurs siècles auparavant, la même famille gouvernait les cinq royaumes. Trois frères et une sœur qui parvenaient à négocier sans avoir recours à la guerre. Mais plus personne n'avait connaissance de ce vieux lien familial. Désormais, les peuples étaient à la merci de la nature de ceux qui décidaient de devenir leurs souverains. Le hasard déterminait le choix des cartes et, jusqu'à présent, les cartes n'étaient pas en la faveur des premiers.

Le septième royaume s'appelait Monsea. Les montagnes le séparaient de ses voisins, de même que l'océan isolait Lienid. Leck, le roi de Monsea, avait épousé Ashen, la sœur du roi Ror de Lienid. Leck et Ror partageaient le même mépris à l'égard des querelles des autres monarchies. Mais cela n'était pas suffisant pour forger une alliance car Monsea et Lienid étaient trop éloignés l'un de l'autre, trop indépendants, et ce qui se tramait au-delà de leurs frontières ne les intéressait guère.

Peu d'informations circulaient sur la cour de Monsea. Aimé par ses sujets, le roi Leck jouissait d'une excellente réputation. On le disait bon envers les enfants, les animaux et les créatures sans défense. Sa femme était douce. Quand elle avait appris la disparition de Tealiff, elle avait cessé de manger. Car bien sûr, le père du roi Ror était aussi le sien.

Selon Katsa, c'était donc le roi de Wester, de Nander ou d'Estill qui avait fait enlever Tealiff. Elle n'écartait pas non plus l'implication du souverain de Lienid. Les bijoux du jeune homme qu'elle avait croisé dans les jardins de Murgon révélaient la richesse de ce dernier. Seul un noble pouvait les porter. En outre, le fait qu'il fût l'invité de Murgon le rendait suspect.

Toutefois, Katsa avait le sentiment qu'il n'était pas coupable.

Ils atteignirent la ville de Randa juste avant l'aube. Quand les sabots de leurs chevaux résonnèrent sur les pavés, ils ralentirent l'allure. Certains habitants étaient déjà réveillés et les cavaliers ne tenaient pas à se faire remarquer.

Ils dépassèrent des maisons, des fonderies, des boutiques aux volets clos. La ville était propre et bien entretenue. Il n'y avait pas de misère à Randa, le roi ne la tolérait pas.

Quand les rues commencèrent à grimper, Katsa mit pied à terre, tendit les rênes de son destrier à Giddon, et saisit celles du cheval de Tealiff. Suivis par la monture de Katsa, Giddon et Oll empruntèrent une voie qui menait à la forêt. Il en avait été décidé ainsi. En se rendant au château, un vieillard escorté par une jeune femme travestie en garçon attirerait moins l'attention que s'il était accompagné de trois cavaliers. Oll et Giddon attendraient Katsa dans les bois. En passant par une porte située dans une partie abandonnée du château, et dont Randa ignorait l'existence, Katsa livrerait Tealiff au prince Raffin.

Elle remonta les couvertures qui enveloppaient le vieil homme afin de dissimuler sa tête. Si elle pouvait voir les anneaux d'or à ses oreilles, d'autres les verraient aussi. Elle se demandait s'il dormait ou s'il avait perdu connaissance. S'il n'était plus conscient, gravir avec lui les marches d'un escalier délabré qu'un cheval ne pouvait emprunter s'avérerait difficile. Elle lui toucha la joue. Il remua et se remit à grelotter.

— Réveillez-vous, prince, murmura-t-elle. Quand nous serons arrivés au château, je ne pourrai pas vous porter.

Il ouvrit les yeux.

— Où suis-je ? demanda-t-il d'une voix chevrotante.

— Au royaume des Middluns, dans la ville de Randa. Nous sommes presque en lieu sûr.

— Alors Randa organise l'évasion de prisonniers, maintenant ?

Sa lucidité la surprit.

— Non, répondit-elle.

— Eh bien, je suis réveillé. Vous n'aurez pas à me porter. Vous êtes Lady Katsa, n'est-ce pas ?

Son accent était le même que celui du jeune homme à qui elle avait laissé la vie sauve.

— Oui, sire.

— On m'a dit que vous aviez un œil aussi vert que les prairies des Middluns, et l'autre, aussi bleu que le ciel.

— Oui, sire.

— Et que vous étiez capable de tuer un homme avec l'ongle de votre auriculaire ?

Elle sourit.

— En effet.

— Est-ce plus facile ainsi ?

Elle fronça les sourcils.

— Quoi donc ?

— Avoir de beaux yeux allège-t-il le fardeau que représente votre don ?

Elle laissa échapper un rire.

— Non, sire. J'aurais pu me passer des deux.

— Je devrais vous être reconnaissant de m'avoir délivré, je suppose.

Elle voulait le questionner mais il avait fermé les yeux et semblait épuisé. Elle préférait ne pas l'importuner. Elle le trouvait sympathique. Peu de gens lui parlaient de son don.

Finalement, le moment venu, elle fut bien obligée de le porter car il s'était rendormi. Elle tendit les rênes du cheval de Tealiff à une enfant accroupie devant le mur du château, une fillette dont le père était un ami du Conseil. Puis, après avoir hissé le vieil homme sur son épaule, elle franchit la porte en titubant et commença à gravir les marches chancelantes de l'escalier. Le dernier tronçon s'élevait presque à la verticale. Elle n'aurait jamais imaginé qu'un vieil homme aussi fragile pût être aussi lourd.

Haletante, elle n'avait même plus la force d'émettre

un sifflement afin de prévenir Raffin, mais cela n'avait pas d'importance. Il l'avait entendue s'approcher.

— Bravo pour la discrétion, grommela-t-il à voix basse. Toute la ville est probablement au courant de votre arrivée. Franchement, Kat, je ne te croyais pas capable d'un tel raffut.

Il se pencha et la délesta de sa charge. Elle s'adossa au mur afin de reprendre son souffle.

— Malgré mon don, je n'ai pas reçu la force d'un titan. Avoir un don ne signifie pas qu'on les a tous.

— J'ai goûté à tes gâteaux et je me souviens de tes broderies. De toute évidence, certains talents te manquent cruellement. (Il s'esclaffa dans la lumière blafarde, arrachant un sourire à Katsa.) Tout s'est passé comme prévu ?

Elle songea au jeune homme et hocha la tête.

— Va, dit-il. Je vais m'occuper du prince.

Il s'éloigna avec son fardeau humain. Elle dévala l'escalier, sortit du château, tira sur sa capuche, emprunta un sentier qui menait vers l'est, et s'élança vers le ciel rose.

[illegible] de [illegible] la [illegible]
[illegible]
[illegible]
[illegible]
[illegible]
[illegible]
[illegible] ; [illegible]
[illegible]
[illegible] pas [illegible]
[illegible]
[illegible]
[illegible]
[illegible]
[illegible]
[illegible]
[illegible] tête.
Va [illegible] de [illegible] du [illegible]
[illegible] humain. Elle [illegible]
[illegible]
[illegible]

3

Katsa dépassa des maisons, des ateliers, des échoppes et des auberges. Les rues sentaient le pain chaud. Elle remarqua un laitier qui somnolait près de sa charrette.

Elle se sentait légère sans le poids du vieil homme et la rue descendait. Elle traversa des champs au pas de course et continua sur sa lancée. À l'intérieur d'une cour de ferme, une paysanne transportait des sceaux accrochés à une perche.

En apercevant la lisière des bois, Katsa ralentit. À présent, il fallait prendre soin de ne pas laisser d'empreintes de pas susceptibles de révéler l'emplacement de leur repaire habituel. Certains, dont Oll et Giddon, ne se montraient pas aussi prudents qu'elle. Et bien sûr, inévitablement, le passage de leurs montures avait formé un sentier visible. À l'avenir, ils allaient devoir trouver un nouveau lieu de rendez-vous.

Quand elle atteignit les fourrés de leur cachette, il faisait jour. Les chevaux broutaient. Giddon somnolait dans l'herbe. Adossé à une pile de sacoches, Oll dormait aussi.

Katsa ravala son agacement et s'approcha des bêtes. Elle leur flatta l'encolure. Sous leurs sabots, elle ne distingua ni cailloux ni fentes. Au moins, ils se débrouillaient mieux que leurs maîtres qui osaient piquer un somme à proximité de la ville. Oll s'agita derrière elle.

— Et si quelqu'un vous avait découverts ? reprocha Katsa. Je vous rappelle que nous sommes censés avoir déjà parcouru la moitié du chemin qui mène à la frontière est. Quelle explication auriez-vous fournie à Randa ?

— M'assoupir n'était pas mon intention, Lady Katsa.

— C'est dangereux.

— Hélas, nous ne possédons pas tous votre endurance, Lady Katsa, surtout ceux d'entre nous dont le crâne blanchit. Allons, il n'y a pas eu d'incident. (Il secoua Giddon, qui se cacha la figure de ses mains.) Réveillez-vous, monseigneur. Il est temps de partir.

Katsa attacha deux sacoches à sa selle et attendit. Oll fit de même avec le reste des sacs.

— Le prince Tealiff est-il en lieu sûr ? demanda-t-il.

Elle acquiesça. Giddon s'approcha en se grattant la barbe. Il déballa une miche de pain qu'il tendit à Katsa. Elle secoua la tête.

— Je mangerai plus tard.

Giddon en arracha un morceau puis passa la miche à Oll.

— À quoi vous attendiez-vous ? questionna Giddon. À me voir faire le guet depuis un arbre pendant que Oll se serait tenu prêt à dégainer son épée ? Est-ce cela qui vous fâche ?

— Vous auriez pu vous faire prendre. Quelqu'un aurait pu vous repérer. Où seriez-vous alors ?

— Vous auriez inventé une histoire, répondit Giddon d'un air détaché. Vous nous auriez sauvés, comme toujours.

Il sourit d'un air assuré. Ses yeux bruns et chaleureux illuminèrent son beau visage, mais Katsa le trouvait fort déplaisant en cet instant. Giddon était costaud et bon cavalier. Il était même plus jeune que Raffin. Il n'avait aucune excuse pour s'être endormi.

— Venez, sire, intervint Oll. Nous mangerons notre pain en selle. Autrement Lady Katsa s'en ira sans nous.

Elle savait qu'ils la taquinaient. Elle savait qu'ils la jugeaient trop exigeante. Cependant, ils ne l'auraient jamais autorisée à épargner le jeune homme de Lienid. S'ils apprenaient ce qu'elle avait fait, ils seraient furieux et elle ne pourrait leur fournir aucune excuse rationnelle.

Dans un sentier parallèle à la route principale, ils lancèrent leurs chevaux au galop. Entourée par le bruit des sabots, Katsa se détendit. Dès qu'elle se déplaçait, son anxiété s'estompait.

Les forêts du sud des Middluns cédèrent la place

à des collines. Ils se rapprochaient d'Estill. En fin de matinée, afin de changer de monture, ils s'arrêtèrent un instant dans une auberge isolée dont le propriétaire avait proposé ses services au Conseil.

Avec leurs nouveaux destriers, ils progressèrent rapidement et gagnèrent la frontière au crépuscule. En se levant à l'aube, ils pourraient rejoindre leur destination en quelques heures, effectuer la basse besogne dont Randa les avait chargés, et rentrer chez eux le jour suivant, avant la tombée de la nuit. Katsa saurait alors si le prince Raffin avait obtenu des informations de la part du vieux Tealiff.

Ils établirent leur campement au pied d'un rocher escarpé. Malgré la brise fraîche, ils n'allumèrent pas de feu. Des brigands se cachaient dans les collines qui longeaient la frontière d'Estill, et bien que le trio fût largement en mesure de se défendre, ils préféraient éviter de susciter des troubles. Ils soupèrent de pain et de fromage, se désaltérèrent avec l'eau de leurs gourdes, puis se couchèrent.

— Je vais bien dormir, annonça Giddon en bâillant. C'est une chance que cet aubergiste se soit joint au Conseil. Sans lui, nous aurions fait périr nos montures de fatigue.

— Le nombre des amis du Conseil ne cesse d'augmenter, déclara Oll. Cela m'étonne.

Giddon s'appuya sur un coude.

— Et vous, Lady Katsa ? Pensiez-vous que le Conseil s'élargirait autant ?

Katsa était à l'origine de leur organisation secrète. Au départ, elle avait cru qu'elle serait la seule à agir. Elle s'était figurée en force invisible solitaire œuvrant contre la bêtise des rois.

— Je n'aurais jamais imaginé que cela prendrait de telles proportions, répondit-elle.

— Aujourd'hui, nous avons des contacts dans presque chaque royaume, poursuivit Giddon. Les gens nous ouvrent leurs portes. Saviez-vous qu'un châtelain a abrité des villageois derrière les murailles de son château après avoir appris par le Conseil que des soldats de Nander s'apprêtaient à mener un raid dans son village ? Ce dernier a été saccagé mais les habitants ont survécu. C'est réconfortant. Notre réseau est efficace.

Allongée sur le dos, Katsa écoutait la respiration régulière de ses comparses. Malgré deux jours de voyage éreintants auxquels s'ajoutait une nuit blanche, elle ne parvenait pas à fermer l'œil. Elle regarda les nuages qui filaient à travers le ciel. Écouta le bruissement du vent dans les herbes.

La première fois que Randa l'avait envoyée tuer quelqu'un, c'était dans un village situé non loin de leur campement. Condamné à mort après avoir été reconnu coupable de trahison, un vassal de Randa s'était enfui vers la frontière d'Estill. À l'époque, Katsa avait dix ans. Randa était venu assister à une séance d'entraînement. Un sourire malveillant aux lèvres, il lui avait lancé :

— Es-tu prête à te rendre utile ?

Stupéfaite, Katsa s'était tue. Elle n'avait jamais songé que ses talents puissent être profitables à autrui. Irrité par son silence, Randa avait ajouté :

— Décidément, tu ne brilles pas par ton intelligence,

Katsa, ton épée est ton unique éclat. Cependant, quand tu auras retrouvé le félon, tu le tueras à mains nues. Sur une place publique, bien sûr. Et simplement lui, tu m'entends ? Ta soif de sang est connue de tous, ici, nous espérons que tu as désormais appris à la refréner.

Elle s'était sentie minuscule et n'avait rien osé répondre. Elle comprenait ses intentions. Il était plus rapide de tuer un homme avec une arme que de ses propres mains. Randa voulait un long spectacle, une mort sale.

Elle partit le jour même, accompagnée d'Oll et d'un groupe de soldats. Quand ils capturèrent le vassal, ils le traînèrent jusqu'à la place du village le plus proche. Devant une foule de curieux, elle demanda aux soldats d'ordonner au condamné de s'agenouiller. Puis, d'un geste, elle lui brisa la nuque. L'homme ne saigna point. Il éprouva simplement une brève douleur. La plupart des gens réunis ne se rendirent même pas compte qu'elle venait de le tuer.

Quand Randa apprit ce qui s'était passé, il la convoqua dans la salle du trône.

— À quoi sert une exécution publique si le coupable trépasse sans que le peuple en ait conscience ? questionna-t-il d'un ton glacial. Parfois, je me demande si tu as un cerveau.

Après cet échec, Randa lui donna des ordres plus précis concernant la douleur et la durée des châtiments à infliger. Elle ne pouvait s'opposer à ses commandements. À force de les exécuter, elle se perfectionna en la matière. Sa réputation se propagea comme un cancer. Tout le monde savait ce qui arrivait à ceux qui déclenchaient l'ire du roi des Middluns.

Avec le temps, Katsa ne songea plus à se rebeller. C'était devenu trop difficile à imaginer.

Au cours de leurs expéditions punitives au nom du roi Randa, Oll se mit à confier à Katsa les histoires que lui rapportaient les espions du souverain : la disparition de deux jeunes filles, qui, quelques semaines plus tard, avaient ressurgi dans une maison close de Nander. Un homme incarcéré à la place de son frère coupable de vol, car ce dernier étant mort, il fallait bien punir quelqu'un. Un impôt que le roi de Wester avait décidé de prélever sur les villageois d'Estill – un impôt que ses troupes étaient venues collecter en massacrant la population avant de la dépouiller.

Les espions rapportaient toutes ces histoires à leur roi, mais l'injustice ou la barbarie ne révoltait ni ne préoccupait Randa. Un seigneur des Middluns ayant caché la majorité de sa récolte afin de payer une dîme moins élevée ? Voilà une nouvelle digne d'intérêt. Voilà un problème pertinent. Randa envoyait Katsa fendre le crâne du tricheur.

À un moment donné, Katsa s'était demandé ce qu'elle ferait si elle agissait de son propre gré, hors de la sphère de Randa. Cela la distrayait pendant qu'elle cassait des doigts et déboîtait des épaules. Et plus elle y réfléchissait, plus agir lui semblait urgent.

Le jour de ses seize ans, elle exposa ses idées à Raffin.

— Ça pourrait marcher, déclara-t-il. Je t'aiderai, bien entendu.

Puis à Oll. Le capitaine se montra sceptique et même

alarmé. Il avait l'habitude de renseigner Randa afin que celui-ci puisse décider des mesures à prendre. Mais quand il comprit que Katsa était déterminée à créer ce Conseil avec ou sans lui, que ce n'était pas parce que certaines activités de son maître espion lui échapperaient, que le souverain verrait sa vie moins en danger, il finit par la trouver convaincante.

Lors de sa première mission, Katsa envoya valser dans les collines une bande de brigands que le roi d'Estill avait engagés pour voler ses propres gens. Ce fut l'un des moments les plus joyeux de sa vie.

Ensuite, avec Oll, elle aida de jeunes mineurs asservis à s'évader d'une mine de fer, à Nander. Après une ou deux autres escapades, des confrères d'Oll se joignirent au Conseil ainsi que deux vassaux de Randa. Bertoll, l'épouse d'Oll, et une dame du château en devinrent membres. Ils se réunissaient régulièrement dans différentes pièces. C'était comme un jeu risqué, trop beau pour être vrai. Et pourtant, ça l'était. Ils ne se contentaient pas de parler de subversion, ils préparaient et accomplissaient leurs missions.

Au fil du temps, inévitablement, ils se firent des alliés au-delà de la cour : les vertueux, parmi les seigneurs de Randa, ceux qui en avaient assez de rester les bras croisés tandis que les villages voisins se faisaient piller. Des nobles d'autres royaumes et leurs espions. Et petit à petit, des aubergistes, des forgerons, des fermiers. L'ambition des rois, le chaos, l'anarchie, fatiguaient tout le monde. Chacun était prêt à courir un petit risque si cela pouvait réduire les dégâts des monarques.

Allongée près de Giddon et d'Oll, Katsa cligna des yeux en regardant le ciel. Telle une plante grimpante de la forêt de Randa, le Conseil s'étendait davantage de jour en jour et elle ne le contrôlait plus. Des missions se déroulaient au nom de son organisation, dans des lieux qu'elle ne connaissait pas, sans sa supervision, et cela devenait trop dangereux. Un mot imprudent échappant de la bouche de l'enfant d'un aubergiste, un affrontement entre deux personnes du réseau qu'elle n'avait jamais rencontrées, et tout s'effondrerait. Ses activités clandestines s'achèveraient ; Randa y veillerait. Ensuite, elle ne serait de nouveau rien de plus que la brute du roi.

Elle regrettait d'avoir fait confiance au jeune homme de Lienid.

Les bras croisés, Katsa scruta les étoiles. Elle mourait d'envie de bondir sur son cheval et d'aller galoper autour des collines. Voilà qui la calmerait. Mais cela épuiserait également sa monture, et elle ne voulait pas laisser Oll et Giddon seuls. Par ailleurs, personne ne se comportait ainsi. C'était anormal.

Elle n'était donc pas comme les autres. Une jeune noble possédant le don de tuer, une criminelle issue de la famille royale ? Une demoiselle refusant les bons partis que Randa tentait de lui imposer, ces beaux gentilshommes attentionnés ? Une demoiselle paniquant à l'idée d'allaiter un bébé ou dès qu'elle en imaginait un accroché à ses chevilles ?

Ce n'était pas naturel.

Si Randa découvrait l'existence du Conseil, Katsa s'échapperait des Middluns. Elle irait à Lienid ou à

Monsea. Elle vivrait dans une caverne au milieu de la forêt et éliminerait tous ceux qui la reconnaîtraient.

Elle ne renoncerait pas à sa liberté.

Il fallait qu'elle dorme, maintenant.

Dors, Katsa, s'ordonna-t-elle. *Tu dois ménager ton énergie.*

Soudain, la fatigue la balaya et elle s'assoupit.

4

Au matin, ils se changèrent et enfilèrent leurs habits habituels. Giddon arborait la tenue de voyage d'un seigneur des Middluns, Oll, son uniforme de capitaine. Katsa avait revêtu la tunique bleue bordée d'orange portée à la cour de Randa, ainsi que le pantalon qu'elle mettait quand elle réglait les différends du roi. Il avait consenti à la laisser s'habiller ainsi uniquement parce qu'elle maltraitait ses robes lorsqu'elle montait à cheval. L'idée de sa tueuse Graceling vêtue d'une robe déchirée et crottée le répugnait. C'était choquant, selon lui.

Randa les avait envoyés à Estill afin de punir un hobereau qui avait déboisé plus d'hectares qu'il n'en avait acheté dans les forêts du sud des Middluns. Randa exigeait davantage d'argent pour les hectares supplémentaires et tenait à châtier le seigneur qui n'avait pas respecté leur accord.

— Je vous préviens, déclara Oll tandis qu'ils s'éloignaient de leur campement, ce hobereau a une fille qui lit dans les pensées.

— Pourquoi représenterait-elle une menace ? s'étonna Katsa. Ne se trouve-t-elle pas à la cour du roi Thigpen ?

— Thigpen l'a renvoyée chez son père.

Katsa tira sur la lanière de la sacoche attachée à sa selle.

— Vous allez la rompre, commenta Giddon.

— Personne ne m'a avertie à propos de cette gamine ! aboya Katsa.

— Vous n'avez aucune raison de vous inquiéter, répondit Oll. La plupart de ce qu'elle raconte est absurde.

— Pourquoi le roi l'a-t-il chassée ?

— Pour cette raison, justement. Elle ne lui apprenait que des sornettes et, au lieu de tenir sa langue, elle confie tout ce qu'elle découvre au premier venu. Elle est incontrôlable. Elle rendait Thigpen nerveux. Il l'a donc renvoyée chez elle et a dit à son père qu'il la reprendrait quand ses talents seraient efficaces.

À Estill et dans la plupart des autres royaumes, la loi obligeait les familles à livrer les enfants Gracelings aux rois. Un enfant dont les yeux prenaient deux couleurs différentes quelques semaines ou quelques mois après sa naissance – ou parfois, mais c'était rare, des années plus tard – était envoyé à la cour de son souverain. Si son don s'avérait utile au monarque, l'enfant restait à son service. Autrement, on le renvoyait chez lui. Avec les excuses de la cour, bien entendu, car il était difficile pour une famille de tirer parti d'un Graceling. Surtout quand celui-ci possédait un talent aussi inutile que grimper aux arbres avec agilité, retenir sa respiration une éternité, ou parler à l'envers. Souvent, l'enfant se retrouvait alors à travailler pour des paysans dans des champs où il ne voyait ni ne connaissait personne. Et quand le roi renvoyait le Graceling à un aubergiste ou à un commerçant habitant une ville abritant plusieurs auberges et commerces, les bénéfices de l'un et de l'autre baissaient. Car quel que soit le don d'un Graceling, les gens préféraient les éviter.

— Thigpen est stupide de ne pas garder une télépathe auprès de lui, déclara Giddon. C'est dangereux. Que se passera-t-il si elle tombe sous l'influence de quelqu'un d'autre ?

Naturellement, Giddon avait raison. Par ailleurs, un télépathe constituait une arme précieuse pour un monarque. Randa n'avait pas de télépathe Graceling, mais de nombreux Gracelings le servaient, dont un cuisinier, un palefrenier, un vigneron et un danseur de la cour. L'un de ses jongleurs était capable de jongler avec un nombre illimité d'objets sans en faire tomber aucun. Ses soldats ne pouvaient vaincre Katsa, mais certains détenaient le don de l'escrime. Il possédait un serviteur qui savait prédire quelle serait la qualité de la moisson de l'année suivante. Sa comptable, la seule femme des sept royaumes à occuper cette fonction, était une Graceling douée en calcul. Un de ses domestiques pouvait deviner votre humeur simplement en posant la main sur vous. Hormis Randa, c'était le seul homme que Katsa craignait et qu'elle prenait soin d'éviter.

— Thigpen ne m'a jamais frappé par son intelligence, commenta Oll.

— Quel genre de pensées peut-elle lire ? s'enquit Katsa.

— Ils ne le savent pas encore, répondit Oll. Elle est trop jeune. Comme vous le savez, les facultés des Gracelings possédant ce don ne cessent de changer et sont difficiles à identifier. Mais il semblerait que les intentions cachées des gens n'aient pas de secret pour elle. Cette enfant sait ce que les autres veulent obtenir.

— Dans ce cas, murmura Katsa près de la crinière de son cheval, elle saura que si elle croise mon regard, je l'assommerai.

À voix haute, dressée sur ses étriers, elle reprit :

— Ce seigneur a-t-il d'autres atouts importants ? Une garde composée d'une centaine de guerriers Gracelings ? Un ours dressé à le protéger ? Autre chose que vous auriez oublié de mentionner ?

— Il n'y a pas lieu d'être sarcastique, Lady Katsa, répliqua Oll.

— Comme il est agréable d'être en compagnie d'une dame aussi plaisante, railla Giddon.

Katsa talonna son cheval. Elle ne tenait pas à voir le visage rieur de Giddon.

Le manoir du hobereau était juché au sommet d'une colline. L'homme qui les accueillit et auquel ils laissèrent leurs montures les informa que le seigneur prenait son petit déjeuner. Le trio pénétra dans le vestibule sans attendre d'y être invité.

Un courtisan leur barra la route. Puis il reconnut Katsa et leur ouvrit les portes de la grande salle.

— Des représentants de la cour des Middluns sont ici, messire, annonça-t-il.

Il n'attendit pas la réponse de son maître. Il s'empressa de filer.

Le noble était attablé devant un festin composé de lard, d'œufs, de pain, de fruits et de fromages. Un serviteur se tenait près de lui. Les deux hommes levèrent le nez et se figèrent.

— Bonjour, sire, commença Giddon. Veuillez nous excuser d'interrompre votre petit déjeuner. Savez-vous pourquoi nous sommes là ?

— Je n'en ai pas la moindre idée, répondit le seigneur d'une voix étranglée.

— Non ? Lady Katsa va vous rafraîchir la mémoire.

Katsa s'avança d'un pas.

— Très bien, très bien, répondit le noble.

En se levant, il bouscula la table et une coupe, qui se renversa. Il était grand, encore plus large d'épaules que Giddon et Oll. Son regard papillonnait dans la pièce mais prenait soin d'éviter celui de Katsa. Des restes d'œufs pendaient à sa barbe. Afin que nul ne sache à quel point elle détestait son rôle de bourreau, Katsa demeurait impassible.

— Alors, ça vous revient ? poursuivit Giddon.

— Je vous dois de l'or, je suppose. Et vous venez le collecter.

— Bravo ! Et pourquoi nous en devez-vous ? L'accord comprenait combien d'hectares de forêt, au juste ? Aidez-moi, capitaine.

— Vingt hectares, monseigneur, répondit Oll.

— Et combien d'hectares avez-vous utilisé ?

— Vingt-trois, dit Oll.

— Vingt-trois ! s'exclama Giddon. Cela fait une sacrée différence, vous ne trouvez pas ?

— Il s'agit d'une terrible erreur, bredouilla le noble. Nous n'avions pas prévu qu'il nous faudrait autant de bois. Naturellement, je vais vous régler sur-le-champ. Dites-moi simplement combien je vous dois.

— Vous avez décimé trois hectares de la forêt du roi. Elle n'est pas illimitée.

— Non, bien sûr. Il s'agit d'une erreur.

— Nous avons également effectué plusieurs jours de voyage pour régler cette affaire. Notre éloignement de la cour est un inconvénient majeur pour le roi.

— Bien sûr, bien sûr.

— Le double du montant d'origine le dédommagerait, je pense.

— Le double ? Soit. Cela me semble tout à fait raisonnable.

Giddon sourit.

— Parfait. Votre domestique pourrait peut-être nous conduire à votre comptable ?

— Certainement. (Il se tourna vers son serviteur.) Accompagne-les. Vite !

— Pendant ce temps-là, Lady Katsa vous tiendra compagnie, ajouta Giddon.

Les doubles portes se refermèrent derrière eux. Katsa se retrouva seule avec le hobereau. Elle le dévisagea. Le teint blême, il semblait prêt à défaillir.

— Asseyez-vous, ordonna-t-elle.

Il se laissa choir sur sa chaise et poussa un gémissement.

— Regardez-moi, dit-elle.

Il jeta un œil furtif sur Katsa puis examina ses mains. C'était un réflexe typique des victimes de Randa. Ils ne parvenaient pas à soutenir le regard de Katsa et surveillaient ses mains avec crainte.

Katsa soupira.

Il ouvrit la bouche, mais seul un croassement en sortit.

— Je n'ai pas entendu, lâcha-t-elle.

Il s'éclaircit la gorge.

— J'ai une famille. J'ai une famille sur qui je dois veiller. Je vous en prie, ne me tuez pas.

— C'est pour le salut de votre famille que vous souhaitez être épargné ?

Une larme roula sur sa barbe.

— Pour le mien aussi. Je ne veux pas mourir.

— Voler trois hectares de forêt au roi ne mérite pas la mort, décréta Katsa. D'autant plus que vous avez consenti à les payer une somme considérable. Non, le châtiment pour ce genre de délit se réduit à l'amputation d'un doigt ou à la fracture d'un bras.

Elle s'approcha de lui et brandit sa dague. Il fixait son repas posé sur un tranchoir tandis que sa respiration s'accélérait. Elle se demandait s'il allait vomir ou sangloter. À sa surprise, il écarta le tranchoir, les couverts et la coupe renversée, puis allongea les bras sur la table, baissa la tête et attendit.

Une vague de lassitude envahit Katsa. Il était facile d'exécuter les ordres du monarque quand un homme pleurait ou la suppliait, offrant ainsi un spectacle qui ne lui inspirait aucun respect. Et Randa se fichait bien de ses forêts. Seuls le pouvoir et l'argent l'intéressaient. En outre, les arbres repoussaient. Les doigts, non.

Elle rengaina sa dague. Il ne lui restait plus qu'à lui briser un bras. Ou une jambe. Ou peut-être la clavicule. Mais ses propres membres, soudain lourds comme du plomb, refusaient de se mouvoir.

Le seigneur ne bougeait ni ne parlait. C'était un menteur, un voleur, et un sot.

Katsa ne parvenait pas à s'en indigner.

— Je ne pensais pas que vous étiez aussi courageux, déclara-t-elle.

Puis elle le frappa à la tempe. Il tomba de sa chaise.

Elle quitta la pièce et attendit ses comparses dans le vestibule. Le noble se réveillerait avec une migraine, rien de plus. Si Randa apprenait ce qu'elle avait fait, il serait fou de rage. Peut-être ne l'apprendrait-il pas. Ou peut-être pourrait-elle accuser le hobereau d'avoir menti. À l'avenir, Randa exigerait des preuves : une collection de doigts et d'orteils rabougris qui ferait passer Katsa pour le monstre des sept royaumes.

Peu importe. Elle ne se sentait plus la force d'infliger un supplice à quelqu'un qui ne le méritait pas.

Une petite personne traversa le vestibule. Katsa observa ses yeux : l'un était jaune comme les courges qui poussaient dans le Nord, l'autre brun comme une parcelle de boue. S'il fallait torturer cette fillette pour l'empêcher de lire dans ses pensées, alors elle le ferait.

Elle croisa son regard. La fillette ouvrit la bouche, recula, se retourna et s'éloigna en courant.

5

Grâce à Katsa qui poussait ses compagnons à avancer plus vite, ils progressèrent rapidement.

— Elle ne connaît qu'une allure, commenta Giddon. Le galop.

— J'ai hâte de savoir si Raffin a obtenu des informations de Tealiff, expliqua Katsa.

— Ne vous inquiétez pas, déclara Oll. Nous arriverons à la cour demain soir si le temps reste clément.

Toutefois, quand ils s'arrêtèrent parmi les collines d'Estill afin d'y camper, les nuages masquaient les étoiles. À l'aube, ils repartirent en hâte. Peu de temps après, alors qu'ils s'approchaient de l'auberge où on avait gardé leurs montures, des gouttes d'eau se mirent à tomber. À peine eurent-ils gagné l'écurie qu'un orage éclata. Une pluie torrentielle s'abattit. Dehors, des ruisseaux se formaient.

— Nous pouvons quand même poursuivre notre route, déclara Katsa.

— Et risquer la vie de nos chevaux ? questionna Giddon. Ainsi que la nôtre ?

— C'est seulement de l'eau, répliqua Katsa.

Giddon la fusilla du regard.

— Allez dire cela à un noyé.

— Lady Katsa, intervint Oll d'un ton calme. Monseigneur. Si l'orage dure un jour entier, il serait plus prudent de rester ici. Par ailleurs, le roi nous prendra pour des inconscients si nous galopons sous la foudre. Dans une heure, le ciel se sera peut-être dégagé. Et nous n'aurons alors perdu que soixante minutes.

Katsa croisa les bras et tenta de se détendre.

— À mon avis, cet orage va durer plus longtemps que cela, maugréa-t-elle.

— Dans ce cas, je vais demander à l'aubergiste qu'il nous prépare des chambres et un repas, conclut Oll.

Des marchands et des voyageurs composaient la clientèle de l'auberge. C'était un bâtiment modeste, propre, équipé d'une cuisine, d'une salle à manger, et de deux étages de chambres. Katsa eût préféré être reçue comme une cliente ordinaire. Cependant, n'étant pas habituée à héberger des nobles, la famille de l'aubergiste redoubla d'attentions pour satisfaire la nièce, le capitaine et le vassal du roi. Malgré les protestations de Katsa, un marchand fut délogé de sa chambre afin qu'elle puisse jouir d'une meilleure vue – vue ce jour-là complètement bouchée même si par beau temps la fenêtre permettait de contempler les collines qu'ils parcouraient depuis des jours.

Katsa voulait présenter ses excuses au marchand lésé. Durant le repas, elle envoya Oll le faire à sa place. Quand l'attention de l'homme se porta sur elle, Katsa leva sa coupe. Il leva la sienne en retour, pâlit, et opina vigoureusement du chef. La bouche pleine, Giddon déclara :

— Vous semblez d'une supériorité redoutable, Madame, quand vous chargez Oll de parler en votre nom.

Katsa se tut. Giddon savait fort bien pourquoi elle avait envoyé Oll. Si, comme la plupart des gens, l'homme la redoutait, Katsa l'eût franchement terrorisé en s'approchant de lui.

La fillette qui les servait se montrait d'une timidité pénible envers eux. Pour répondre à leurs questions, elle se contentait de hocher ou de secouer la tête. Contrairement aux autres, elle ne parvenait pas à détacher son regard de Katsa, même quand le beau Giddon s'adressait à elle.

— Elle pense que je vais la manger, commenta Katsa en l'absence de la petite servante.

— Je ne le crois pas, répliqua Oll. Son père est un ami du Conseil. Il a sans doute fait votre éloge, ici.

— Elle a quand même dû entendre d'horribles histoires à mon sujet.

— C'est possible. Néanmoins, je pense que vous la fascinez.

Giddon s'esclaffa.

— C'est vrai, vous êtes fascinante, Lady Katsa.

Quand l'enfant revint, il lui demanda son prénom.

— Lanie, chuchota-t-elle, les yeux rivés sur Katsa.

— Cette dame te fait peur ? poursuivit-il.

La fillette se mordit la lèvre sans lui répondre.

— Tu n'as pas à la craindre. Elle ne te fera pas de mal. En revanche, si quelqu'un te faisait du mal, Lady Katsa le punirait. Tu comprends ?

La servante acquiesça. Elle regarda de nouveau Katsa.

— Peut-être aimerais-tu lui serrer la main ? reprit Giddon.

La fillette hésita. Puis elle tendit la main. Étonnée que l'enfant veuille la toucher, Katsa éprouva une tristesse mêlée de gratitude.

— Enchantée, Lanie, dit-elle en serrant les petits doigts.

Aussitôt, la gamine retira sa menotte d'un air affolé et courut vers la cuisine. Katsa se tourna vers Giddon.

— Merci, maugréa-t-elle.

— Que voulez-vous, vous ne faites rien pour atténuer votre réputation d'ogresse. Pas étonnant que vous n'ayez pas d'amis.

C'était une réflexion typique de Giddon. Il ne manquait jamais une occasion de la critiquer. Rien ne lui plaisait davantage que souligner ses défauts. Et il ne la connaissait pas s'il pensait qu'elle désirait des amis.

Katsa attaqua son repas et ignora leur conversation.

La pluie continuait de tomber. Giddon et Oll semblaient heureux de bavarder avec les clients et l'aubergiste, mais Katsa s'ennuyait. Elle se rendit à l'écurie où un jeune palefrenier, juché sur un tabouret, brossait un cheval. Le sien, remarqua-t-elle, tandis que ses yeux s'accoutumaient à la pénombre. Quand il la vit, il prit peur.

— Ne crains rien, dit Katsa. Je cherche simplement un lieu pour m'entraîner.

Le garçon descendit du tabouret et détala. Katsa soupira. Enfin, au moins, elle avait l'écurie pour elle toute seule, à présent. Après avoir déplacé des bottes de foin, des selles et des râteaux, elle entama une série de coups de pied en se concentrant sur des adversaires imaginaires. Après un moment, elle se calma.

À l'heure du souper, Oll lui fit part d'une information intéressante.

— Le roi Murgon a annoncé qu'un vol avait eu lieu il y a trois nuits.

— Vraiment ? répondit Katsa en observant attentivement Oll et Giddon. A-t-il précisé ce qu'on lui avait dérobé ?

— Un précieux trésor, c'est tout ce qu'il a dit, répliqua Oll.

— Juste ciel ! Et qui est accusé du délit ?

— Un hypnotiseur Graceling qui aurait endormi les gardes.

— D'autres ont affirmé que les gardes avaient été vaincus par un géant d'une force colossale, ajouta Giddon.

Il éclata de rire. Oll se contenta de sourire.

— Passionnant, commenta Katsa. Avez-vous entendu autre chose ?

— Tout d'abord, ils ont cru que le coupable était quelqu'un de la cour, expliqua Giddon. Un guerrier Graceling de passage. (Il baissa la voix.) N'est-ce pas incroyable ? Quelle chance pour nous.

— Et ce Graceling, s'enquit Katsa, qu'a-t-il dit ?

— Rien qui puisse les aider, répondit Giddon. Il a déclaré qu'il n'était pas au courant.

— Que lui ont-ils fait ?

— Je n'en ai aucune idée. S'il possède le don du combat, je doute qu'ils aient pu le torturer.

— Qui est ce Graceling ? D'où vient-il ?

— Personne n'en a parlé, répliqua Giddon tout en décochant un coup de coude à Katsa. Allons, cela n'a pas d'importance. Ce qui compte, c'est qu'ils ont perdu des heures en l'interrogeant. Quand ils ont commencé à chercher une autre piste, c'était trop tard. Les voleurs avaient déjà parcouru trop de chemin.

Katsa croyait savoir pourquoi Murgon avait passé autant de temps à cuisiner le Graceling. Et pourquoi il avait pris soin de ne pas divulguer le nom du royaume du visiteur. Murgon ne voulait pas qu'on puisse soupçonner que Tealiff représentait le trésor en question, et qu'il l'avait retenu captif dans son donjon.

Mais pourquoi le Graceling de Lienid ne l'avait-il pas dénoncée à Murgon ? Pourquoi la protégeait-il ?

Katsa avait hâte que la pluie cesse afin qu'ils puissent se remettre en route. Elle vida sa coupe.

— Quelle chance pour les voleurs ! déclara-t-elle.

Giddon sourit.

— En effet.

— Y a-t-il d'autres nouvelles ?

— La sœur de l'aubergiste a un bébé de trois mois, annonça Oll. L'autre jour, ils ont eu une grosse frayeur en voyant l'un de ses yeux changer, mais c'était seulement une illusion due à la lumière.

— Palpitant, lâcha Katsa.

— Selon un marchand, la reine de Monsea est très affligée par la disparition de Tealiff, informa Giddon.

— Il paraît qu'elle ne mange plus, dit Katsa à qui jeûner semblait stupide.

— Elle s'est enfermée dans sa chambre avec sa fille, reprit Giddon. Elle laisse seulement entrer sa servante. Elle refoule même le roi Leck.

Voilà qui en plus d'être stupide était bizarre.

— Laisse-t-elle manger sa fille ?

— La servante leur apporte des plats, répondit Giddon. Mais elles refusent de quitter leur chambre. Apparemment, le roi fait preuve d'une grande patience à l'égard de son épouse.

— C'est passager, déclara Oll. Le chagrin pousse parfois les gens à se comporter de façon saugrenue. Cela passera quand elle apprendra que son père a été retrouvé.

Le Conseil préférait cacher le vieil homme avant d'avoir appris la raison de son enlèvement. Cependant, Katsa se demandait si faire parvenir un message à la reine soulagerait sa peine. Elle le suggérerait à Giddon et à Oll quand ils pourraient parler sans crainte.

— Elle est de Lienid, commenta Giddon. Les gens de ce royaume sont assez étranges.

— J'ai du mal à comprendre qu'on puisse se comporter ainsi, commenta Katsa.

Elle n'avait jamais éprouvé de chagrin, ou alors, elle ne s'en souvenait pas. Sa mère, la sœur de Randa, était morte avant que les yeux de sa fille commencent à changer de couleur. Elle avait succombé à une forte fièvre, la même qui avait emporté la mère de Raffin, la reine de Randa. Quant au père de Katsa, un seigneur de la frontière des Middluns, il avait été tué durant un raid dans un village de Wester alors qu'il prenait la défense de ses voisins. À l'époque, Katsa n'avait pas encore appris à parler. Elle ne gardait aucun souvenir de lui.

Si son oncle périssait, elle n'en serait nullement peinée. Elle jeta un œil sur Giddon. Lui, elle n'aimerait pas le perdre, mais sa mort ne l'affligerait pas. Pour Oll, c'était différent. Le décès d'Oll la chagrinerait. Ainsi que celui de Helda, sa servante. Et celui de Raffin. La perte de Raffin lui ferait plus mal qu'un doigt coupé, qu'un bras cassé, qu'un poignard planté dans le flanc.

Néanmoins, au lieu de s'enfermer dans sa chambre, elle partirait à la recherche du coupable et lui infligerait les pires souffrances.

Giddon lui parlait et elle n'écoutait pas. Elle se secoua.

— Pardon ?

— Si le ciel se dégage, nous pourrons partir à l'aube, Lady Katsa, répéta-t-il.

Ils regagneraient le château de Randa avant la nuit. Katsa termina son repas et courut préparer ses affaires.

6

Quand les sabots de leurs chevaux résonnèrent dans la cour intérieure du château de Randa, le soleil brillait encore. Tout autour d'eux s'élevaient des murs blancs garnis de balcons depuis lesquels les nobles pouvaient admirer les arbres aux fleurs roses et les plantes grimpantes du jardin du souverain tandis qu'ils se déplaçaient d'une partie à l'autre du château. Au centre du jardin, une fontaine jaillissait de la main d'une statue représentant Randa. L'autre main tenait une torche. Quand on ne prêtait pas attention à la statue, c'était un lieu charmant, mais la présence des gens aux balcons ne garantissait ni intimité ni tranquillité. Le sol de marbre vert brillait tant que Katsa pouvait y contempler son reflet et celui de sa monture. Les pierres des murs formaient d'étincelantes parois blanches, si hautes, qu'il fallait se tordre le cou pour distinguer les tourelles qui les surmontaient. C'était impressionnant, comme Randa aimait que ce le soit.

Un domestique vint les accueillir. Un instant plus tard, Raffin arriva en trombe.

— Tu es de retour ! s'exclama-t-il.

Katsa lui sourit. Puis, hissée sur la pointe des pieds car Raffin était très grand, elle lui saisit une touffe de cheveux.

— Depuis quand as-tu les cheveux bleus ? questionna-t-elle.

— J'ai essayé un nouveau remède contre les céphalées, répondit-il. On l'applique en le massant sur le cuir chevelu. Apparemment, ça teint les cheveux clairs en bleu.

— Ta migraine est-elle guérie, au moins ?

— En fait, je n'étais pas sûr d'en avoir une, mais si tel était le cas, elle a disparu. Et toi ? (Il la dévisagea plein d'espoir.) As-tu des maux de tête ? La teinture se remarquerait à peine sur ta crinière noire.

— Je n'ai jamais mal au crâne. Que pense le roi de ta nouvelle couleur ?

— Il ne m'adresse plus la parole, répondit Raffin avec un petit sourire en coin. À ses yeux, j'ai perdu toute dignité. Et tant que mes cheveux n'auront pas repris un aspect naturel, il ne me considérera plus comme son fils.

Oll et Giddon saluèrent Raffin, puis remirent leurs chevaux à un jeune garçon. Ils suivirent l'intendant à l'intérieur du château, laissant Katsa et Raffin seuls dans la cour, près du jardin, à côté de la statue de Randa. À voix basse, tout en détachant les sacoches de sa selle, Katsa demanda :

— As-tu obtenu des informations du prisonnier ?

— Il ne s'est toujours pas réveillé, répondit Raffin.

Katsa était déçue.

— As-tu entendu parler d'un guerrier Graceling du royaume de Lienid ? chuchota-t-elle.

— Tu l'as vu ? questionna Raffin.

Elle le regarda avec étonnement.

— Quand tu es entrée dans la cour ? reprit-il. Il rôde partout depuis qu'il est arrivé. Pas facile de le regarder dans les yeux, tu ne trouves pas ? C'est le fils du roi de Lienid.

Il était donc là ? Elle ne s'attendait pas à cela. Elle se tourna vers son cheval.

— C'est l'héritier de Ror ?

— Grands dieux, non ! Il a six frères aînés. Et un nom ridicule pour le septième héritier d'un trône : prince Greening Grandmalion. As-tu déjà entendu un nom pareil ?

— Pourquoi est-il au château ?

— Ah, fit Raffin. Ça, c'est intéressant. Il cherche son grand-père qui a été enlevé.

— Tu ne lui as pas dit…

— Bien sûr que non. Je t'attendais.

Un palefrenier s'approcha pour prendre le cheval de Katsa, et Raffin entama un monologue sur les visiteurs qui étaient passés. Un serviteur surgit d'une des entrées de la cour.

— Il vient pour toi, déclara Raffin. Moi, je ne suis plus le fils de mon père, il ne m'envoie personne.

Il rit et s'éloigna sous une voûte.

Le domestique faisait partie des hommes secs et dédaigneux de Randa.

— Bonsoir, Madame, le roi aimerait savoir si vous avez accompli ce dont il vous avait chargée.

— Vous pouvez lui répondre que oui.

— Bien, Madame. Il souhaiterait aussi vous voir porter une robe pour le dîner.

Katsa fronça les sourcils.

— A-t-il exigé autre chose ?

— Non, Madame. Merci, Madame.

Il s'inclina puis disparut. Katsa chargea ses sacs sur son épaule et soupira. Quand le roi demandait cela, il lui fallait, en plus de la robe, porter aussi un collier et des boucles d'oreilles. Et cela signifiait que Randa avait prévu de la placer à côté d'un seigneur en quête d'épouse, bien que ce dernier ne tarderait pas à remarquer qu'elle n'était pas celle qu'il cherchait. Peut-être pourrait-elle sauver le pauvre homme en quittant la table, invoquant une migraine. Elle regrettait que le remède de Raffin ne puisse teindre ses cheveux en bleu. Cela lui aurait permis d'échapper aux prochains dîners de Randa.

Un étage plus haut, Raffin ressurgit sur un balcon derrière lequel se trouvait son laboratoire. Il se pencha au-dessus de la rambarde.

— Kat !

— Oui ?

— Tu as l'air perdue. As-tu oublié le chemin qui conduit à tes appartements ?

— Je ne suis pas pressée de les rejoindre.

— As-tu le temps de venir me voir ? J'aimerais te montrer mes nouvelles découvertes.

— On m'a demandé de me faire belle pour le dîner.

Il sourit.

— Dans ce cas, ça va te prendre des siècles.

Il éclata de rire. Elle arracha le bouton de sa sacoche et le lança sur Raffin. Il s'accroupit en poussant un cri. Le bouton percuta le mur derrière lui. Quand il se redressa lentement, elle se tenait dans la cour, les mains sur les hanches.

— J'ai fait exprès de rater la cible, déclara-t-elle en souriant.

— Frimeuse ! Passe plus tard si tu as un instant.

Il lui fit un signe de la main et disparut dans son laboratoire.

Ce fut à ce moment-là que Katsa le remarqua. Sur sa gauche, appuyé à la rambarde d'un balcon, le col de sa chemise ouvert, il l'observait. Elle distingua ses anneaux et ses bagues en or. Ses cheveux d'ébène. Une petite cicatrice à son front, près de l'arcade sourcilière. Ses prunelles. Katsa n'en avait jamais vu de pareilles. L'une était argent, l'autre dorée. Elles luisaient, illuminant son visage mat. Katsa était étonnée de ne pas les avoir vues briller dans la pénombre lors de leur première rencontre. Ses yeux semblaient ne pas appartenir à un être humain. Elle ne pouvait s'en détacher.

Un domestique s'approcha de lui et murmura quelque chose. Le Graceling se tourna vers l'homme. Katsa n'entendit pas la réponse. Quand le serviteur se fut éloigné, le jeune noble la regarda de nouveau.

Katsa se sentait clouée au sol. Un sourire narquois

aux lèvres, il haussa un sourcil. Ce qui rompit aussitôt le charme. Katsa le trouva fort arrogant. Quel que soit le jeu auquel il jouait, s'il comptait s'amuser avec elle, il se trompait.

Consciente de l'étrange regard qui la scrutait, elle remonta ses sacs sur son épaule et se dirigea vers une entrée du château.

7

Helda était venue travailler au jardin d'enfants du château à l'époque où Katsa commençait à punir les victimes de Randa. Il était difficile de savoir pourquoi elle avait eu moins peur de Katsa que les autres. Peut-être était-ce à cause de son propre enfant Graceling. Ce n'était pas un guerrier, seulement un nageur, un talent qui ne convenait pas au roi. Le garçon avait donc été renvoyé chez lui et Helda avait vu comment les voisins l'évitaient ou le ridiculisaient, uniquement parce qu'il savait nager aussi vite qu'une truite. Ou parce qu'il avait un œil noir et l'autre bleu. Sans doute était-ce la raison pour laquelle Helda avait réservé son jugement quand les servantes lui avaient conseillé de se méfier de la nièce du roi.

Helda était très occupée, mais dès qu'elle le pouvait, elle venait assister aux séances d'entraînement de Katsa. Elle s'asseyait et la regardait rouer de coups des sacs remplis de céréales qui finissaient par s'éventrer. Elle ne restait jamais longtemps, mais Katsa l'avait remarquée, comme elle remarquait toute personne qui ne cherchait pas à la fuir. Puis un jour, en l'absence d'Oll, alors que Katsa était seule dans la salle d'entraînement, Helda lui confia :

— On dit que vous êtes dangereuse.

Katsa considéra la femme un instant. Elle avait des cheveux et des yeux gris, des bras flasques croisés sur un ventre grassouillet. Elle soutenait son regard de la même façon qu'Oll, Raffin ou le roi. Katsa haussa les épaules et accrocha un sac de céréales à un poteau situé au milieu de la salle.

— Le premier homme que vous avez tué, reprit Helda. Votre cousin. Était-ce un accident ?

Personne ne lui avait jamais demandé cela. C'était une question inconvenante de la part d'une servante, mais Katsa ne savait pas comment réagir face à une telle audace.

— Non, répondit-elle. Je ne voulais pas qu'il me touche, c'est tout.

— Alors vous êtes dangereuse envers les gens que vous n'aimez pas.

— C'est la raison pour laquelle je passe mon temps dans cette salle, répliqua Katsa.

— Afin de maîtriser votre don. Comme tous les Gracelings… Puis-je vous poser une question indiscrète ?

Katsa attendit.

— Qui sont vos servantes ? s'enquit Helda.

Pensant que la femme cherchait à l'embarrasser, Katsa lui jeta un regard noir.

— Je n'en ai pas. Toutes celles qu'on m'a imposées n'ont pas voulu rester à mon service.

— Nul ne vous a parlé du cycle menstruel ou de comment ça se passait entre une femme et un homme ?

Katsa ne comprenait pas ce qu'elle voulait dire. Helda la dévisagea de haut en bas.

— Quel âge avez-vous ? poursuivit-elle.

Katsa leva le menton.

— Onze ans.

— Et ils comptaient vous laisser découvrir tout cela par vous-même. Et vous regarder courir comme une furie à travers le château parce que vous ne saviez pas ce qui vous avait attaquée.

Katsa haussa le menton d'un cran.

— Je sais toujours ce qui m'attaque.

— Mon enfant. Ma chère maîtresse, m'autorisez-vous à vous servir, occasionnellement ? Quand on n'aura pas besoin de moi à la garderie ?

Katsa pensa que travailler au jardin d'enfants devait sembler épouvantable à cette femme si elle préférait encore la servir.

— Je n'ai pas besoin de servante, rétorqua Katsa. Toutefois, si vous n'êtes pas heureuse à la garderie, je peux vous faire transférer ailleurs.

Helda sourit.

— Je suis heureuse à la garderie. Pardonnez-moi de vous contredire, mais vous avez besoin de conseils féminins. Car vous n'avez ni mère ni sœur.

Katsa n'en revenait pas. Qu'aurait fait Randa face à une servante indisciplinée ? Il se serait fâché. Mais Katsa redoutait ses propres colères. Elle retint sa respiration, serra les poings et s'immobilisa. Helda se leva et lissa les plis de sa robe.

— Je passerai à vos appartements de temps en temps.

Le visage fermé, Katsa ne disait mot.

— Si un jour vous désirez échapper aux banquets de votre oncle, n'hésitez pas à me rendre visite dans ma chambre.

Katsa cilla. Elle détestait ces repas où tout le monde l'observait de biais, où nul ne voulait s'asseoir à côté d'elle. La compagnie de cette femme serait-elle préférable à cela ?

— Je dois retourner à la garderie. Je m'appelle Helda et je viens de l'ouest des Middluns. Vous avez de très jolis yeux. Au revoir.

— Merci, bredouilla Katsa à la porte qui s'était déjà refermée.

Assise dans son bain, Katsa tirait sur les nœuds de ses cheveux emmêlés. Dans la pièce voisine, elle entendait Helda qui ouvrait les tiroirs de la commode à la recherche des bijoux que Katsa avait jetés parmi des sous-vêtements en soie et des bustiers inconfortables. À présent, Helda grognait. Elle était sans doute en train de regarder sous le lit avec l'espoir d'y dénicher une brosse à cheveux.

— Quelle robe voulez-vous porter ce soir ? s'enquit Helda.

— Vous savez bien que je m'en fiche.

Helda maugréa quelque chose d'inintelligible. Un instant plus tard, elle lui apporta une robe rouge comme les tomates que Randa importait de Lienid. Des tomates aussi succulentes et sucrées que le gâteau au chocolat du cuisinier du roi.

— Je ne veux pas mettre de rouge, décréta Katsa.

— C'est la couleur du lever de soleil.

— C'est la couleur du sang.

Helda s'éloigna en soupirant.

— Dommage. Vous seriez d'une beauté à couper le souffle avec.

Katsa tira sur un nœud rebelle. En scrutant les bulles qui se rassemblaient à la surface de l'eau, elle déclara :

— Si j'ai envie de couper le souffle à quelqu'un, il me suffit de lui assener un coup de poing en pleine face.

Helda ressurgit avec une robe en soie verte.

— Préférez-vous celle-ci, chère maîtresse ?

— N'ai-je rien de plus terne ? Du marron ? du gris ?

— Je suis déterminée à vous faire choisir une couleur qui mette en valeur vos attraits, insista Helda.

Katsa se renfrogna.

— Vous êtes déterminée à ce qu'on me remarque, répondit-elle en glissant ses doigts dans sa tignasse et en tirant dessus sauvagement. Si je les coupais, je n'aurais plus ce problème !

Helda posa la robe et vint s'asseoir sur le bord du bassin. Elle s'enduisit les mains de savon et démêla délicatement les boucles de Katsa.

— Si vous les brossiez chaque jour, pendant vos voyages, cela ne se produirait pas.

— Giddon se moquerait de moi. De mes tentatives de me faire belle.

— Vous trouve-t-il laide ?

— À votre avis, Helda, je passe combien de temps à me demander si les gentilshommes me trouvent à leur goût ?

— Pas assez, répliqua Helda d'un ton catégorique.

Katsa sentit un rire monter dans sa gorge. Cette chère Helda ! Elle connaissait Katsa et ses talents guerriers. Mais une dame désirait forcément séduire et posséder une légion d'admirateurs, selon Helda, il ne pouvait en être autrement.

Dans la grande salle, au fond, Randa présidait à une immense table dressée sur une estrade. Cela permettait aux convives des trois autres tables qui, plus bas, formaient un carré avec la sienne, de voir plus facilement le roi.

Randa était grand, plus que son fils, et de large carrure. Il avait les mêmes cheveux blonds et yeux bleus que Raffin, mais pas les mêmes expressions. Le roi n'imaginait pas qu'on puisse lui désobéir et devenait menaçant quand il n'obtenait pas ce qu'il voulait. Bien qu'il ne fût pas injuste, sauf envers ceux qui lui faisaient du tort. Et si vous étiez l'un deux, alors vous aviez toutes les raisons de redouter son regard.

Durant les repas, il ne terrorisait personne. Il se montrait arrogant et bruyant. Il plaçait qui il souhaitait à côté de lui. Souvent Raffin, même s'il lui coupait sans cesse la parole et ne l'écoutait jamais. Rarement Katsa. Il préférait la regarder de haut et l'appeler en criant afin d'attirer l'attention de tout le monde sur sa nièce, sa précieuse arme. Les invités prenaient alors peur, pour le plus grand plaisir de Randa.

Ce soir, elle se tenait à la table située à la droite de son oncle, sa place habituelle. Dès qu'elle n'y prenait garde, le bout de ses manches qui s'élargissaient au niveau des poignets trempait dans son chevreuil aux carottes. Au moins, sa robe verte couvrait sa poitrine, ce qui n'était pas toujours le cas. Helda l'ignorait quand Katsa précisait certains détails concernant le renouvellement de sa garde-robe.

Giddon était assis à sa gauche. À sa droite se trouvait le bon parti de Randa, un petit homme dont les yeux exorbités et la longue bouche fine lui faisaient une tête de grenouille. Il s'appelait Davit et possédait un domaine dans le nord-est des Middluns, près de Nander et d'Estill.

Il apprit à Katsa qu'il prenait soin de sa terre, de ses fermes, de ses villages, et elle remarqua qu'il répondait à ses questions sans crainte. Au début, il avait regardé seulement son épaule ou son oreille en lui parlant, puis, peu à peu, quand il avait compris qu'elle n'allait pas le mordre, il s'était détendu et ils avaient pu bavarder normalement. Quoi qu'il en soit, elle appréciait davantage sa compagnie que celle des précédents prétendants. Et elle parvenait à refréner plus facilement l'envie d'arracher les épingles qui lui irritaient le cuir chevelu.

Le prince de Lienid absorbait également son attention. Installé à la table située en face de la sienne, et contrairement au reste des invités, il l'observait sans la moindre gêne. Ce n'était pas uniquement ses étranges prunelles qui la déconcertaient, c'était aussi le fait qu'il ne craignait pas de croiser son regard. Elle n'avait toujours pas discuté avec lui et il était urgent qu'elle le fasse. Ensuite, elle déciderait du sort qu'elle lui réserverait.

— Monseigneur, dit-elle à Davit. Avez-vous une épouse ?

Il secoua la tête.

— C'est la seule chose qui manque à mon domaine, Lady Katsa.

— J'ai profondément déçu mon oncle en lui confiant que je n'avais pas l'intention de me marier.

— Pas seulement votre oncle, je suppose.

Katsa sourit.

— Vous êtes un parfait gentleman.

Davit lui sourit en retour.

— C'était sincère.

Il baissa la tête et chuchota :

— J'aimerais m'entretenir avec le Conseil.

Les yeux rivés sur son morceau de chevreuil, Katsa murmura :

— Redressez-vous et ne me parlez pas à voix basse, vous allez vous faire remarquer.

Il héla une servante qui portait une cruche de vin, avala quelques bouchées de viande et s'adressa de nouveau à Katsa.

— Le temps a épargné mon vieux père, cet été. Il supporte mal la chaleur, mais il a fait frais dans le Nord.

— Je suis heureuse de l'apprendre, répondit Katsa.

— Il est devenu difficile de veiller sur lui, ajouta-t-il la bouche pleine.

— Pourquoi ?

— Bien des désagréments peuvent arriver à un vieillard. Cependant, notre devoir est de les protéger.

— En effet.

Katsa affichait un visage calme malgré son excitation. S'il détenait des renseignements sur l'enlèvement de Tealiff, Giddon aimerait en être informé. Sous la nappe, elle posa la main sur le genou de Giddon. Sans se détourner de la dame avec laquelle il conversait, il se pencha légèrement vers Katsa.

— Vos connaissances sont fort instructives, Monsieur Davit, déclara Katsa au noble. J'espère que nous aurons l'occasion de nous entretenir de nouveau durant votre séjour à la cour.

— Merci, Lady Katsa, répondit le petit homme. Je l'espère aussi.

Giddon transmettrait le message. Ils se réuniraient la nuit, dans les appartements de Katsa, car c'étaient les seules pièces où aucun domestique ne pénétrait. Elle essaierait d'aller voir Raffin avant la réunion. Elle voulait vérifier l'état de santé de Tealiff.

Katsa entendit le roi parler d'elle et se raidit. Elle ne le regardait pas, elle ne voulait pas qu'il l'invite à prendre part à la conversation. Elle ne percevait pas tout ce qu'il disait, mais devina qu'il narrait sans doute un des horribles exploits qu'elle avait accomplis. Son rire retentissait à l'intérieur de la grande salle. Katsa s'assombrit.

Le prince de Lienid l'observait.

— Tout va bien, Lady Katsa ? intervint Davit. Vous êtes un peu rouge.

Giddon se tourna vers elle avec inquiétude.

— Vous n'êtes pas malade ?

— Je ne suis jamais malade, gronda-t-elle.

Aussitôt, elle comprit qu'il lui fallait quitter la salle. Quitter le vacarme des voix, les prévenances étouffantes de Giddon, le regard brûlant du prince. Prendre l'air avant d'exploser.

Elle se leva. Giddon et Davit l'imitèrent. En face d'elle, le prince fit de même. Les uns après les autres, tous les hommes se levèrent. Un silence tomba tandis les yeux étaient rivés sur Katsa. Giddon la saisit par le bras.

— Que se passe-t-il ? s'enquit-il.

— Rien, répondit-elle. Je suis désolée.

Elle scruta le roi, le seul qui était resté assis.

— Pardonnez-moi, sire. Ce n'est rien, ajouta-t-elle en faisant un signe à l'assistance. Rasseyez-vous.

Lentement, les gentilshommes s'exécutèrent, les voix s'élevèrent de nouveau.

— Excusez-moi, Monsieur, dit Katsa.

Elle pivota alors vers Giddon pour lui glisser :

— Laissez-moi partir, j'aimerais aller me promener.

— Je vous accompagne, déclara celui-ci.

Elle le fusilla du regard.

— Très bien, reprit-il, comme vous voulez.

Elle s'efforça d'avancer d'un pas calme jusqu'au couloir situé à l'entrée de la salle, puis se mit à courir.

Elle traversa un dédale de corridors, dépassa des serviteurs qui s'aplatissaient contre le mur sur son passage. Finalement, elle déboula dans la pénombre de la cour.

Elle foula le sol de marbre en retirant ses épingles à cheveux. Sa chevelure retomba sur ses épaules. Ces épingles et cette robe l'exaspéraient. Ainsi que garder la tête immobile et droite, avec ces satanées boucles d'oreilles qui lui chatouillaient le cou. Rester une minute de plus au dîner de son oncle lui avait paru impossible. Elle enleva ses boucles et les jeta dans la fontaine de Randa. Peu importe qui les retrouverait.

Néanmoins, les gens jaseraient. Toute la cour spéculerait sur le sens de son acte, la raison pour laquelle Katsa les avait jetées là.

Katsa se débarrassa de ses chaussures, releva les pans de sa robe et escalada la fontaine. Quand l'eau froide glissa entre ses orteils et enveloppa ses chevilles, elle éprouva un vif soulagement. Elle ne remettrait pas ses chaussures, ce soir.

Elle plongea la main vers un scintillement qu'elle distinguait, ramassa ses bijoux et les glissa à l'intérieur de son corset. Elle resta un moment à profiter de la fraîcheur du bassin, de la brise, écoutant les bruits nocturnes, puis elle pensa à la réaction de l'entourage de Randa, s'ils la trouvaient ainsi, pieds nus, les cheveux en bataille, au centre de la fontaine du roi. Les gens la prendraient pour une folle. Et peut-être l'était-elle.

Le laboratoire de Raffin était allumé, mais elle ne pouvait s'asseoir et discuter. Elle avait besoin de bouger. Le mouvement atténuait le bourdonnement de sa tête.

Katsa descendit de la fontaine et enroula les lanières de ses chaussures autour de ses poignets. Elle détala.

8

L'emplacement réservé à la pratique du tir à l'arc était sombre. Seule, une torche luisait à l'extérieur d'une remise. Katsa alluma les flambeaux situés derrière des mannequins alignés. Elle saisit un arc et s'empara d'une poignée de flèches de couleur claire. Elle en tira une dans les genoux de sa cible, puis envoya le reste dans les cuisses, les coudes et les épaules du mannequin. Avec cet arc, par une nuit claire, elle pouvait désarmer ou rendre infirme n'importe quel homme. Elle changea d'arc, retira les flèches de la cible, recommença.

Au cours du repas, elle avait perdu son sang-froid sans raison. Randa ne lui avait pas adressé la parole, ne l'avait pas regardée, avait seulement prononcé son nom. Il adorait parler d'elle en se vantant, comme si les facultés de Katsa étaient les siennes, comme si elle était la flèche et lui l'archer. Non, pas sa flèche. Son chien. Pour Randa, elle était un chien sauvage qu'il avait domestiqué et dressé. Il la lâchait sur ses ennemis et l'autorisait à sortir de sa cage pour se faire belle, s'asseoir parmi ses amis et les rendre nerveux.

Katsa prit soudain conscience de la férocité avec laquelle elle sortait des flèches de son carquois. L'une était déjà encochée alors que la précédente n'avait pas encore atteint la cible. Munie d'un arc médiocre, elle parvenait à tirer à une vitesse inouïe, avec une précision stupéfiante. Pas étonnant que Randa la traite comme une sauvage. Sentant soudain une présence derrière son épaule, elle songea à son apparence.

Elle était presque sûre que le prince de Lienid se tenait dans son dos. Elle l'ignora. Mais elle ralentit ses gestes, visant avec ostentation les cuisses et les genoux du mannequin avant de tirer. Elle se rendit également compte qu'elle était pieds nus. Il avait dû le remarquer. Peu de choses échappaient à un tel regard. Mais lui non plus n'aurait pas gardé des chaussures aussi ridicules, ni de douloureuses épingles à cheveux. Ou peut-être que si, puisqu'il portait des bagues et des anneaux en or. Les gens de Lienid devaient être des vaniteux.

— Pouvez-vous donner la mort avec une seule flèche ? Où vous contentez-vous de blesser l'adversaire ?

Elle reconnut la voix rauque et envoûtante qu'elle avait entendue dans le jardin de Murgon. Sans se retourner, elle sortit deux flèches de son carquois. L'une atteignit la tête de sa cible, l'autre la poitrine.

— Je ne commettrai jamais l'erreur de me mesurer à vous avec un arc, déclara-t-il en souriant.

— Vous n'avez pourtant pas été si facile à vaincre lors de notre première rencontre.

— C'est grâce à mon don. Cependant, mes talents ne comprennent pas le tir à l'arc.

Katsa se tourna vers lui.

— Vraiment ?

— Je suis uniquement doué pour le combat à mains nues et l'escrime.

Les bras croisés, il s'assit au bord de la table de pierre où les archers posaient leurs armes. Il feignait la nonchalance, mais Katsa n'était pas dupe. Elle savait que si elle l'attaquait, il réagirait vite.

— Je peux esquiver les flèches plus rapidement qu'un soldat ordinaire, reprit-il. Mais quand il s'agit de viser et de tirer, le résultat n'est jamais exceptionnel.

Katsa le croyait. Un don n'affectait jamais deux personnes de la même façon.

— Pouvez-vous lancer un couteau aussi bien que vous tirez une flèche ? demanda-t-il soudain.

— Oui.

— Vous êtes invincible, Lady Katsa.

Elle le considéra un instant puis marcha jusqu'aux mannequins. Elle s'arrêta devant celui qu'elle avait « tué » et retira les flèches de ses cuisses, de son torse et de sa tête. Le prince cherchait son grand-père et Katsa savait où il se trouvait. Néanmoins, elle se méfiait de lui.

Elle éteignit les torches situées derrière les cibles. À présent, l'obscurité l'enveloppait et elle savait qu'elle était invisible. Voulant l'observer à son insu, elle se tourna vers lui. Depuis la zone encore éclairée, il la regarda droit dans les yeux. Et même s'il était impossible qu'il puisse la voir, elle ne parvint pas à soutenir son regard.

Elle se rapprocha de son observateur. Il lui sourit. Elle distingua son œil doré et son œil argenté. Ils luisaient, comme ceux d'un chat ou d'une créature nocturne.

— Êtes-vous nyctalope ? demanda Katsa.

Il rit.

— Non. Pourquoi ?

Elle se tut. Ils se dévisagèrent un instant. Elle se sentit rougir et cela l'exaspéra. Elle s'était trop accoutumée au regard fuyant des gens. Elle n'allait quand même pas se laisser déstabiliser par l'aplomb de ce Graceling.

— Je vais regagner mes appartements, annonça-t-elle.

Il se redressa.

— J'ai quelques questions à vous poser.

Katsa posa son carquois et son arc sur la table de pierre.

— Je vous écoute.

— Qu'avez-vous dérobé au roi Murgon il y a quatre nuits ?

— Ce qu'il avait lui-même volé, répondit Katsa.

— Volé à qui ? À vous ?

— À un ami.

— Vraiment ? Pour vous, c'est un ami ?

— Devrait-il se considérer comme un ennemi ?

— Je pensais que le royaume des Middluns n'avait ni

amis ni ennemis. Que Randa ne s'ingérait jamais dans les affaires d'autrui.

— Vous vous trompez.

— Non, je ne me trompe pas. Savez-vous pourquoi je suis ici, Lady Katsa ?

— On m'a dit que vous étiez le fils du roi de Lienid et que vous cherchiez votre grand-père qui avait disparu. Mais je doute fort que Randa soit son ravisseur.

Il sourit.

— Murgon était sûr que j'étais impliqué dans l'enlèvement, déclara-t-il.

— C'est normal. Les gardes ont vu un guerrier Graceling, ce que vous êtes.

— Non. C'est parce que je suis originaire de Lienid qu'il me soupçonnait. Pouvez-vous expliquer cela ?

Naturellement, elle ne pouvait lui fournir aucune explication.

— Je constate que vous fermez le col de votre chemise pour dîner avec le roi, commenta-t-elle bêtement.

Il s'esclaffa.

— J'ignorais que ma chemise vous intéressait autant, Lady Katsa.

Les joues de Katsa s'enflammèrent.

— Je vous laisse, décréta-t-elle.

En un éclair, il lui bloqua le chemin.

— Vous détenez mon grand-père.

Katsa essaya de le contourner.

— Laissez-moi partir.

Il lui barra la route et leva le bras en signe d'avertissement. Au moins, cette fois, il l'entraînait sur un terrain où elle se sentait plus à son aise.

— Si je dois vous assommer pour passer, je le ferai, reprit-elle en levant la tête.

— Tant que vous ne m'aurez pas révélé où se trouve mon grand-père, je ne vous laisserai pas quitter ce lieu.

Elle feignit de l'attaquer au visage. Il se baissa. Elle tenta de lui assener un coup de genou dans le ventre. Il esquiva en se tournant sur le côté puis lui rendit la pareille avec son poing. Katsa en eut le souffle coupé. Habituellement, elle sentait à peine les coups des soldats du roi, mais le prince, lui, savait se battre.

De son pied, elle le frappa au torse. Il s'effondra. Elle se jeta sur lui et lui laboura la tête et les flancs. Il la repoussa, mais elle revint à la charge. Il la renversa alors sur le dos et la cloua au sol avec le poids de son corps. Elle replia les jambes et parvint à se dégager. Accroupis, ils se mirent à tourner en cercle, cherchant à s'atteindre à l'aide de leurs mains ou de leurs pieds. Elle lui envoya un coup dans le ventre et le fit tomber. Tandis que leur lutte se poursuivait, elle l'entendit rire. Elle comprenait sa joie et la partageait. Elle ne s'était jamais battue avec un adversaire aussi doué. Katsa attaquait bien plus vite que lui, mais il anticipait ses moindres mouvements et se défendait avec une étonnante rapidité. Elle effectuait des gestes qu'elle n'avait pas eu l'occasion de pratiquer depuis l'enfance. Elle essayait des déplacements inédits. Ils jouaient. Quand il lui bloqua les bras derrière le dos et lui empoigna les cheveux, elle se mit à rire aussi.

— Rendez-vous, dit-il.

— Jamais !

Elle se dégagea. Il sauta afin d'esquiver un coup de

coude mais elle bondit sur lui, le plaqua à terre et lui fit mordre la poussière.

— Vous êtes vaincu ! se réjouit-elle.

— Je ne suis pas vaincu et vous le savez. Il faudrait me briser les jambes et les bras pour me vaincre.

— Je n'y manquerai pas si vous refusez de vous rendre.

Cependant, elle souriait en parlant. Il le perçut et rit.

— Je veux bien me rendre, à une condition, Lady Katsa.

— Laquelle ?

— Je vous en prie, expliquez-moi ce qui est arrivé à mon grand-père.

Katsa décela soudain une réelle détresse dans la voix du prince. Elle n'avait pas de grand-père. Mais peut-être était-il aussi attaché à Tealiff qu'elle l'était à Oll, Helda ou Raffin.

— Faites-moi confiance, exhorta-t-il. Je vous en supplie.

Elle hésita un instant puis le relâcha. Assise à côté de lui, elle demanda :

— Pourquoi me faites-vous confiance alors que je vous ai laissé inanimé dans la cour de Murgon ?

Il se redressa en gémissant et se massa l'épaule.

— Parce que je me suis réveillé. Vous auriez pu me tuer, vous avez choisi de m'épargner. (Il effleura sa pommette en grimaçant puis posa les yeux sur Katsa.) Vous aussi vous saignez.

Katsa se leva.

— Ce n'est rien. Suivez-moi, prince.

Il se hissa sur ses pieds.

— C'est Po.

— Pardon ?

— Mon nom. C'est Po.

Katsa le regarda un moment tandis qu'il balançait les bras et palpait les articulations de ses épaules. Il appuya sur son flanc gauche et grogna. Il avait un coquard, une manche déchirée et il était couvert de terre des pieds à la tête. Elle était dans un état pire que le sien, mais cela la faisait sourire.

— Venez, Po. Je vais vous conduire à votre grand-père.

9

Quand ils pénétrèrent dans le laboratoire de Raffin, ce dernier était penché sur un flacon rempli d'un liquide bouillonnant. Il y ajoutait les feuilles d'une plante dont le pot était posé près de son coude. Il observa les feuilles se dissoudre et marmonna quelque chose sur le résultat obtenu. Katsa s'éclaircit la gorge. Raffin leva le nez et cligna des yeux.

— Je vois que vous avez pris le temps de faire connaissance, commenta-t-il. Cela a dû être un combat amical puisque vous venez me voir ensemble.

— Es-tu seul ? questionna Katsa.

— Oui. Et Bann n'est pas loin, bien entendu.

— J'ai dit au prince que son grand-père était ici.

Raffin les regarda tour à tour. Il haussa les sourcils.

— C'est un homme sûr, reprit Katsa. Je suis désolée de ne pas t'avoir consulté, Raff.

— Kat, répondit Raffin en scrutant sa robe et son visage. Si tu penses, après ce qu'il t'a fait, qu'il n'est pas dangereux, alors je veux bien te croire.

Katsa sourit.

— Pouvons-nous rendre visite à Tealiff ?

— Vous le pouvez. Il est réveillé.

*

* *

Le château comprenait plusieurs passages secrets, construits des siècles avant l'arrivée de Randa – lequel ne les connaissait pas tous. Durant leur enfance, Raffin et Katsa en avait découvert plusieurs. Pendant que Raffin explorait un nouveau couloir, Katsa montait la garde afin d'éloigner les curieux, qui ne manquaient pas de fuir à la vue de sa mine hostile. Raffin et Katsa avaient choisi de s'installer dans cette partie du château parce que leurs appartements étaient reliés par un passage et parce qu'un autre passage reliait la chambre de Raffin à une bibliothèque d'ouvrages scientifiques.

Hormis Katsa, Raffin et Bann, aucun membre de la cour ne connaissait l'existence d'une pièce située entre deux étages, à laquelle on pouvait accéder depuis une réserve. Sombre, dépourvue de fenêtres, la pièce en question sentait le moisi, mais possédait l'avantage d'être proche de la chambre de Raffin.

Bann et Raffin étaient amis depuis longtemps. Quand ce dernier avait découvert que Bann, un enfant de son âge, travaillait à la bibliothèque du château et s'intéressait à ses expériences, il avait cessé de barber Katsa avec ses plantes médicinales et ses poudres de pétales de fleurs. Puis Raffin avait supplié Bann de l'aider à préparer des mixtures et Bann était devenu son assistant personnel.

Une torche à la main, suivi de Katsa et Po, Raffin franchit une porte dérobée située au fond d'une réserve. Tous trois gravirent les marches d'un escalier qui conduisait à la chambre secrète.

— As-tu appris quelque chose ? demanda Katsa.

— Non, rien, répondit Raffin. Hormis qu'ils lui ont bandé les yeux durant l'enlèvement. Il est encore très faible. Il n'a pas souvenir de grand-chose.

— Savez-vous qui sont ses ravisseurs ? questionna Po. Murgon est-il responsable ?

— Nous ne le pensons pas, déclara Katsa. Mais nous sommes certains de l'innocence de Randa.

L'escalier débouchait sur une porte. Raffin sortit une clé.

— Randa ne sait pas que Tealiff est ici, confia Katsa. Il ne faut jamais qu'il l'apprenne.

Raffin ouvrit la porte. Ils envahirent la pièce étroite. Assis sur une chaise, près du lit où, allongé, les yeux clos, les mains croisées sur la poitrine, gisait Tealiff, Bann lisait à la faible clarté d'une lampe à huile.

Bann se leva et céda sa place à Po. Le prince s'assit près de son grand-père et observa son visage endormi. Puis il lui prit les mains, inclina la tête, et pressa les doigts du vieil homme contre son front. Katsa eut l'impression de déranger un moment d'intimité.

— Votre visage est tuméfié, prince, déclara Raffin. Vous allez avoir un vilain œil au beurre noir.

— Po. Appelez-moi Po.

— Po. Tout va s'arranger avec un peu de glace. Allons en chercher, Bann !

Raffin et Bann quittèrent la pièce. Quand Katsa et Po se tournèrent de nouveau vers Tealiff, les yeux de ce dernier étaient ouverts.

— Grand-père, dit Po.

— Po ? murmura le vieil homme. Juste Ciel ! Justes Collines !

— Je vous ai retrouvé, grand-père.

— Approche la lampe, mon garçon. Au nom de Lienid, qu'as-tu fait à ta figure ?

— Rien. Je me suis simplement battu.

— Avec qui ? une meute de loups ?

— Avec Lady Katsa, répondit-il en tournant la tête vers elle. Ne vous inquiétez pas, c'était une bagarre amicale.

— Une bagarre amicale. Ton état est pire que le sien, Po.

Po éclata de rire. Katsa le trouvait très joyeux.

— J'ai rencontré mon égal, grand-père.

— Plus que ton égal, objecta Tealiff. Venez ici, mon enfant, dit-il à l'attention de Katsa, approchez-vous de la lumière.

Consciente de son visage sale et ensanglanté, de ses cheveux en bataille, Katsa rejoignit tout de même l'autre côté du lit et s'agenouilla près de Tealiff.

— Vous m'avez sauvé la vie, reprit-il.

— Sire, si quelqu'un vous a sauvé, alors c'est mon cousin Raffin avec ses remèdes.

— Oui, Raffin est un garçon bienveillant, affirma-t-il tout en tapotant la main de Katsa. Mais je sais ce que vous et vos amis avez accompli. Vous m'avez délivré et je ne comprends toujours pas pourquoi. Je doute qu'une personne de Lienid vous ait déjà rendu service.

— Je n'avais jamais rencontré de gens du royaume de Lienid avant vous, sire, répondit Katsa. Mais vous semblez très aimable.

Tealiff ferma les yeux, abaissa la tête vers les oreillers et se détendit. Un souffle ténu s'échappait de sa bouche.

— Il s'endort toujours de la sorte, confia Raffin depuis la porte. Avec du repos, il recouvrera ses forces. (Il tendit un petit paquet recouvert de tissu à Po.) Tenez, c'est de la glace. Appliquez-la contre votre œil. Katsa vous a aussi fendu la lèvre, apparemment. Avez-vous mal autre part ?

— Partout, répliqua Po. Comme si une horde de chevaux m'avait piétiné.

— Honnêtement, Katsa, demanda Raffin, as-tu tenté de le tuer ?

— Si j'avais essayé, il serait mort, assura-t-elle.

Po s'esclaffa. Elle ne lui avait brisé aucun os et Raffin déclara que les bleus s'estomperaient vite. Il examina la griffure sur la joue de Katsa.

— C'est superficiel, déclara-t-il. As-tu d'autres douleurs ?

— Aucune. Je ne sens même pas l'égratignure.

— Tu ferais bien de te débarrasser de cette robe avant que Helda ne la voie.

— Oui, je suis vraiment navrée de l'avoir réduite en haillons.

Raffin sourit. Il la saisit par les bras et l'inspecta de haut en bas. Il rit.

— Quand on a les cheveux bleus, on ne se moque pas des autres, lâcha Katsa. Qu'y a-t-il de si drôle ?

— On dirait que tu t'es battue pour la première fois.

Katsa disposait de cinq pièces. Une chambre à coucher, décorée de tentures et d'ornementations murales choisies par Helda car Katsa refusait de s'intéresser à la question. Une salle de bains en marbre blanc, vaste, fonctionnelle. Une salle à manger dont les fenêtres donnaient sur la cour, et où elle soupait, parfois en compagnie de Raffin ou de Helda, ou encore de Giddon quand il ne lui tapait pas sur les nerfs. Un salon, agrémenté de chaises et de coussins moelleux également choisis par Helda – dans lequel elle ne se rendait jamais.

La cinquième pièce était son ancienne salle de couture. Elle ne pouvait se souvenir du dernier bas qu'elle avait reprisé ou brodé. Elle avait transformé l'espace en salle d'armes, où épées, dagues, couteaux et arcs ornaient les murs autour d'une solide table carrée. Dorénavant, c'était là que se tenaient les réunions du Conseil.

Après avoir pris un bain et noué ses cheveux mouillés derrière la nuque, elle jeta sa robe dans le feu qui crépitait dans sa chambre et la regarda brûler d'un air satisfait. Le garçon chargé du guet durant leurs réunions arriva. Katsa alluma les torches accrochées entre des poignards et des arcs. Raffin et Po firent leur entrée. Un cercle noir entourait l'œil doré de Po, lui conférant un air de brigand. Les mains dans les poches, il s'assit sur le rebord de la table. À la vue de la collection d'armes de Katsa, il s'illumina. Il avait changé de chemise. Celle qu'il portait était ouverte, et les manches repliées jusqu'au coude révélaient des avant-bras brunis par le soleil. Katsa fronça les sourcils. Pourquoi s'intéressait-elle à ses avant-bras ?

— Asseyez-vous, maugréa-t-elle en tirant une chaise pour elle-même.

— Quelle mauvaise humeur ! commenta Raffin.

— Au moins, je n'ai pas les cheveux teints !

Oll s'avança vers eux. Quand il remarqua la griffure de Katsa, il s'arrêta. Il avisa le coquard de Po, se mit à rire, et frappa sur la table.

— Comme je regrette de ne pas avoir assisté à ce combat, Lady Katsa !

Po souriait.

— Elle a gagné, ce qui ne vous étonne pas, je suppose.

Katsa s'assombrit.

— Non, maugréa-t-elle. Personne n'a gagné.

— Ma parole ! lâcha Giddon qui venait d'entrer.

Il porta la main à son épée, toisa Po, et ajouta :

— Vous avez osé attaquer Lady Katsa ?

— Ne soyez pas ridicule, Giddon, déclara Katsa.

Il se tourna vers elle.

— De quel droit s'en est-il pris à vous ?

— C'est moi qui l'ai frappé en premier, répliqua-t-elle.

— Dans ce cas, il avait dû vous offenser...

— Ça suffit ! gronda Katsa en se levant. Je n'ai pas besoin de vous pour me défendre.

— Un invité de la cour, un étranger...

— Giddon...

— Monseigneur, intervint Po en avançant d'un pas vers Giddon. Si j'ai insulté votre dame, je vous prie de me pardonner. J'ai rarement le plaisir de m'entraîner avec une guerrière aussi douée, je n'ai pu résister à la tentation. Je vous assure que j'en suis sorti plus meurtri qu'elle.

Giddon afficha un air moins hostile.

— Je suis également navré de vous avoir offensé, reprit Po. J'aurais dû faire plus attention à son visage. Pardonnez-moi. C'était inexcusable.

Il lui tendit la main. Giddon se décrispa et la serra.

— Vous comprenez mon inquiétude, dit Giddon.

— Bien sûr.

Katsa les observait. Elle ne voyait pas du tout pourquoi Giddon aurait dû se sentir insulté. De quoi se mêlait-il ? Et Po, qui regrettait son manque de délicatesse ! Elle lui briserait le nez. Elle les rouerait de coups tous les deux et ne leur présenterait pas ses excuses.

Po surprit son expression et elle ne fit rien pour apaiser la fureur silencieuse qui la gagnait.

— Pouvons-nous commencer ? dit quelqu'un.

Po soutint le regard de Katsa et ils s'assirent en même temps. Il articula un mot : « Pardon. » C'était aussi clair que s'il l'eût prononcé à voix haute.

Bon. Giddon restait quand même un idiot.

En plus de Po et de Davit, seize membres du Conseil

assistaient à la réunion : Katsa, Raffin, Giddon, Oll, son épouse, deux de ses soldats, deux de ses espions, trois seigneurs, quatre servantes – une aide du cuisinier, une palefrenière, une lavandière, un clerc de la chambre des comptes et du trésor de Randa. D'autres personnes du château faisaient partie de l'organisation. Mais la plupart du temps, c'étaient ces seize-là qui les représentaient tous.

— Je ne sais pas qui a enlevé le prince Tealiff, déclara Davit. Et je le regrette. Cependant, je suis en mesure de vous dire qui ne l'a pas enlevé. Estill, Nander et mes terres sont limitrophes. Mes voisins sont des seigneurs au service des rois Thigpen et Drowden. Ces nobles hommes ont déjà aidé le Conseil et détiennent des informations révélées par les espions de leurs suzerains. Selon eux, ni Thigpen ni Drowden ne sont impliqués dans l'enlèvement.

Raffin et Katsa échangèrent un regard.

— Alors, ce doit être le roi Birn de Wester, suggéra Raffin.

— Donnez-nous le nom de vos sources et celui des sources de vos sources, dit Oll au baron. Nous vérifierons. Si vos renseignements se confirment, nous nous approcherons d'une explication.

Aucune autre affaire ne fut exposée et la réunion s'acheva rapidement.

— Prince, déclara Raffin. À propos de la libération de votre grand-père, si vous nous permettiez de préserver le secret, cela nous aiderait. Nous ne pouvons le protéger si nous ignorons l'identité de son ravisseur.

— Bien sûr, répondit Po. Je vous le permets.

— Vous pouvez néanmoins envoyer un message codé à votre famille afin de l'assurer qu'il se porte bien.

— Oui, je vais y songer.

Raffin posa les mains sur la table.

— Parfait. Autre chose ? Katsa ?

— Rien, répondit-elle.

— Bien, dit-il en se levant. Nous nous retrouverons dès qu'il y aura du nouveau ou que Tealiff recouvrera la mémoire. Giddon, pouvez-vous raccompagner Monsieur le baron à sa chambre ? Oll, Horan, Waller, Bertoll, j'aimerais vous parler, suivez-moi. Nous emprunterons le passage secret qui se trouve dans la chambre à coucher de Katsa, si elle n'y voit pas d'inconvénients.

— Allez-y, répliqua Katsa. C'est plus prudent que passer par les corridors.

— Le prince…, reprit Raffin. Katsa, peux-tu conduire le prince…

— Oui. Pars tranquille.

Raffin quitta la salle avec Oll, les soldats, les espions et les servantes.

— Vous vous êtes donc remise du malaise que vous avez eu au cours du dîner, pour avoir pu vous bagarrer ainsi, persifla Giddon. Vous êtes de nouveau dans votre élément, Lady Katsa.

Davit gloussa. Katsa préférait rester civilisée devant lui et Po.

— En effet, répondit-elle. Bonsoir, Giddon.

Giddon opina de la tête et sortit avec Davit. À présent, Po et Katsa étaient seuls.

— Vous craignez que je ne puisse retrouver mon chemin sans votre aide ? s'enquit-il.

— Non, ce n'est pas cela. Raffin tient à ce que je vous escorte à travers un passage secret. Si on vous aperçoit dans les couloirs du château, les gens vont jaser. Ici, le moindre fait anodin donne lieu à des commérages.

— Oui, comme dans la plupart des cours.

— Combien de temps envisagez-vous de séjourner parmi nous ?

— J'aimerais rester jusqu'à ce que mon grand-père se sente mieux.

— Dans ce cas, il va falloir trouver un prétexte qui justifie votre présence ici. Car tout le monde sait que vous cherchez Tealiff, n'est-ce pas ?

Po acquiesça.

— Si vous acceptiez de vous entraîner avec moi, cela me fournirait un bon prétexte, répondit-il.

Elle commença à éteindre les torches.

— Comment cela ?

— Les gens comprendraient que nous voulons tous deux profiter de l'occasion de perfectionner notre don du combat.

Elle marqua une pause avant d'étouffer la dernière flamme et songea à sa proposition. Elle le comprenait totalement. Elle était lasse d'amortir ses coups en s'entraînant avec des groupes de piètres soldats en cotte d'armes. Pouvoir se battre de nouveau avec Po était un rêve.

— Ne vont-ils pas s'imaginer que vous avez renoncé à retrouver votre grand-père ?

— Je suis déjà allé à Wester et à Nander. Je peux prétendre que j'ai l'intention de visiter Sunder et Estill afin d'y glaner des informations le concernant et que je me sers des Middluns comme d'une base. Aucune ville n'est mieux située que celle de Randa.

Il pouvait prétexter cela, nul n'y trouverait rien à redire. Elle étouffa la flamme et marcha vers Po. La lumière du couloir éclairait la moitié de son visage. Celle où luisait son œil doré orné d'un cercle noir. Elle leva le menton.

— Je serai votre partenaire. Mais ne comptez pas sur moi pour prendre soin de vos pommettes.

Il éclata de rire.

— Pardonnez-moi pour cette remarque. Je tiens à faire de Giddon un allié, non un ennemi. C'était le seul moyen.

Katsa secoua la tête.

— Giddon est un sot.

— Venant d'un homme de son rang, sa réaction m'a paru naturelle.

Des doigts, il effleura le menton de Katsa. Elle se pétrifia. Il lui fit pivoter la tête vers la lumière.

— C'est à cause de mes bagues, murmura-t-il.

Elle le dévisagea d'un air perplexe.

— L'éraflure, précisa-t-il.

La main de Po retomba le long de son corps. Il considéra Katsa d'un air calme, comme si toucher son visage était normal, comme si les amis se comportaient ainsi – et comme si Katsa avait des amis pour établir une comparaison…

Elle se dirigea vers la porte et saisit la torche du couloir.

— Venez, lui dit-elle.

Car il était temps de faire sortir cet homme aux pupilles de félin qui semblait avoir été créé pour la rendre nerveuse. Elle lui fermerait les yeux d'un coup de poing la prochaine fois qu'ils s'entraîneraient ensemble. Elle le débarrasserait de ses anneaux et de ses bagues en or.

Il était temps de le reconduire à sa chambre, afin de pouvoir retrouver la sienne – et la raison.

10

C'était un merveilleux adversaire. Elle ne pouvait le frapper où elle l'aurait souhaité ni aussi fort qu'elle l'aurait désiré car il parait ou esquivait les coups trop rapidement. Quand ils luttaient au sol, Katsa sentait l'infériorité de sa force par rapport à celle de Po et c'était la première fois qu'elle se découvrait un désavantage dans ce domaine.

Il était à l'écoute de tout ce qui l'entourait. Il semblait savoir ce qu'elle faisait, même quand elle se tenait derrière lui.

— Si vous n'êtes pas nyctalope, alors vous avez des yeux derrière la tête, lui dit-elle un jour.

— Qu'entendez-vous par là ?

— Vous savez toujours ce qui se passe dans votre dos.

— Êtes-vous consciente du vacarme que vous produisez quand vous entrez dans une pièce, Lady Katsa ?

— Certains de vos sens sont peut-être plus développés grâce à votre don ?

Il secoua la tête.

— Pas plus que les vôtres.

À cause de la souplesse et de l'énergie inépuisable de Katsa, Po sortait plus amoché qu'elle des séances d'entraînement. Et il résistait moins bien qu'elle à la douleur. Une fois, alors que Katsa tentait de le clouer à terre, de sa main libre il lui frappa les cotes à plusieurs reprises et finit par demander en riant :

— Ça ne vous fait pas mal ?

Assise sur ses talons, elle palpa la zone située sous sa poitrine.

— C'est légèrement douloureux, répondit-elle.

— Vous êtes en pierre. Vous sortez de ces combats sans un bleu tandis que je m'éloigne en boitant et passe mes journées à panser mes plaies avec de la glace.

Il ne portait pas ses bagues pour s'entraîner avec elle. Quand elle lui avait dit que c'était une précaution inutile, Po lui avait répondu d'un air innocent :

— J'ai promis à Giddon de vous traiter avec délicatesse.

Et il s'était baissé pour esquiver une droite.

Ils retiraient également leurs bottes depuis que Katsa l'avait accidentellement blessé au front. Ce jour-là, il était tombé à quatre pattes et Katsa avait demandé à Oll d'aller chercher Raffin. Puis elle avait déchiré sa manche afin d'essayer d'endiguer le sang qui coulait dans les yeux de Po. Quand, quelques jours plus tard, Raffin les avait autorisés à se battre de nouveau, Katsa avait exigé qu'ils s'entraînent pieds nus. En vérité, par la suite, elle modéra aussi la puissance de ses frappes quand celles-ci visaient le visage.

Ils s'entraînaient presque toujours devant un groupe de soldats ou de seigneurs. Oll venait dès qu'il le pouvait tant ces combats le mettaient en joie. Giddon ne restait jamais longtemps, le spectacle le rendait maussade. Helda passait à l'occasion, et s'asseyait avec des yeux qui s'agrandissaient à mesure qu'elle les observait.

Au soulagement de Katsa, Randa ne venait pas les voir.

Après l'entraînement, ils se restauraient souvent ensemble dans la salle à manger de Katsa. Ou chez Raffin, en compagnie de ce dernier et de Bann. Ou encore dans la pièce où se trouvait Tealiff. Celui-ci était encore très faible mais leur présence le réconfortait.

Quand Katsa et Po s'installaient à la même table afin de partager un repas, l'éclat argenté ou doré des prunelles de Po la décontenançait. Elle ne parvenait pas à s'y habituer. Elle s'efforçait quand même de poursuivre la conversation quand elle croisait son regard, en se disant que c'étaient simplement des yeux, ceux de Po, et qu'elle n'était pas lâche. Par ailleurs, elle ne voulait pas se comporter avec lui comme la cour le faisait avec elle : évitant froidement ou maladroitement tout contact visuel. Elle refusait de faire cela à un ami.

C'était un ami. Et au cours des dernières semaines de l'été, pour la première fois, le château de Randa devint un lieu agréable pour Katsa. Les espions d'Oll rapportaient des informations collectées durant leurs voyages à Nander et à Estill. Étonnamment, la paix régnait sur les sept royaumes. La chaleur semblait endormir la cruauté de Randa, ou peut-être était-il distrait par le flux de marchandises qui envahissait la ville à cette période de l'année. Quoi qu'il en fût, Randa ne lui confiait pas de sales besognes à exécuter et elle put enfin se détendre.

En présence de Po, elle n'était jamais à cours de questions.

— D'où vient votre prénom ? lui demanda-t-elle alors qu'ils discutaient à voix basse près du lit de Tealiff.

Avec une écharpe, Po essayait de fixer un morceau de glace enveloppé dans un tissu contre son épaule. Katsa l'aida à nouer l'étoffe.

— Lequel ? répondit-il. J'en ai plusieurs.

— Po.

— Mes frères m'ont surnommé ainsi quand j'étais enfant. C'est le nom d'un arbre de Lienid. En automne, ses feuilles prennent des couleurs or et argent.

Katsa rompit une miche de pain. Elle se demanda s'ils l'avaient affublé de ce surnom pour l'exclure en lui rappelant qu'il était un Graceling. Avec un sourire, elle le regarda dévorer du bœuf, du fromage et des fruits. Katsa possédait un bel appétit, mais celui de Po l'épatait.

— Est-ce difficile d'avoir six frères aînés ? s'enquit-elle.

— J'ai eu plus de chance que d'autres, je pense. Les gens de Lienid adorent le combat à mains nues. Mes frères sont de grands combattants et j'ai commencé à me battre avec eux quand j'étais très jeune. J'ai fini par tous les surpasser. Ils me traitaient comme leur égal, comme plus que leur égal…

— Étaient-ils aussi des amis ?

— Oui, surtout les plus jeunes.

Katsa songea qu'il était sans doute plus facile d'être un guerrier Graceling au royaume de Po. Ou peut-être le don de Po s'était-il manifesté de façon moins tragique que le sien. Il était également possible que tout soit différent à Lienid.

— On m'a rapporté qu'à Lienid les gens sont hissés par des cordes pour accéder aux châteaux car ceux-ci ont été construits à des hauteurs vertigineuses, déclara Katsa.

Po sourit.

— Seul le château de mon père est équipé d'un monte-charge.

Il se resservit de l'eau et se remit à manger.

— Eh bien ? fit Katsa. N'allez-vous pas m'en dire davantage à ce sujet ?

— Cette séance d'entraînement a failli m'achever, j'ai faim, figurez-vous. Je vais finir par croire que vous cherchez à m'affaiblir en m'empêchant de me sustenter.

— Pour un homme qui se targue d'être le meilleur guerrier de Lienid, vous possédez unc constitution délicate.

Il rit et posa sa fourchette.

— Très bien, très bien. Comment puis-je vous expliquer cette histoire de cordes ? La ville de mon père repose au sommet d'un relief rocheux qui se dresse au centre des plaines de Lienid. Il existe trois moyens de s'y rendre : par une route qui grimpe en spirale ou par un escalier vertical taillé dans la roche. Quand on est en forme, bien réveillé, et sans monture, l'escalier est un bon choix. Néanmoins, nombreux sont ceux qui abandonnent à mi-chemin, préférant poursuivre le voyage sur la route, en suppliant la première charrette de les laisser monter à bord. Avec mes frères, nous faisons parfois la course en prenant l'escalier.

— Qui gagne ?

— Doutez-vous à ce point de mes facultés pour me demander cela ? Vous, vous arriveriez en tête, bien entendu.

— Mon don ne me permet pas d'exceller dans tous les domaines, répondit Katsa.

— Pourtant, je ne vous vois pas vous résoudre à accepter la moindre défaite.

— Et le troisième moyen ? maugréa Katsa.

— C'est le monte-charge. Des cordes enroulées autour d'une roue pendent le long de la paroi rocheuse et sont fixées à une plate-forme. Des chevaux font tourner la roue qui permet au monte-charge de s'élever.

— Cela semble laborieux.

— La plupart des gens empruntent la route. Le monte-charge sert surtout à hisser les importants arrivages de marchandises.

— Et toute la ville est perchée dans le ciel ?

Po opina du chef.

— Mais pourquoi l'avoir construite à cet endroit ? questionna Katsa.

Po haussa les épaules.

— Parce que c'est un lieu magnifique, je suppose.

— Vraiment ?

— On peut voir les champs, les montagnes et les collines avoisinantes. D'un côté de la ville, on peut contempler la mer.

— La mer, répéta Katsa.

Elle avait vu les lacs de Nander et certains étaient si larges qu'on pouvait à peine distinguer la rive opposée. Mais jamais elle n'avait vu la mer. Elle ne pouvait se figurer une telle quantité d'eau. Ni imaginer le fracas des vagues dont on lui avait parlé.

— On peut distinguer deux châteaux de mes frères depuis la ville. Les autres se trouvent au-delà des montagnes, trop loin pour être visibles.

— Combien y a-t-il de châteaux ?

— Sept, répondit Po. De même que nous sommes sept fils.

— Donc l'un d'eux vous appartient.

— Oui, le plus petit.

— Cela vous dérange-t-il ?

Po tendit la main vers un bol de fruits et saisit une pomme.

— J'en suis ravi mais mes frères refusent de le croire.

Katsa était étonnée. Tous les hommes qu'elle connaissait, y compris son cousin, rêvaient de diriger un grand fief et de contrôler plus de régions. Giddon comparait toujours son domaine à celui de ses voisins. Et quand Raffin énumérait les reproches qu'il faisait à Thigpen, il n'omettait jamais de mentionner un désaccord concernant l'emplacement de la frontière située à l'est des Middluns. Jusqu'ici, Katsa avait pensé qu'elle n'était pas comme eux parce qu'elle était une femme.

— Je n'ai pas l'ambition de mes frères, reprit Po. Je n'ai jamais voulu régner sur quoi que ce soit.

— Moi non plus, déclara Katsa. Je suis tellement heureuse que Raffin soit le fils de Randa, et moi seulement la fille de sa sœur.

— Mes frères aiment le pouvoir. Ils se mêlent toujours des disputes qui ont lieu à la cour de Lienid. Ils s'en délectent. Ils adorent gouverner leurs châteaux et leurs villes. J'ai souvent l'impression qu'ils aspirent tous au trône, ajouta-t-il en effleurant l'épaule de Katsa. Mon château est proche d'une ville, mais c'est elle-même qui se gouverne. Et je n'y suis pas entouré par une assemblée de vassaux. C'est simplement une belle demeure où je me repose quand je ne voyage pas.

— Vous voyagez beaucoup ?

— Moins que mes frères. Mais je vis dans un lieu si merveilleux… Juché sur le haut d'une falaise. Des marches descendent jusqu'à l'océan, et des balcons surplombent une vaste étendue bleue. Au coucher du soleil, le ciel et l'eau rougeoient. Parfois, des poissons aux couleurs extraordinaires jaillissent des vagues. On peut les admirer depuis les balcons. Sauf l'hiver. L'hiver, le vent souffle trop fort pour rester dehors. C'est dangereux et sauvage.

Soudain, il bondit et se tourna vers le lit de Tealiff.

— Grand-père ?

« Comment a-t-il su que Tealiff était réveillé ? » se demanda Katsa.

— Tu parles de ton château, murmura le vieil homme.

— Comment vous sentez-vous, grand-père ? s'enquit Po.

Katsa croqua une pomme tout en les écoutant bavarder. Elle ignorait qu'il existait des endroits qui donnaient envie de passer son temps à les contempler tant ils étaient beaux.

Brusquement, Po la regarda et la torche éclaira ses yeux luisants.

— J'ai un faible pour les paysages splendides. Mes frères se moquent de moi à cause de cela.

— Si tes frères ignorent la force qu'on peut puiser dans la beauté, ce sont eux, les sots, déclara Tealiff. Venez, Lady Katsa, laissez-moi admirer ces prunelles qui me revigorent.

Katsa sourit.

Elle s'installa à côté de Tealiff, et Po continua de parler de son château, de ses frères et de la ville de Ror.

11

— À quelle distance de la ville de Randa se trouve le fief de Giddon ? demanda Po, un matin.

Assis sur le sol de la salle d'entraînement, ils se reposaient et buvaient de l'eau. Po était revenu de Nander le jour précédent et Katsa était heureuse de le retrouver. La séparation avait ajouté une nouvelle intensité à leur relation.

— Ce n'est pas loin d'ici, répondit-elle. Il faut un jour de voyage pour s'y rendre.

— Connaissez-vous sa résidence seigneuriale ?

— Oui, c'est fastueux. Il n'est pas souvent chez lui, mais il veille à ce que les lieux restent bien entretenus.

— J'en suis certain.

Aujourd'hui, Giddon avait assisté à leur combat. Il

avait été le seul spectateur et ne s'était pas attardé. Elle ne comprenait pas pourquoi il venait puisque cela le mettait de mauvaise humeur.

Katsa s'allongea sur le dos et scruta le lointain plafond. La lumière filtrait par de grandes fenêtres orientées à l'est. Les jours commençaient à raccourcir. L'air allait bientôt se rafraîchir, et une odeur de feu de bois imprégnerait le château. Les feuilles craqueraient sous les sabots des chevaux quand elle traverserait la forêt.

Le mois avait été incroyablement paisible. Les missions du Conseil lui manquaient. Elle se demanda si Oll avait obtenu des informations sur l'enlèvement de Tealiff. Peut-être aurait-elle dû se rendre elle-même à Wester afin d'y glaner des renseignements.

— Que répondrez-vous à Giddon quand il vous demandera votre main ? s'enquit Po. Accepterez-vous ?

Katsa se redressa.

— Quelle question absurde !

— Pourquoi ?

Il n'affichait pas son habituel petit sourire narquois. Elle eut l'impression qu'il ne cherchait pas à la taquiner.

— Au nom des Middluns, pourquoi voudrait-il m'épouser ?

— Vous plaisantez ? Vous ignorez que Giddon est amoureux de vous ?

— Ne soyez pas ridicule. Il passe son temps à me critiquer.

Po secoua la tête en laissant échapper un rire.

— Comment pouvez-vous être aussi aveugle ? Il est

fou de vous. N'avez-vous pas remarqué à quel point il est jaloux ? Ni sa réaction quand je vous ai éraflé la joue ?

Un sentiment désagréable submergea Katsa.

— Je ne vois pas le rapport, répliqua-t-elle. Par ailleurs, qu'en savez-vous ? Il ne vous fait pas de confidences, j'imagine.

— Non, répondit-il. Certainement pas. Giddon a autant confiance en moi qu'en Murgon. À mon avis, il pense que tout homme qui se bat avec vous ne vaut guère mieux qu'un opportuniste ou un bandit.

— Giddon n'éprouve aucune attirance envers moi, vous vous trompez.

— Je ne peux vous montrer ce que vous êtes déterminée à ne pas voir, Lady Katsa.

Il s'allongea, bâilla, et ajouta en riant de nouveau :

— Quoi qu'il en soit, à votre place, je songerais à une réponse, au cas où il vous demanderait en mariage. Comme d'habitude, je vais être obligé de panser mon épaule avec de la glace. Vous avez encore gagné, aujourd'hui.

Elle bondit sur ses pieds.

— Avons-nous fini ?

— Il me semble. Avez-vous faim ?

Elle balaya l'air de sa main et marcha jusqu'à la porte. Elle le laissa allongé sur le dos, sous la lumière des fenêtres, et s'élança vers le laboratoire de Raffin.

Assis à une table, Raffin et Bann lisaient quand elle entra.

— Êtes-vous seuls ? questionna Katsa.

Surpris, ils levèrent le nez et acquiescèrent.

— Giddon est-il amoureux de moi ? demanda-t-elle de but en blanc.

Raffin cligna des yeux, Bann la dévisagea avec étonnement.

— Il ne m'en a jamais touché mot, répondit Raffin. Mais ceux qui le connaissent te répondraient que oui.

Katsa se frappa le front et se mit à marcher de long en large.

— T'a-t-il dit quelque chose ? reprit Raffin.

— Non. Po m'en a parlé.

Elle se tourna alors vers Raffin et lui lança :

— Et toi, pourquoi ne m'as-tu pas avertie ?

— Je pensais que tu le savais. Il t'escorte dès que le roi t'envoie quelque part loin de la ville. Il s'assied toujours près de toi durant les dîners.

— Randa nous place où il le souhaite.

— Alors il sait probablement que Giddon nourrit l'espoir de t'épouser.

Katsa empoigna ses propres cheveux.

— C'est épouvantable ! Que dois-je faire ?

— S'il te demande en mariage, tu refuseras. Tu lui expliqueras que cela n'a rien à voir avec lui, que de toute façon tu es déterminée à rester célibataire et que tu ne veux pas d'enfants.

— En tout cas, je ne l'épouserai pas pour sauver ma vie, répondit Katsa. Ni la sienne.

Raffin s'esclaffa.

— Cela, tu n'es pas obligée de le lui dire.

Katsa soupira.

— Sans vouloir te vexer, tu n'es pas la personne la

plus perspicace que je connaisse, poursuivit Raffin. Ta capacité à ne pas relever l'évidence est étonnante.

Elle jeta les bras en l'air et se dirigea vers la porte. Mais avant de sortir, saisie par une pensée choquante, elle fit volte-face.

— Et toi, es-tu amoureux de moi ?

Il resta un instant sans voix puis éclata de rire. La main devant la bouche, Bann en fit de même. Katsa éprouvait un trop grand soulagement pour leur en vouloir.

— Très bien, très bien, dit-elle. Je le mérite, je suppose.

— Ma chère Katsa, déclara Raffin. Giddon est bel homme, es-tu sûre que tu ne changeras pas d'avis ?

Tandis que lui et Bann riaient de plus belle, elle s'éloigna.

— N'oublie pas la réunion du Conseil, ce soir, lui lança-t-il.

Elle leva la main pour lui montrer qu'elle avait entendu et referma la porte sur leurs éclats de rire.

— Le calme règne sur les sept royaumes, déclara Oll. Cependant, si nous vous avons réunis, c'est parce que nos informations sur le prince Tealiff demeurent inexplicables. Nous espérons que vous aurez des idées.

Bann s'était joint à eux car Tealiff allait mieux et n'avait plus besoin qu'on reste constamment à son chevet. Katsa en avait profité pour le placer entre elle et Giddon. Oll et Po lui faisaient face, et où qu'elle regarde, les yeux de ce dernier brillaient sans cesse dans son esprit.

— Les renseignements du seigneur Davit étaient

exacts, poursuivit Oll. À Nander et à Estill, nul n'est au courant de l'enlèvement. Personne n'est impliqué. Et à présent, nous sommes quasiment sûrs que le roi Birn de Wester est également innocent.

— Murgon serait donc l'unique responsable ? demanda Giddon.

Mais selon Katsa, c'était absurde : Murgon travaillait seulement pour le compte des autres et en échange d'argent. Les membres du Conseil le savaient.

— Avec quel mobile ? questionna Katsa.

— À l'instar des autres rois, il n'en a pas, répliqua Raffin. C'est bien ce qui nous pose problème. Nous ne pouvons trouver une raison qui justifie l'enlèvement de Tealiff. Même le prince Greening n'en voit aucune.

Po acquiesça.

— Mon grand-père a uniquement de l'importance pour sa famille.

— Et si quelqu'un avait voulu provoquer la famille royale de Lienid, il se serait démasqué, suggéra Oll. Autrement, à quoi bon ce coup de force ?

— Tealiff a-t-il donné d'autres informations ? s'enquit Giddon.

— Oui, répondit Po. Voici ce qu'il nous a confié : il a été drogué et on lui a bandé les yeux. Il a effectué à bord d'un bateau une traversée qui lui a semblé plus longue que le reste du voyage sur la terre ferme. Ce qui suggère qu'après avoir embarqué à Lienid, ses ravisseurs ont jeté l'ancre dans l'un des ports situés au sud de Sunder, avant de traverser les forêts de la ville de Murgon. Il a dit qu'en les entendant parler, il avait décelé un accent du Sud.

— Po, intervint Katsa, votre grand-père s'est-il querellé avec votre père, votre mère ou vos frères ?

— Non, répondit Po. J'en suis certain.

— Comment pouvez-vous le prouver ? demanda Giddon.

— Je ne le peux, monseigneur, rétorqua Po. Vous devez me croire sur parole. Ni mon père, ni mes frères, ni ma mère, ni quiconque à la cour de Lienid n'est impliqué dans l'enlèvement.

— Le Conseil ne doute pas de la parole de Po, décréta Raffin. Et si le coupable n'est ni Birn, ni Drowden, ni Thigpen, ni Randa, ni Ror, il ne reste que Murgon.

— Avez-vous songé au roi de Monsea ? s'enquit Po.

— Un roi renommé pour sa bonté envers les animaux blessés et les enfants perdus ferait enlever le père de sa femme ? s'étonna Giddon. C'est peu crédible, je pense.

— Nous n'avons rien découvert qui puisse incriminer le roi Leck, informa Oll. C'est un homme pacifique. Soit c'est un coup de Murgon, soit l'un des sept rois cache un secret à ses espions.

— Quoi qu'il en soit, Murgon sait qui est le responsable, avança Katsa. S'il le sait, certains de ses proches le savent aussi. Je pourrais cuisiner l'un d'eux.

— Vous révéleriez votre identité, Lady Katsa, souligna Oll.

— Rien ne l'empêche de le tuer après l'interrogatoire, proposa Giddon.

Katsa leva la main.

— Attendez, je n'ai pas parlé de meurtre.

— Si elle interroge quelqu'un qui la reconnaît et qui

le rapporte ensuite à Murgon, c'est trop dangereux, décida Raffin.

— Le prince Greening devrait s'en charger à sa place, déclara Giddon en toisant Po. Cela ne surprendrait pas Murgon. En fait, j'ignore pourquoi vous ne l'avez pas déjà fait si vous tenez tant à savoir qui est le coupable.

— Cela laisserait entendre que Po est informé de l'implication de Murgon, rétorqua Katsa d'un ton sec. Comment va-t-il expliquer au roi qu'il est au courant de ce fait sans nous accuser ?

— C'est bien pour cela que vous ne pouvez interroger les hommes de Murgon sans les éliminer ensuite, s'irrita Giddon.

— Très bien, fit Raffin. Nous tournons en rond. En ce qui me concerne, je pense qu'il vaut mieux ne pas faire courir un risque pareil à Lady Katsa et au Conseil. À l'avenir, cela sera peut-être nécessaire. Mais pour l'instant, Tealiff est en sûreté, et depuis qu'il est ici, nous avons pu constater que personne ne cherchait à lui nuire. Po, si vous souhaitez prendre d'autres mesures pour démasquer le coupable, nous aimerions en être avertis.

— Je vais y réfléchir, répondit Po.

— Dans ce cas, tant que nous n'aurons rien appris de nouveau ou que Po n'aura pas pris de décision, nous ne nous occuperons plus de cette affaire. Oll ? Avez-vous autre chose à nous signaler ?

Oll leur parla d'un village de Wester qui avait accueilli des soldats de Nander avec deux catapultes fournies par un baron de Wester, ami du Conseil. Pensant qu'une armée les attaquait, les soldats avaient pris la fuite. Des rires s'élevèrent autour de la table et Oll se mit à narrer une autre histoire. Katsa n'écoutait plus. Ses pensées dérivaient vers le donjon de Murgon et les forêts de Sunder, lesquelles recelaient sans doute le secret de l'enlèvement. Sentant le regard de Po, elle le dévisagea. Mais elle croisa uniquement cet air absent qu'il avait parfois quand ils s'asseyaient ensemble après une séance d'entraînement.

Elle observa son visage. Sa blessure au front n'était plus qu'un trait rouge. Elle laisserait une cicatrice. Katsa se demanda si l'orgueil de Po en pâtirait. En son for intérieur, elle sourit. Po n'était pas vraiment orgueilleux. Il n'avait pas cherché à dissimuler son entaille. En outre, aucun homme vaniteux n'eût cherché à se battre avec elle jour après jour. À se mettre à sa merci.

Comme souvent, les manches de sa chemise laissaient apparaître ses avant-bras. Il était si peu soigné… Katsa examina de nouveau la figure du prince Graceling. Il aurait eu de bonnes raisons d'être un poseur : avec son nez aquilin, ses larges épaules, il était aussi beau que Giddon ou Raffin. Même ses étranges prunelles étaient attirantes. Soudain, avec une expression malicieuse, il la regarda droit dans les yeux. À croire qu'il savait exactement ce qu'elle pensait. Katsa se renfrogna. La réunion prit fin et les chaises grincèrent. Raffin l'attira à l'écart afin de lui parler. Elle était heureuse de pouvoir se détourner de Po. Elle ne le reverrait pas avant leur prochain combat. Et les combats la ramenaient toujours sur terre.

12

Le lendemain, Randa vint assister à leur entraînement. Il se tenait debout, sur le côté, afin que les spectateurs se sentent obligés de se lever aussi et le regardent au lieu de regarder les combattants. Katsa aurait aimé ignorer sa présence, mais elle n'y parvenait pas. Il était trop grand, trop large, et portait un habit bleu vif. Son rire résonnait dans chaque coin de la salle. Elle se demandait ce qu'il voulait. Il ne venait jamais voir sa lady tueuse sans raison.

Quand il avait fait son entrée, elle répétait un exercice avec Po. Agenouillée, les bras bloqués derrière le dos par Po, elle devait rompre la prise puis l'amener dans la même position. Se dégager était facile. C'était la riposte qui la frustrait. Même quand elle réussissait à le faire tomber à genoux et à lui bloquer les bras, elle ne parvenait pas à le maintenir au sol. C'était une question de force. Pour qu'il ne se relève pas, il aurait fallu qu'elle l'assomme et ce n'était pas le but de l'exercice. Elle devait trouver une autre technique pour l'empêcher de se hisser sur ses pieds.

Ils recommencèrent l'exercice. Katsa s'agenouilla. Derrière elle, Po lui saisit les poignets. Elle se dégagea, le frappa au plexus, passa une jambe entre les siennes et le déséquilibra. Quand Po fut à genoux, elle tira sur ses bras. Sur son épaule droite, celle qu'il pansait toujours avec de la glace. Elle lui tordit le bras droit, appliquant tout son poids contre celui-ci. À présent, le moindre mouvement lui infligerait une douleur supérieure à celle qu'il devait déjà ressentir.

— J'abandonne, dit-il dans un souffle.

Elle le relâcha et il se releva. Ils recommencèrent. Une fois de plus, elle parvint à l'immobiliser facilement.

— Bien, fit Po en se massant l'épaule. Je pense que vous maîtrisez cet exercice. Pouvons-nous passer à autre chose ?

Katsa entendit la voix de Randa. Ravalant son exaspération, elle se tourna vers lui.

— C'est très amusant de vous voir lutter avec un adversaire, lança-t-il.

— Je suis heureuse que cela vous distraie, sire, répondit-elle.

— Prince, que pensez-vous de notre lady tueuse ?

— Elle me surpasse, Votre Majesté. Si elle ne se retenait pas, je ne serais plus de ce monde.

Randa s'esclaffa.

— En effet. Quand vous venez souper dans la grande salle, j'ai remarqué que c'était vous qui étiez couvert de bleus et non elle.

Il était si fier d'avoir Katsa en sa possession. Elle rêvait d'effacer son regard malveillant, mais elle se força à desserrer les poings et à soutenir le regard de son oncle.

— Katsa, dit-il, passe me voir plus tard. J'ai une affaire à te confier.

— Oui, sire, répondit-elle. Merci.

Avant de sortir, Randa se pencha en arrière et inspecta la salle. Puis son escorte habituelle se pressa à sa suite tandis que les plis de son habit bruissaient. Katsa le suivit du regard jusqu'à ce qu'il eût franchi les portes qu'un domestique fit claquer derrière lui.

À l'intérieur de la pièce, les seigneurs et les soldats se rassirent. Katsa était vaguement consciente de leurs mouvements, vaguement consciente de Po qui l'observait en silence.

— Que souhaitez-vous faire, maintenant, Lady Katsa ? s'enquit-il.

— Un combat loyal, annonça-t-elle. Jusqu'à ce que l'un de nous deux capitule.

Po examina ses poings serrés et sa bouche crispée.

— Entendu, mais demain.

— Non. Sur-le-champ.

— La séance d'entraînement est terminée.

Elle s'approcha de lui et murmura :

— Que se passe-t-il, Po ? Me craignez-vous ?

— Oui, comme toute personne sensée, je vous crains quand vous êtes en colère. Je ne vois pas l'intérêt d'un combat si vous êtes dans cet état. De même que vous seriez en droit de refuser de vous battre avec moi si vous me sentiez plein de hargne. Ce n'est pas le but de ces exercices.

Elle se rendit compte qu'il disait vrai. La rage la submergeait. Une rage qui se mua aussitôt en désespoir. Randa allait l'envoyer meurtrir quelque voleur insignifiant, un imbécile qui méritait de conserver ses dix doigts malgré ses actes répréhensibles. Il l'enverrait et elle obéirait car il détenait le pouvoir.

Ils se restaurèrent dans la salle à manger de Katsa. Elle scrutait ses aliments. Po parlait de ses frères et lui expliquait qu'ils seraient ravis d'assister à leurs séances d'entraînement. Il voulait qu'elle se rende à Lienid, un jour, afin qu'ils puissent tous deux se livrer à une démonstration devant sa famille. Ils seraient stupéfaits par son talent et l'encenseraient, disait-il. Et il pourrait lui faire découvrir les plus beaux panoramas de la ville de son père.

Elle n'écoutait pas. Elle se figurait les bras qu'elle avait cassés pour Randa. Des bras tordus à la hauteur du coude, des esquilles d'os transperçant la peau.

— Que disiez-vous ? fit-elle. À propos de votre épaule ?

Il baissa les yeux et joua avec ses couverts.

— Votre oncle vous perturbe. Dès qu'il est entré dans la pièce, vous vous êtes métamorphosée. Ce n'était plus vous, c'était une autre personne.

— Ou peut-être étais-je comme je suis vraiment et que la personne que j'ai pu être à d'autres moments ne me ressemble pas.

— Comment cela ?

— Aux yeux de mon oncle, je suis une bête sauvage, une tueuse. Quand il est venu nous voir, ne me suis-je pas transformée en fauve ? Et que pratiquons-nous chaque jour ?

Elle jeta un morceau de pain sur sa nourriture.

— Vous n'êtes pas une bête sauvage, déclara-t-il.

— Vous ne m'avez pas vue à l'œuvre avec les ennemis de Randa.

Il porta sa coupe à ses lèvres et but tout en l'observant.

— Que va-t-il vous demander, cette fois ? questionna-t-il.

Elle songea à briser un bol posé sur la table.

— De faire souffrir un noble qui lui doit de l'argent, ou qui a refusé de conclure un marché, ou encore, qui l'a simplement regardé de travers. Il exigera que je le maltraite au point de lui ôter le désir de recommencer.

— Et vous vous exécuterez ?

— Qui sont ces inconscients qui continuent de résister au roi des Middluns ? N'ont-ils pas entendu parler de moi ? Ignorent-ils qu'ils vont avoir affaire à Lady Katsa ?

— Pourquoi acceptez-vous ? Comment peut-on vous forcer à faire quoi que ce soit ?

— C'est le roi. Et vous êtes un imbécile si vous pensez que j'ai le choix.

— Vous avez le choix. Ce n'est pas lui qui vous rend sauvage. C'est vous-même, quand vous vous pliez à sa volonté.

Elle se leva d'un bond et son poing vola vers le menton de Po. Quand elle s'aperçut qu'il ne levait pas le bras pour parer le coup, elle tenta d'atténuer la puissance de l'impact. Avec un bruit glaçant, sa main percuta le visage du prince. Sous le regard atterré de Katsa, la chaise de Po se renversa, son crâne tomba lourdement au sol. Elle savait qu'elle avait tapé fort. Et il ne s'était pas défendu.

Elle le rejoignit. Couché sur le côté, il se tenait la figure à deux mains. Une larme s'échappait de son œil et roulait sur ses doigts. Il grommelait ou sanglotait – elle n'était pas sûre. Agenouillée près de lui, elle lui toucha l'épaule.

— Je ne vous ai pas brisé la mâchoire, j'espère. Pouvez-vous parler ?

Il s'assit, ouvrit la bouche, la referma. Il fit bouger sa mâchoire de gauche à droite.

— Non, chuchota-t-il. Je ne pense pas.

Elle lui palpa le visage. Avec soulagement, elle ne sentit rien d'inquiétant.

— Elle n'est pas cassée, dit-il. Bien qu'elle aurait dû l'être.

— Quand j'ai vu que vous ne réagissiez pas, je me suis retenue.

Elle plongea la main dans une cruche d'eau et y puisa des morceaux de glace qu'elle enveloppa dans une étoffe.

— Pourquoi ne vous êtes-vous pas défendu ? lui demanda-t-elle en lui tendant une compresse qu'il appliqua contre sa mâchoire.

— Ça va me faire mal pendant des jours, gémit-il.

— Répondez-moi.

Il la regarda et soupira.

— Je vous ai expliqué. Je ne veux pas me battre quand vous êtes en colère. Je ne résoudrai pas un désaccord entre nous avec des coups. Nous entraîner ensemble est destiné à nous aider tous deux à devenir de meilleurs combattants. Ce que j'apprends avec vous, ce n'est pas pour m'en servir contre vous. Nous sommes amis.

Elle se sentit honteuse. C'était tellement simple, tellement évident. Les amis ne se comportaient pas ainsi entre eux.

— Nous sommes trop dangereux l'un pour l'autre, Lady Katsa. Et même si nous ne l'étions pas, ce serait déplacé.

— Vous ne m'y reprendrez plus, déclara-t-elle. Je le jure.

Il croisa son regard.

— Je le sais. Ne culpabilisez pas. Vous auriez frappé moins fort si vous aviez su que je n'allais pas riposter.

— Ce n'était même pas à cause de vous, mais de lui. Il me rend furieuse.

Po la considéra un instant.

— À votre avis, que se passerait-il si vous désobéissiez à Randa ?

Katsa n'y avait jamais songé.

— Il se mettrait en colère, répondit-elle. Je me fâcherai aussi et j'aurais envie de le tuer.

— Hum, fit-il en faisant bouger sa mâchoire. Vous avez donc peur de votre propre colère.

Elle se rendit compte qu'il n'avait pas tort.

— Mais Randa ne mérite même pas votre fureur. Ce roi n'est qu'une brute.

— Une brute qui fait couper les doigts des gens !

— Parce que vous acceptez de le faire pour lui. C'est en partie grâce à vous qu'il détient un tel pouvoir.

Elle avait peur de sa propre rage. Peur de ce qu'elle était capable de faire à Randa, et avec raison. Il suffisait de regarder Po et sa mâchoire rouge qui commençait à enfler. Elle avait appris à maîtriser son talent de combattante, mais pas sa hargne. Ce qui signifiait qu'elle ne maîtrisait toujours pas son don.

— Vous devriez aller voir Raffin afin de vous assurer que vous n'avez rien de cassé, suggéra Katsa.

Elle baissa les yeux et ajouta :

— Pardonnez-moi, Po.

Il se hissa sur ses pieds. Il lui tendit la main et l'aida à se relever.

— Vous êtes pardonnée, Lady Katsa.

Elle secoua la tête, stupéfaite par sa gentillesse.

— Les gens de Lienid sont vraiment étranges, je n'aurais jamais réagi de cette façon. Vous parvenez à conserver votre calme après ce que je vous ai fait. Et la sœur de votre père a un comportement si bizarre.

— Que voulez-vous dire ? Qu'a-t-elle fait ?

— D'après la rumeur, quand votre grand-père a disparu, la reine de Monsea s'est mise à jeûner. Vous n'êtes pas au courant ? Et ensuite, elle s'est recluse dans sa chambre avec sa fille. Elle n'y laisse entrer personne, pas même le roi.

— Elle ne laisse pas entrer le roi…, répéta-t-il d'un air perplexe.

— Ni quiconque hormis une servante qui leur apporte à manger.

— Comment se fait-il que nul ne m'en ait parlé ?

— Je pensais que vous le saviez, Po. J'ignorais que cela vous troublerait autant. Êtes-vous proche d'elle ?

D'un air absent, Po scruta la table en désordre et son repas à moitié terminé.

— Qu'y a-t-il ? s'enquit Katsa.

Il secoua la tête.

— Cela ne ressemble pas du tout à Ashen. Enfin, cela n'a pas d'importance. Je vais aller trouver Raffin.

Elle l'observa.

— Vous me cachez quelque chose, dit-elle.

Sans la regarder, il demanda :

— La mission de Randa va vous prendre combien de temps ?

— Quelques jours.

— À votre retour, j'aimerais vous parler.

— Pourquoi pas maintenant ?

— J'ai besoin de réfléchir.

Pourquoi scrutait-il la table et le sol au lieu de la regarder ? Elle se dit que c'était lié à son inquiétude envers les gens qu'il aimait. Car il était ainsi, ce prince de Lienid. Son amitié était sincère.

Il leva enfin les yeux vers elle et esquissa un sourire.

— Ne soyez pas trop indulgente à mon égard, déclara-t-il. En matière d'amitié, ni vous ni moi ne sommes irréprochables.

Puis il sortit. Katsa contempla l'emplacement où il s'était tenu et, troublée, songea au fait qu'il venait de répondre à quelque chose qu'elle avait pensé sans le formuler.

13

Ce n'était pas la première fois que Po la troublait de la sorte. Il connaissait parfois son opinion avant même qu'elle ne l'ait exprimée.

Raffin lui avait dit qu'elle manquait de perspicacité. Po était perspicace, lui. Peut-être était-ce pour cette raison qu'ils s'entendaient si bien. Po la comprenait sans qu'elle ait besoin de s'expliquer. Elle n'avait jamais rencontré quelqu'un avec qui il était si facile de communiquer.

Tandis que les chevaux se dirigeaient vers l'ouest, elle songeait à tout cela. Quand les collines cédèrent la place à des plaines herbeuses, le plaisir de galoper sur une surface plane lui fit oublier Po. Giddon était de bonne humeur car ils se rapprochaient de ses terres. Ils avaient prévu de passer une nuit dans sa résidence seigneuriale à l'aller et au retour. Giddon avait hâte d'arriver chez lui, et bien que Katsa n'appréciât guère sa compagnie, elle ne pouvait lui reprocher de les ralentir. En fin de matinée, ils s'arrêtèrent pour se reposer.

— C'est un peu maladroit de la part du roi de vous avoir demandé de punir votre voisin, déclara Oll à Giddon.

— En effet, répondit Giddon. Le seigneur Ellis est un excellent voisin. Je ne sais pas ce qui lui a pris de s'opposer à Randa.

— Il veut protéger ses filles, répliqua Oll. On ne peut l'en blâmer. C'est la malchance d'Ellis qui a créé ce conflit avec le roi.

Randa avait passé un marché avec un hobereau de Nander, dont le domaine, situé au sud de Nander, se trouvait sur la trajectoire des pillards de Wester et d'Estill. C'était un lieu dangereux, surtout pour une femme. En outre, le château désolé n'abritait pas suffisamment de domestiques, ceux-ci ayant été tués ou capturés par des brigands. Mais le hobereau voulait à tout prix une compagne. Randa lui avait donc proposé de lui trouver une épouse à condition d'obtenir en échange la dot de celle-ci.

Le seigneur Ellis avait deux filles en âge de se marier. Deux filles et deux grosses dots. Randa lui avait ordonné d'en choisir une pour le hobereau. « Choisissez la plus courageuse des deux », lui avait-il écrit. Ellis avait refusé. « Mes deux filles sont vaillantes, avait-il répondu. Mais je ne tiens pas à ce qu'elles vivent dans cette région perdue de Nander. Être roi vous donne bien des pouvoirs, mais pas celui de m'imposer un gendre. » Quand Raffin avait fait part à Katsa du contenu de la missive d'Ellis, elle avait trouvé ce dernier fort brave. Aussi brave que chaque homme qui avait tenu tête à son oncle. Les ordres de Randa étaient les suivants : Giddon devait d'abord tenter de faire céder Ellis en dialoguant, et si le dialogue échouait, Katsa torturerait le rebelle en présence de ses filles, afin que l'une d'elles se sacrifie pour protéger son père. Cette dernière devait ensuite être livrée à Randa avec la dot, puis escortée jusqu'au domaine du hobereau.

— Ce qu'il nous demande de faire est épouvantable, reprit Oll.

— Certes, répliqua Giddon. Cependant, je ne vois aucun moyen d'échapper à cette sinistre besogne.

Ils étaient installés sur un rocher plat et mangeaient des fruits et du pain. Katsa contemplait les herbes hautes qui bougeaient autour d'eux. Elles se couchaient sous le vent ou se redressaient, évoquant le mouvement de l'eau.

— La mer est-elle semblable à cela ? questionna Katsa. Ondoie-t-elle comme cette prairie ?

— Oui, répondit Oll. Mais la mer est bruyante, avec des vagues froides et grises.

— Cela devrait me plaire, murmura Katsa.

Giddon la dévisagea d'un air incrédule.

— Quoi ? reprit-elle. Est-ce si étrange de dire cela ?

— Venant de votre bouche, ça l'est, commenta-t-il en se levant. Ce guerrier Graceling vous a empli l'esprit d'images romantiques.

Katsa passa outre. Elle n'avait pas envie de se laisser

perturber par la jalousie de Giddon. Ils remontèrent en selle. Elle éperonna sa monture et imagina qu'elle galopait à travers l'océan.

La présence de Giddon devint plus difficile à ignorer quand ils gagnèrent son château. Les hauts murs étaient impressionnants. Des domestiques affluèrent dans la cour ensoleillée afin d'accueillir leur maître, et Giddon les questionna au sujet des récoltes et des réparations d'un pont. Il était tout-puissant, ici, et cela semblait le réjouir.

Ses laquais se montraient toujours très aimables avec Katsa quand elle séjournait sur les terres de Giddon. Ils lui demandèrent si elle n'avait besoin de rien, allumèrent un feu dans la cheminée de sa chambre et lui apportèrent de l'eau afin qu'elle puisse se laver. Quand elle les croisait dans le couloir, ils la saluaient. On ne la traitait ainsi nulle part, pas même sous son propre toit. Elle comprit soudain que Giddon leur avait demandé de la servir comme une dame d'honneur et de ne pas la craindre, ou s'ils avaient peur, de le cacher. Giddon avait exigé tout cela. Elle prit conscience que les servantes devaient la considérer comme leur future maîtresse, car si tous les membres de la cour des Middluns connaissaient les sentiments de Giddon, ceux-ci avaient certainement été également interprétés par ses domestiques. Prenant conscience qu'ils attendaient d'elle quelque chose d'impossible, elle ne savait plus comment se comporter. Elle s'était dit qu'ils seraient heureux s'ils apprenaient qu'elle n'épouserait pas Giddon. Qu'en soupirant avec soulagement, ils se prépareraient pour la seconde élue de son cœur – à coup sûr, une dame inoffensive. Mais peut-être espéraient-ils pour leur maître ce que lui-même souhaitait.

Elle doutait qu'il pût être bête au point de tomber amoureux d'elle et avait encore du mal à y croire.

Oll était de moins en moins emballé au sujet du seigneur Ellis.

— Je crois que le roi ne nous a jamais confié une tache aussi cruelle, maugréa-t-il alors qu'ils soupaient dans la grande salle du château de Giddon.

— Bien sûr que si, répliqua Giddon. Et nous avons obtempéré. Cependant, c'est la première fois que cela semble vous poser un problème.

D'un air vague, Oll scruta un instant les tapisseries rouge et or qui décoraient les murs.

— Le Conseil condamnerait un tel acte, répondit-il. Le Conseil enverrait quelqu'un pour protéger ces deux filles. De nous.

Giddon mastiqua une pomme de terre d'un air pensif.

— Si nous n'exécutons pas les ordres de Randa, nous ne pourrons poursuivre nos activités clandestines. À quoi servirons-nous quand nous serons enfermés dans son donjon ?

— Certes, fit Oll. Mais c'est tellement injuste.

À mesure qu'il mangeait, Giddon affichait une mine de plus en plus morose, semblable à celle du capitaine. Katsa contempla le visage anguleux et triste d'Oll. Elle regarda Giddon couper un morceau de viande tandis que la lame de son couteau reflétait les couleurs rouge et or des murs. Il parlait à voix basse et soupirait – tous deux soupiraient.

Ils ne voulaient pas punir Ellis. Tout en les observant, Katsa se mit à réfléchir à une solution afin d'éviter cela.

Selon Po, elle avait les moyens de s'opposer à Randa. Et ce dernier s'en prendrait plus facilement à Oll et Giddon qu'à elle-même. En effet, que pouvait-il faire contre elle ? Rien ne l'empêchait de mobiliser son armée pour la conduire au cachot. Il pouvait aussi la tuer en l'empoisonnant au cours d'un dîner. S'il pensait qu'elle représentait un danger, il ne se gênerait pas pour le faire.

Et que se passerait-il, quand elle retournerait au château de son oncle sans l'une des filles d'Ellis ? Quelles seraient les conséquences si elle perdait son sang-froid face à sa colère ? Si elle le tuait ?

Le lendemain matin, à son réveil, Katsa comprit que si elle était obligée de martyriser un innocent pour faire plaisir à son oncle, cela la mettrait également en rage. Et cette rage serait aussi catastrophique que celle qu'elle éprouverait devant la fureur du roi.

Giddon et Oll se hissèrent sur leurs montures sans entrain.

— Nous pourrons peut-être parvenir à un accord en discutant avec Ellis, avança Giddon.

Oll lui répondit en haussant les épaules.

Quelques heures plus tard, lorsqu'ils arrivèrent au fief du seigneur, un domestique les escorta jusqu'à une bibliothèque dont les étagères garnies de livres s'élevaient si haut qu'il fallait se servir d'échelles de bois pour les atteindre. Installé à une table, Ellis écrivait. Quand ils s'avancèrent dans la pièce, il se leva et leur fit front. Il était petit et possédait d'épais cheveux bruns.

— Je sais ce qui vous amène, Giddon.

Celui-ci s'éclaircit la gorge.

— Nous aimerions nous entretenir avec vous en présence de vos filles, commença-t-il.

— Je n'ai nullement l'intention de vous les présenter, répliqua Ellis.

Il toisa Katsa, soutint son regard et leva le menton. Dans la pièce, elle dénombra trois serviteurs pétrifiés contre les murs.

— Monseigneur, déclara-t-elle. Si vous tenez à vos valets, faites-les sortir.

Giddon se tourna vers elle d'un air étonné. Ce n'était pas leur façon habituelle d'opérer.

— À moins que vous ne préfériez que je les chasse à votre place ? reprit-elle.

— Sortez ! ordonna Ellis aux trois hommes. Ne laissez entrer personne.

Katsa eut l'impression qu'il s'était préparé à leur arrivée. Peut-être avait-il déjà envoyé ses filles en lieu sûr. Quand la porte se referma, Giddon protesta. Katsa le fit taire en levant la main.

— Seigneur Ellis, le roi nous a chargés de vous convaincre d'accorder la main d'une de vos filles à un seigneur de Nander. Je suppose que vous y êtes toujours opposé ?

— Exact.

— Randa m'a dit qu'en cas de refus il fallait que je vous torture.

— Cela ne m'étonne pas de lui.

— Lady Katsa, murmura Giddon. Qu'est-ce qui vous prend ?

— Le roi, poursuivit Katsa, se montre parfois injuste. De plus, il m'emploie à maltraiter ses victimes car il a horreur de se salir les mains. Mais cette fois, je ne lui obéirai pas. Je ne vous infligerai aucune douleur. Je ne vous obligerai pas à vous soumettre à ses ordres.

Un silence tomba dans la pièce. D'un air stupéfait, Ellis posa les mains sur son bureau comme si l'énergie lui manquait. Le danger l'avait rendu courageux ; à présent, l'absence de menaces paraissait l'affaiblir. Près de Katsa, la bouche légèrement entrouverte, Giddon semblait ne plus respirer. Oll affichait une expression pleine d'inquiétude.

— Je ne sais comment vous remercier, répondit Ellis.

Selon Katsa, remercier quelqu'un de ne pas vous avoir fait souffrir était absurde.

— Vous ne me devez rien, répliqua-t-elle. Et je crains fort que vos problèmes avec le roi ne se poursuivent.

— Lady Katsa, intervint Oll. Est-ce vraiment raisonnable ?

— Quelle va être la réaction de Randa ? questionna Giddon.

— De toute façon, nous vous soutiendrons, assura Oll.

— Non, dit Katsa. Vous ne me soutiendrez pas. Il

vaut mieux que Randa pense que vous avez essayé de me forcer à suivre ses instructions.

Elle se demanda si elle ne devait pas les blesser afin de les rendre plus convaincants.

— Mais ce dont le roi nous a chargés nous répugne également, insista Giddon. C'est notre conversation qui vous a poussée à prendre cette décision. Nous ne pouvons vous…

— S'il sait que vous lui avez désobéi, il vous fera emprisonner ou vous tuera, coupa Katsa. Sa garde au complet ne peut me capturer, et même s'ils y parviennent, au moins je ne possède pas de domaine qui dépende de moi, comme vous Giddon, ni d'épouse, comme vous Oll.

Giddon s'assombrit. Dès qu'il se mit à parler, Katsa l'interrompit :

— Si vous êtes en prison, vous ne me serez d'aucune utilité. Raffin a également besoin de vous.

Giddon ouvrit la bouche pour manifester son désaccord, mais Katsa frappa du poing sur la table d'Ellis. Des papiers tombèrent au sol.

— Je tuerai le roi ! menaça-t-elle. Sauf si vous acceptez de ne pas me soutenir. C'est ma rébellion, et si vous refusez mes conditions, je vous jure que j'assassinerai mon oncle..

Elle ignorait si elle en serait capable. Mais eux la croyaient suffisamment folle pour le faire. Elle se tourna vers Oll.

— Dites-moi que vous acceptez.

— Je suivrai vos ordres, Lady Katsa, bredouilla Oll.

Elle regarda Giddon.

— Ça ne me plaît pas, déclara-t-il.

— Giddon…

— Je suivrai vos ordres, fit-il les yeux rivés au sol, le visage rouge et mécontent.

Katsa scruta Ellis.

— Monsieur, si Randa apprend que le capitaine Oll ou le seigneur Giddon ont accepté de leur plein gré, je saurai qui a parlé, je vous supprimerai. J'éliminerai vos filles. Vous comprenez ?

— Parfaitement, Lady Katsa. Et encore une fois, merci.

Elle manqua de s'étrangler. Quand on était un monstre, les gens vous remerciaient de ne pas vous comporter en monstre. Elle aurait préféré être moins cruelle sans qu'on l'en loue pour autant.

— J'aimerais que nous révisions ce que nous allons dire au sujet de ce qui s'est passé ici aujourd'hui, déclara-t-elle.

Ils soupèrent une nouvelle fois au château de Giddon. Giddon l'avait autorisée à lui couper légèrement la gorge avec sa dague et Oll l'avait laissée décorer sa pommette d'un hématome. Elle ne l'aurait pas fait sans leur accord, toutefois elle savait que Randa exigerait des preuves de lutte, et Oll et Giddon avaient saisi la sagesse de sa tactique. Ou peut-être avaient-ils deviné qu'elle les blesserait sans se soucier de leur opinion. Ils étaient restés bravement immobiles. Elle n'avait pas pris plaisir à les amocher et avait essayé de les faire souffrir aussi peu que son don le lui permettait.

Personne ne parlait durant le repas. Katsa mâchait et

avalait du pain. Elle regardait son couteau, son godet d'argent.

— Le seigneur d'Estill…, lâcha-t-elle.

Les deux hommes levèrent le nez.

— Celui qui avait déboisé des hectares supplémentaires sans l'accord de Randa, poursuivit Katsa. Vous vous souvenez de lui ?

Ils opinèrent du chef.

— Je ne lui ai pas fait de mal. Je l'ai simplement assommé. (Elle posa ses couverts et regarda Oll et Giddon tour à tour.) Je ne pouvais pas le torturer. Il avait déjà payé en or plus qu'il ne l'aurait dû pour le bois volé.

Ils l'observèrent un instant.

— Travailler pour le Conseil nous a peut-être fait découvrir les bons aspects de notre nature, hasarda Oll.

Katsa coupa un morceau de mouton. Elle connaissait sa nature. Elle l'aurait reconnue si elle l'avait eue en face d'elle. Un monstre aux yeux bleu et vert ressemblant à un loup menaçant. Une bête malfaisante qui attaquait ses amis sans pouvoir contrôler sa hargne, une tueuse devenue l'arme du roi.

Mais c'était également un monstre étrange, apeuré et dégoûté par sa propre violence. Et qui parfois se rebellait contre la sauvagerie qui l'animait.

Quand un monstre cessait de se comporter comme un monstre, cessait-il aussi d'en être un ? Devenait-il autre chose ?

Après tout, peut-être ne reconnaîtrait-elle pas sa propre nature. Elle avait tant de questions auxquelles Oll et Giddon ne pouvaient répondre. Elle aurait préféré voyager en compagnie de Raffin ou de Po. Eux auraient été capables de l'éclairer.

Elle devait prendre garde à ne pas employer son don quand la colère l'envahissait. C'était contre cela qu'elle devait lutter.

*

* *

Après le dîner, elle partit se défouler sur les cibles de tir réservées aux archers.

Elle avait voulu être seule. Cependant, quand la silhouette de Giddon surgit de l'ombre, grande et silencieuse, elle regretta de ne pas se trouver dans une salle des fêtes bondée, pour pouvoir s'y fondre dans la foule.

— Vous tirez dans le noir ? dit Giddon.

— Oui, répondit-elle.

— Visez-vous aussi bien de jour que de nuit ?

Elle baissa son arc et hocha la tête. Il sourit. Un sourire flatteur. Elle aimait mieux quand il se montrait arrogant et désagréable envers elle.

— Il n'y a rien que vous ne sachiez pas faire, Katsa.

— Ne soyez pas absurde.

Mais il semblait déterminé à éviter une dispute. Il sourit de nouveau et s'appuya à la barrière de bois qui séparait le couloir de Katsa des autres.

— À votre avis, s'enquit-il, que va-t-il se passer demain, à la cour de Randa ?

— Franchement, je n'en ai aucune idée. Randa sera fou de rage.

— Ce ne devrait pas être à vous de me protéger de son courroux, répondit-il.

— Je suis navrée d'avoir été obligée de vous blesser à la gorge, Giddon, dit-elle en faisant passer son carquois par-dessus sa tête et en le posant au sol. Voulez-vous retourner au château ?

Il la contempla en silence. Elle sentit une légère panique l'envahir.

— Vous devriez me laisser vous protéger, dit-il.

— Vous ne pouvez me protéger du roi. Cela vous serait fatal et vous dépenseriez de l'énergie inutilement. Retournons au château.

— Épousez-moi, déclara-t-il. Notre union vous protégera.

Même si Po l'avait prévenue, elle reçut la demande de Giddon comme un coup de poing au plexus. Elle ne savait plus où regarder. Elle porta une main à son front puis la posa sur la barrière.

— Notre mariage ne me protégerait pas, répondit-elle. Randa ne va pas me pardonner simplement parce que je me marie.

— Il se montrerait plus indulgent à votre égard. Notre union lui offrirait une porte de sortie. Essayer de vous punir serait dangereux pour lui et il le sait. Si nous lui annonçons que nous souhaitons devenir mari et femme, il pourra vous envoyer ici et il sera alors hors de votre portée et vous de la sienne. Une entente feinte existera entre vous deux.

Et elle serait la femme de Giddon. Chargée de distraire ses invités. D'engager ou de chasser ses domestiques en fonction de leur talent à préparer une pâtisserie spécifique ou toute autre absurdité. Chargée de porter ses enfants et de rester à la maison afin de les chérir. La nuit, elle se glisserait dans leur lit conjugal et s'allongerait près d'un homme qui se prenait pour son protecteur. Lui qu'elle pouvait désarmer en un éclair lors d'un combat d'escrime, même avec un cure-dents.

Elle essaya de se détendre. Giddon était un ami et un membre loyal du Conseil. Elle n'allait pas lui dire la vérité. Elle allait lui dire ce que Raffin avait suggéré.

— Vous avez certainement dû entendre que je n'ai pas l'intention de me marier, Giddon.

— Mais rejetteriez-vous une demande en mariage adéquate ? Par ailleurs, vous devez reconnaître que cela résoudrait votre problème avec le roi.

D'un air assuré et chaleureux, il se tenait devant elle. Il n'imaginait pas une seconde qu'elle puisse refuser. Et sans doute était-ce pardonnable car n'importe quelle autre femme eût accepté.

— Giddon, vous avez besoin d'une compagne qui désire avoir des enfants. Je n'en ai jamais voulu.

— Vous êtes une femme normale, Lady Katsa, même si vous pouvez vous battre comme un homme. Vous souhaiterez devenir mère un jour, c'est certain.

Elle n'avait pas pensé que l'opportunité de maîtriser sa colère se présenterait aussi vite. Car les certitudes de Giddon méritaient un direct du gauche.

— Je ne peux vous prendre pour époux, Giddon. Cela n'a rien à voir avec vous, c'est personnel. Je n'épouserai personne et je n'aurai pas d'enfants.

Il la dévisagea et son expression changea. Elle reconnut la moue dédaigneuse familière et la lueur d'arrogance au fond de ses prunelles. Il commençait à l'entendre.

— Vous n'avez pas réfléchi à ce que vous affirmez. Pensez-vous vraiment trouver mieux ?

— Cela n'a rien à voir avec vous, répéta Katsa.

— Croyez-vous que d'autres hommes puissent être attirés par une Lady tueuse ?

— Giddon…

— Vous espérez que le Graceling de Lienid vous demandera votre main. Vous le préférez à moi car c'est un prince, je ne suis qu'un modeste seigneur.

Katsa jeta les bras en l'air.

— C'est grotesque !

— Il n'en fera rien. Et s'il vous propose de l'épouser, vous seriez inconsciente d'accepter. Il est aussi digne de confiance que Murgon.

— Giddon, je vous assure…

— Et aussi honnête. Un homme qui se bat contre vous comme il le fait ne vaut guère mieux qu'un opportuniste ou un bandit.

Katsa se figea. Elle regarda Giddon, mais ne vit ni son doigt qui s'agitait dans l'air, ni son visage bouffi d'orgueil, c'est Po qu'elle vit, assis sur le sol de la salle d'entraînement, employant les mêmes paroles que celles de Giddon.

— Avez-vous dit cela à Po ? questionna Katsa.

— Je n'ai jamais discuté avec lui en votre absence.

— À quelqu'un d'autre ?

— Bien sûr que non. Pourquoi perdrai-je mon temps à…

— En êtes-vous sûr ?

— Oui, j'en suis sûr. Et qu'est-ce que ça peut faire ? S'il m'interroge, je n'aurai pas peur de lui livrer le fond de ma pensée.

Prenant lentement conscience de ce que cela signifiait, elle porta la main à sa gorge. Elle manquait d'air.

— Avez-vous déjà songé à cela alors que vous étiez avec lui ?

— Que je ne lui fais pas confiance ? Que c'est un opportuniste et un bandit ? Cela me traverse l'esprit dès que je le vois.

Il en crachait presque mais Katsa n'y prêta pas attention. Les jambes fléchies, elle posa lentement son arc par terre. Puis, se détournant de Giddon, elle s'obligea à marcher d'un pas calme en regardant droit devant elle.

— Vous craignez que j'offense votre cher prince ! cria Giddon. Mais peut-être lui confierai-je ce qu'il m'inspire. Sans doute partira-t-il plus vite si je l'y encourage !

Elle n'écoutait ni n'entendait. Tout se bousculait dans sa tête. Po avait lu dans les pensées de Giddon et dans les siennes. Naïvement, elle avait cru qu'il possédait simplement le don du combat et qu'il était perspicace. Elle avait même admiré sa perspicacité.

Lady Katsa, fascinée par un télépathe !

Elle lui avait fait confiance. Elle lui avait fait confiance et elle n'aurait pas dû. En dissimulant la vérité sur lui-même et sur son don, c'était comme s'il lui avait menti.

14

Elle arriva en trombe dans le laboratoire de Raffin et il leva le nez, l'air inquiet.

— Où est-il ? demanda-t-elle.

Elle s'arrêta net. Il était là, assis à la table, la mâchoire tuméfiée et les manches retroussées.

— Il faut que je vous parle, Lady Katsa, déclara Po.

— Vous êtes un télépathe. Vous êtes un télépathe et vous m'avez menti.

Raffin poussa un juron et courut refermer la porte derrière elle.

Po rougit, mais soutint son regard.

— Je ne suis pas un télépathe. Je suis sensible à ce qu'éprouvent les gens.

— Vous lisez dans leurs pensées !

— Non. Quand quelqu'un est près de moi, je peux sentir son énergie, son humeur, ce qu'il éprouve. C'est seulement…

Il déglutit puis réussit à poursuivre :

— C'est seulement quand une personne pense à moi que je peux deviner ses pensées.

— Et ce n'est pas de la télépathie ? hurla Katsa.

— Soit. En partie. Mais je ne suis pas en mesure de faire ce dont vous me croyez capable.

— Vous m'avez menti. Vous avez trahi ma confiance.

— Laisse-le s'expliquer, Katsa, intervint Raffin d'une voix douce.

Stupéfaite qu'il se range du côté du prince, elle le toisa d'un air incrédule. Puis elle fit volte-face vers Po, qui osait encore soutenir son regard comme s'il n'était coupable de rien.

— Je vous en prie, dit-il, écoutez-moi. Je ne peux entendre les pensées qui m'intéressent. Je ne sais pas ce que vous pensez de Raffin, ou ce que Raffin pense de Bann, ou si Oll apprécie son repas. Vous pourriez être en train de courir en cercle derrière la porte tout en songeant à quel point vous haïssez Randa, et tout ce que je saurais, c'est que vous courez en cercle jusqu'à ce que vos pensées se tournent vers moi. Là, seulement, je serais en mesure de percevoir ce que vous ressentez.

Katsa le fixa d'un air sombre. Alors c'était cela qu'on éprouvait face à un traître déguisé en ami. Un ami si merveilleux, si sympathique, si compréhensif, lisant gentiment dans vos pensées à votre insu.

— Non, reprit-il. Non. J'ai menti, mais mon amitié était sincère. J'ai toujours été votre ami.

— Arrêtez ! aboya-t-elle. Comment osez-vous ? Félon ! Imposteur !

Elle ne trouvait pas de mots assez forts. Mais il baissa les yeux, accablé, et elle vit qu'il avait compris ce qu'elle pensait vraiment de lui. Elle était cruellement ravie que son don de télépathe lui permette de saisir ce qu'elle ne pouvait formuler à voix haute. Mécontent, il se recroquevilla sur le bord de la table et confia d'une voix blanche :

— Seulement deux personnes connaissent mon véritable don : ma mère et mon grand-père. À présent, vous et Raffin êtes également au courant. Ni mon père ni mes frères ne savent que j'ai ces capacités. Ma mère et mon grand-père m'ont interdit de le révéler quand j'étais enfant.

Eh bien, elle remédierait à ce problème. Car Giddon avait raison : Po n'était pas digne de confiance. Elle se chargerait de prévenir tout le monde.

— Si vous faites cela, vous m'ôterez la liberté, protesta Po. Vous détruirez ma vie.

Elle croisa son regard, mais les larmes se mirent à lui brouiller la vue. Il fallait qu'elle sorte. Il fallait qu'elle sorte parce qu'elle avait envie de le frapper et qu'elle avait juré de ne pas recommencer.

— Vous m'avez menti, répéta-t-elle.

Et elle quitta la pièce en courant.

Helda accueillit son silence et ses yeux humides avec calme. Elle attendit que Katsa fut dans sa baignoire pour lui parler.

— J'espère que personne n'est malade, chère maîtresse, dit-elle en lui lavant les cheveux avec du savon.

— Personne n'est malade, marmonna Katsa dans son bain.

— Alors quelqu'un vous a peinée. L'un de vos soupirants, je suppose.

— J'ai désobéi au roi. Je vais avoir droit à ses foudres.

— Ah oui ? fit Helda. Mais cela n'est pas la cause de votre chagrin. C'est un jeune homme qui vous rend triste.

Katsa se tut. Décidément, tout le monde était clairvoyant ici. Et bien qu'elle fût transparente, il n'y avait qu'elle qui ne voyait rien.

— Si le roi vous en veut et si vous avez des ennuis avec un jeune homme, alors nous allons vous faire très belle pour ce soir. Vous porterez votre robe rouge.

La logique de Helda fit presque rire Katsa, et pourtant sa gorge se noua. Car, avant l'aube, elle serait obligée de quitter le château de Randa afin d'éviter sa fureur. Par ailleurs, elle ne supportait pas l'orgueil blessé de Giddon et encore moins la trahison de Po.

Plus tard, alors que Helda la coiffait devant un feu crépitant, on frappa à la porte. Avec inquiétude, assise sur une chaise, Katsa songea aussitôt qu'un domestique venait lui annoncer que Randa l'attendait. Ou pire, peut-être était-ce Po qui voulait la tourmenter davantage avec ses explications et ses excuses. Mais Helda fit entrer Raffin.

— Ce n'est pas celui que je pensais voir, déclara la servante.

Elle noua les mains sur son ventre et les observa. Katsa appliqua deux doigts contre sa tempe.

— Laissez-nous seuls, Helda

La servante s'exécuta. Raffin s'installa sur le lit de Katsa comme il le faisait quand ils étaient enfants et qu'ils discutaient en riant. Aujourd'hui, il ne riait point. Il la regardait avec anxiété.

— Cette robe te va à merveille, commença-t-il. Tes yeux sont très brillants.

— Helda pense que ma tenue va résoudre tous mes problèmes.

— Tes problèmes se sont multipliés depuis ton dernier voyage. J'ai parlé à Giddon.

— Giddon, fit-elle d'une voix lasse.

— Oui. Il m'a raconté ce qu'il s'était passé avec le seigneur Ellis. Honnêtement, Katsa, c'est grave. Que comptes-tu faire ?

— Je n'ai pas encore décidé.

— Honnêtement, Katsa…

— Pourquoi répètes-tu cela ? s'énerva-t-elle. Aurais-je dû torturer un innocent ?

— Bien sûr que non. Tu as eu raison.

— Et je n'exécuterai plus les ordres de Randa. Je ne serai plus son molosse.

Raffin l'observa avec attention.

— Tu as donc pris une décision, soupira-t-il. Écoute, je ferai tout ce qui est en mon pouvoir pour qu'il te laisse tranquille. Comme toujours, je suis de ton côté. Seulement…

Seulement Randa ne tenait pas compte de l'avis de son fils et Katsa le savait.

— Je suis inquiet pour toi, reprit-il. Nous le sommes tous. Giddon est désespéré.

— Il m'a demandée en mariage, annonça Katsa

— Grands Dieux ! Avant ou après ta visite chez Ellis ?

— Après. Il m'a présenté cela comme une solution à mes ennuis.

— Hum. Comment ça s'est passé ?

— Pas très bien. Cela m'a permis de découvrir que Po était un télépathe et un menteur.

Raffin la dévisagea avec tendresse.

— Ma chère Katsa, murmura-t-il. Ces hommes te font vivre des moments difficiles.

Katsa soupira. Elle savait que Randa ne lui ferait jamais aussi mal que Po. Elle scruta les flammes. Le feu était un luxe. Il ne faisait pas froid, mais afin que ses cheveux puissent sécher plus vite, Helda faisait brûler quelques bûches. Katsa saisit ses longues boucles d'ébène et les attacha derrière sa nuque.

— J'ai remarqué que tu en voulais beaucoup à Po, déclara Raffin. Cependant, sa vie n'est pas simple, Katsa. Son don est un secret depuis son enfance. Sa mère redoutait qu'on se serve de lui comme d'une arme si la vérité éclatait. Imagine un jeune prince capable de connaître les intentions cachées des gens ou de savoir ce que quelqu'un fabrique de l'autre côté du mur. C'est un atout d'une valeur inestimable pour un roi. Sa mère avait compris que ses relations avec les gens deviendraient impossibles car chacun se méfierait de lui et il ne pourrait se lier d'amitié avec personne. Réfléchis à cela, Katsa. Essaie de te mettre à la place de Po.

Elle le foudroya du regard.

— Que dis-je ? reprit-il. Tu n'as pas besoin d'y réfléchir, tu sais déjà ce que c'est.

Katsa hocha la tête, car c'était bien sa réalité. Elle n'avait pas eu le privilège de cacher son don.

— Nous ne pouvons pas lui reprocher de ne pas nous en avoir parlé plus tôt, continua Raffin. Sincèrement, ça m'a ému quand il nous a tout révélé. Par ailleurs, il a une idée à propos de l'auteur de l'enlèvement de son grand-père.

— Laquelle ? s'enquit Katsa.

— Tu devrais le lui demander.

— La compagnie d'un télépathe ne m'enchante guère.

— Il part demain, Kat.

Elle se tourna vers lui.

— Comment cela, il part ?

— Il veut se rendre à Sunder puis à Monsea.

Les yeux de Katsa s'emplirent de larmes. Elle se sentait incapable de les contrôler. Elle scruta ses mains, une goutte tomba sur sa paume.

— Je vais te l'envoyer, déclara Raffin. Il t'expliquera.

Il descendit du lit, s'approcha d'elle, se pencha et l'embrassa sur le front.

— Ma chère Katsa, murmura-t-il.

Et il sortit de la pièce.

Elle contempla les carreaux de marbre du sol. Aussi loin qu'elle s'en souvienne, elle n'avait jamais pleuré. Pas une fois. Il avait fallu que ce prince de Lienid se rende à la cour des Middluns, lui mente, puis décide de s'en aller.

Posté à l'entrée de la salle à manger de Katsa, Po semblait se demander s'il valait mieux se rapprocher d'elle ou garder ses distances. D'un air mécontent, Katsa se leva, traversa la pièce et s'arrêta face à une fenêtre. Elle regarda la cour du château. Baignée par la lumière du soleil couchant, celle-ci était vide. Elle entendit le prince marcher vers elle.

— Accordez-moi votre pardon, dit-il. Je vous en supplie.

Katsa ne lui pardonnait pas. Dans le jardin de Randa, elle scruta les arbres. Bientôt, ils perdraient leurs feuilles et les jardiniers les ramasseraient avec diligence.

— Comment avez-vous découvert mon secret ? demanda-t-il. Pouvez-vous me le dire ?

Elle appuya son front contre le carreau de la fenêtre.

— Servez-vous donc de votre don.

— Je le pourrais si vous pensiez à votre réponse. Mais si vous n'y pensez pas, je n'ai pas la capacité de déterrer cette information de votre cerveau. Ni celle d'empêcher mon don de me montrer des choses que j'aurais préféré ignorer.

Elle se taisait.

— Katsa, vous êtes folle de rage. Je vous ai blessée et vous ne me le pardonnez pas. Vous n'avez plus confiance en moi. C'est tout ce que je sais. Mon don me confirme simplement ce que je peux voir de mes propres yeux.

— Giddon m'a dit ce qu'il pensait de vous, répondit-elle en s'adressant à la fenêtre. C'était exactement la même chose que ce que vous m'aviez confié, au mot près. J'ai également d'autres exemples.

Elle observa deux femmes qui traversaient la cour bras dessus bras dessous.

— J'ai manqué de prudence en votre présence, déclara-t-il. Je n'ai pas pris garde à dissimuler mes facultés secrètes.

Il marqua une pause avant de poursuivre :

— C'est parce qu'inconsciemment je voulais vous les révéler.

Katsa ne l'absolvait pas pour autant. Il lui avait volé des pensées. Il ne l'avait pas avertie.

— Je ne pouvais vous avertir, dit-il.

Katsa fit volte-face.

— Ça suffit ! Arrêtez de fouiner dans mon esprit !

— Je veux vous expliquer ce don ! cria-t-il.

Là, tout près d'elle, il se tirait les cheveux. Et son visage… Katsa pivota de nouveau vers la fenêtre.

— Je vous en prie, laissez-moi expliquer ce don. C'est moins dramatique que vous l'imaginez.

— Facile à dire, répliqua Katsa. Contrairement à moi, vous avez encore des pensées privées.

— Presque toutes vos pensées sont privées, argua Po. Sauf quand j'en suis l'objet. Mes facultés me permettent alors de vous situer dans l'espace, de savoir ce que vous faites, et de connaître vos intentions à mon égard. C'est… c'est un genre d'instinct de conservation, je suppose. Quoi qu'il en soit, c'est la raison pour laquelle je peux me battre avec vous. Je sens votre énergie et je sais par avance le geste que vous allez effectuer contre moi.

Cette extraordinaire révélation coupa le souffle à Katsa.

— Je sais quand quelqu'un veut m'attaquer et de quelle façon, poursuivit-il. Je sais si une personne est bienveillante vis-à-vis de moi ou si elle s'apprête à me fourvoyer.

— Comme vous m'avez trompée en cachant vos facultés de télépathe.

— C'est vrai. Mais ce que vous m'avez raconté à propos de vos conflits avec Randa, j'avais besoin de l'entendre de votre propre bouche. De même que tout ce que vous m'avez dit sur Raffin ou Giddon. Vous vous rappelez quand je vous ai rencontrée dans le jardin de Murgon ? J'ignorais qui vous étiez. Il m'était impossible de sonder votre esprit et d'apprendre que vous étiez en train d'aider mon grand-père à s'évader. Je n'étais pas assez proche de lui pour sentir sa présence et je n'étais même pas sûr qu'il se trouvait dans le donjon. Je n'avais pas encore parlé à Murgon ni découvert qu'il mentait. Je ne savais pas que vous aviez assommé tous les gardes du château. Je savais que vous ne vouliez pas me tuer et que vous m'estimiez digne de confiance. C'est pour cela que j'ai décidé de vous accorder la mienne.

— Cela doit être pratique de savoir si on peut ou non faire confiance à quelqu'un sans le connaître. Si je possédais cette faculté, nous ne serions pas ici, aujourd'hui.

— Il m'était insupportable de vous cacher la vérité. Quand nous sommes devenus amis, cela me rongeait jour après jour.

— Nous ne sommes pas amis, chuchota-t-elle.

— Si vous n'êtes pas mon amie, alors je n'en ai pas.

— Les amis ne se mentent pas, assena Katsa.

— Ils essaient de comprendre, répliqua Po. Comment aurais-je pu devenir votre ami sans mentir ? Qu'auriez-vous fait si vous déteniez ce don secret ? Vous seriez-vous terrée au fond d'un trou afin de ne faire de tort à personne avec votre amitié ? J'aurai des amis. J'aurai une vie, même avec ce fardeau.

Katsa luttait pour ne pas se laisser émouvoir par le désarroi de Po.

— Que me souhaitez-vous ? questionna-t-il d'une voix étranglée. Une existence d'exclu ? Que mon don contrôle chaque aspect de ma vie et me coupe du bonheur ?

Elle ne voulait pas entendre un discours qui sollicitait sa compassion, sa compréhension. Elle aussi avait été vilipendée à cause de son don. Elle non plus n'avait pas demandé à détenir un tel pouvoir.

— Oui, dit-il. Je n'ai pas demandé à recevoir ce pouvoir. Si je pouvais le neutraliser en votre présence, je le ferais.

La rage la submergea de nouveau parce qu'elle ne pouvait rien penser qui lui échappe. C'était de la folie. Comment était-il possible d'entretenir des liens avec lui ? Comment faisait sa mère, son grand-père ?

— Et vous voulez me faire croire que vous n'avez pas reçu le don du combat ? s'enquit-elle.

— À l'instar de mes frères, je suis naturellement doué pour cela. Mon don me permet d'anticiper les déplacements de mon adversaire – ce qui me donne un avantage considérable – et c'est la raison pour laquelle, personne, hormis vous, ne m'a jamais battu.

— Mais vous excellez dans ce domaine, insista-t-elle. Vous avez forcément reçu le don du combat, autrement vous n'auriez pu vous mesurer à moi.

— Réfléchissez. Vous êtes une guerrière d'un niveau nettement supérieur au mien. Quand nous nous battons, vous vous retenez, ce qui n'est pas mon cas. Et je n'arrive même pas à vous faire mal. À votre avis, combien de temps vous faudrait-il pour me tuer ?

Il avait raison. Si elle le voulait, elle pouvait l'éliminer en un clin d'œil.

— Ce talent naturel vous permet donc de vous faire passer pour un guerrier Graceling afin de dissimuler votre véritable don ? questionna Katsa.

— Exact.

— Dans le jardin de Murgon, comment se fait-il que vous n'ayez pas su que j'allais vous frapper ?

— Je le savais. Je n'ai pas eu le temps de réagir. Avant cette première démonstration, je n'avais pas pu évaluer votre rapidité. Qui par ailleurs est exceptionnelle.

Le ciment des joints des carreaux se fissurait. Elle en détacha un morceau et le fit rouler entre ses doigts.

— Votre don est-il fiable ou commettez-vous parfois des erreurs ?

— En ce qui concerne les mensonges ou les intentions malveillantes, je ne me trompe jamais. Mais les sentiments des gens sont parfois compliqués et difficiles à comprendre. Il m'arrive de ne pas être sûr de bien les interpréter. Quand j'étais enfant, c'était encore pire. Ces énormes vagues d'énergie, de sentiments et de pensées déferlaient sur moi et me noyaient. J'ai mis un certain temps à distinguer les pensées importantes des pensées insignifiantes. J'y parviens mieux aujourd'hui, mais mon don continue de changer et je me découvre des compétences que je ne sais pas encore employer.

Katsa songea que le don de Po était moins simple que le sien.

— Le maîtriser n'est pas toujours une tâche aisée, ajouta-t-il.

Katsa se tourna vers lui.

— Vous dites cela parce que je le pense ?

— Non, parce que *je* le pense.

Elle regarda par la fenêtre.

— Vous pouvez sentir la présence de quelqu'un à partir de quelle distance ? questionna-t-elle.

— Cela varie. S'il s'agit d'une personne que je connais bien, comme vous par exemple, je peux la sentir d'assez loin. Si c'est un étranger, j'ai besoin d'être plus proche. Aujourd'hui, j'ai senti votre présence quand vous étiez aux abords du château. Ainsi que votre colère quand vous êtes descendue de votre monture et que vous avez filé vers le laboratoire de Raffin.

À présent, il faisait plus sombre dehors qu'à l'intérieur de la pièce. Elle remarqua le reflet de Po sur le carreau. Assis au bord de la table, tout semblait s'affaisser en lui. Il était malheureux. Il scrutait ses pieds, mais tandis qu'elle l'observait, il leva la tête et la regarda dans la vitre. Katsa ne parvint pas à refouler ses larmes.

— Pouvez-vous percevoir la forme d'un animal caché ? Ou, à distance, celle d'une plante, d'un caillou ?

— Je m'en vais demain, répliqua-t-il.

— Quand une bête s'approche, votre clairvoyance vous aide-t-elle à le savoir ?

— Auriez-vous l'obligeance de vous retourner quand vous me parlez ?

— Lisez-vous dans mes pensées plus facilement si je vous fais face ?

— Non. J'aimerais simplement voir votre visage, c'est tout.

Elle décela une douceur navrée dans sa voix. De toute évidence, il était désolé. Désolé de détenir un don qui aurait fait fuir Katsa s'il l'en avait informée dès le début.

Elle se tourna vers lui.

— Naguère, expliqua-t-il, mon don me permettait de percevoir moins de choses. Récemment, cela a changé. Parfois, je capte l'image d'une forme qui n'est pas celle d'un être humain, mais ce n'est pas très précis.

Katsa l'observait.

— Je vais aller à Sunder, annonça-t-il.

Les bras croisés, Katsa se taisait.

— Lorsque Murgon m'a interrogé, j'ai rapidement compris que c'était mon grand-père qui avait disparu de son donjon grâce à votre intervention. Et qu'il avait voulu le garder prisonnier pour quelqu'un d'autre. Mais pour savoir qui, il aurait fallu que je lui pose des questions qui auraient révélé ce que je savais déjà.

Elle écoutait vaguement. Elle était trop fatiguée pour se concentrer sur les détails de l'enlèvement.

— Je soupçonne maintenant le roi de Monsea, poursuivit-il. Nous avons éliminé les Middluns, Wester, Nander, Estill, et Sunder. Je me suis rendu chez les souverains de la plupart de ces royaumes. On ne m'a pas menti, sauf à Sunder. Et le roi de Lienid n'est pas responsable, j'en suis certain.

Au fil de leur conversation, Katsa avait perdu sa rage. Elle ne la sentait plus. Elle le regrettait car elle préférait cela au vide qui l'avait remplacée.

— Pourriez-vous prêter attention à mes propos ? demanda-t-il.

Elle cligna des yeux.

— Mais le roi Leck de Monsea est doux comme un agneau, répondit Katsa. Il n'a pas de mobile.

— Si, peut-être, bien que je ne sache pas encore lequel. Quand j'ai discuté avec Murgon, j'ai sans doute écarté par erreur certaines impressions. Et la sœur de mon père, la reine Ashen, n'est pas du genre à se comporter comme vous l'avez décrit. C'est une femme stoïque, forte. Qu'elle décide de s'enfermer dans sa chambre avec sa fille et d'en interdire l'accès à son mari me semble très suspect, dit-il en fronçant les sourcils. Quoi qu'il en soit, je vais retourner à Sunder afin de poursuivre mon enquête. Mon grand-père va mieux, mais tant que je n'aurai pas découvert le fin fond du mystère de cette affaire, pour son propre salut, je tiens à ce qu'il reste caché.

Katsa n'avait pas envic qu'il parte. Il devait le savoir puisqu'il lisait dans ses pensées. C'était une situation intolérable. Être avec lui était insupportable.

Et malgré cela, elle ne souhaitait pas pour autant qu'ils se séparent.

— J'espérais que vous m'accompagneriez, dit-il, et

elle le dévisagea d'un air stupéfait. Nous formons une bonne équipe. Je m'étais dit que vous envisageriez de venir avec moi. Si vous êtes encore mon amie.

— Votre don ne vous révèle pas si je le suis encore ?

— Et vous-même, vous le savez ?

Elle tenta d'y réfléchir mais la confusion régnait dans son esprit.

— Je ne peux connaître vos sentiments si vous ne les connaissez pas vous-même, conclut-il.

Soudain, il scruta la porte. Quelqu'un frappa. Sans attendre la réponse de Katsa, un domestique entra. À la vue du visage blême et tendu de celui-ci, elle comprit que Randa voulait probablement la tuer.

— Je vous prie de m'excuser, Lady Katsa. Le roi veut vous voir sur-le-champ. Si vous refusez, sa garde viendra vous chercher, m'a-t-il dit.

— Très bien, répondit-elle. Faites-lui savoir que j'arrive.

— Merci, Lady Katsa.

Le domestique lui tourna le dos et détala.

— Sa garde, maugréa Katsa. Il s'imagine que ses soldats peuvent me capturer. J'aurais dû dire à son serviteur de les envoyer afin de m'amuser un peu.

Elle scruta la collection d'armes accrochées au mur. Po plissa les yeux.

— Qu'avez-vous fait ? Que se passe-t-il ?

— Je lui ai désobéi. J'ai refusé de martyriser un innocent. À votre avis, ai-je besoin d'une dague ?

Elle se dirigea vers le mur. Po la suivit.

— Pour quoi faire ? s'enquit-il. Que pensez-vous qu'il puisse se passer ?

— Je n'en sais rien. S'il me met hors de moi, je risque de le tuer. Et s'il me menace, je n'aurai pas le choix.

Elle se laissa choir sur une chaise et posa sa tête sur la table du Conseil. Comment pouvait-elle aller voir Randa dans l'état où elle se trouvait ? Alors qu'une tempête agitait son esprit ? Au son de sa voix, elle perdrait son sang-froid. Elle commettrait un acte épouvantable.

Po se glissa sur la chaise située près de la sienne et pivota vers elle.

— Katsa, dit-il. Ecoutez-moi. Vous détenez plus de pouvoir que n'importe qui. Vous pouvez faire ce que vous voulez dans ce monde. Personne ne peut vous imposer quoi que ce soit. Y compris votre oncle. Dès l'instant où vous serez en sa présence, vous déciderez de tout. Rien ne vous obligera à le tuer si vous ne le souhaitez pas.

— Mais que vaut-il mieux faire ?

— Vous verrez bien. Vous devez simplement savoir ce que vous ne voulez pas faire. Vous ne tenez pas à vous entre-tuer avec lui. Et en fonction de l'évolution de la situation, vous aviserez.

Katsa soupira. Ce n'était pas vraiment une stratégie.

— Il n'y en a pas d'autres, déclara-t-il. Vous détenez le pouvoir de faire ce que vous voulez.

— Vous n'arrêtez pas de répéter cela, mais c'est faux. Je ne peux vous empêcher de lire dans mes pensées.

Il haussa les sourcils.

— Vous pourriez me donner la mort.

— Non ! riposta-t-elle. Vous le sauriez par avance et vous m'échapperiez.

— Pas du tout.

— Absolument !

— Vous vous trompez.

Elle jeta les bras en l'air.

— Assez !

Elle se leva et quitta ses appartements afin de rejoindre le roi.

15

En pénétrant dans la salle du trône, elle regretta aussitôt de ne pas s'être munie d'une dague. Les facultés de Po ne s'étendaient pas jusqu'ici, hélas. Autrement, elle aurait su ce qui l'attendait et elle ne serait pas venue.

Depuis les portes, un long tapis bleu conduisait au trône de Randa. Un trône juché sur une estrade en marbre blanc. Randa portait un habit bleu comme ses yeux brillants. Son visage était fermé, son sourire figé. De chaque côté de lui, un archer braquait un arc sur elle, juste au-dessus de ses prunelles de deux couleurs différentes. Au fond, dans les coins, deux autres archers avaient encoché une flèche.

Épées dégainées, la garde royale se tenait de chaque côté du tapis. À l'accoutumée, Randa gardait un dixième de ces hommes dans la salle du trône. C'était un bataillon impressionnant. Mais selon Katsa, le roi Birn, ou le roi Drowden, ou même le roi Thigpen se serait montré plus prudent. Heureusement pour elle, Randa était un suzerain peu méfiant. De toute évidence, il ne savait pas rassembler un bataillon efficace. Ses archers étaient en quantité insuffisante et les gardes, des hommes maladroits en cotte de mailles, trébucheraient les uns sur les autres s'ils tentaient de l'attaquer. Elle pourrait facilement éviter une volée de flèches en s'abritant derrière leurs hautes statures. Et dérober les dagues qui pendaient à leurs ceintures. Quant au roi, le tapis bleu menait droit vers lui, tel un sentier servant à orienter le vol de la lame de Katsa.

Si une bataille éclatait dans la salle, ce serait un massacre.

Attentive aux archers, Katsa avança. Les archers de Randa étaient adroits mais ne possédaient nul don. S'ils tiraient, les gardes lui serviraient de boucliers. Elle ne put s'empêcher de les plaindre.

À mi-chemin, son oncle ordonna :

— Reste où tu es. Je n'aime pas quand tu es trop près de moi, Katsa.

Sa voix lui fit l'effet d'un sifflement de vapeur déferlant sur le tapis.

— Tu es revenue ici sans femme. Sans dot. Tu as blessé Giddon et mon capitaine. Qu'as-tu à dire pour ta défense ?

Pourquoi cette voix l'irritait-elle tant alors qu'une armée la laissait de marbre ? Elle soutint son regard méprisant.

— Vos ordres me déplaisaient, sire, répondit-elle.

— Pardon ? Ai-je bien entendu ?

Elle hocha la tête.

— Charmant, grimaça-t-il. Dis-moi, Katsa, qu'est-ce qui te conduit à penser que tu es en position de contester les ordres du roi ? D'y réfléchir ? T'ai-je déjà demandé ton avis à propos de quoi que ce soit ?

— Non, sire.

— T'ai-je déjà exhortée à nous prodiguer tes précieux conseils ?

— Non, sire.

— Crois-tu que tu fais partie de la cour à cause de ton esprit, de ton intelligence ?

Katsa se tut. C'était de cette façon qu'il l'avait maintenue sous son joug. En la rabaissant. En lui faisant croire qu'elle était stupide, bestiale, en la traitant comme un chien.

Dût-elle être un chien, au moins, ce ne serait plus dans la cage d'un tyran. Elle serait libre, sa rage lui appartiendrait et elle l'emploierait à sa guise. Ses membres commençaient déjà à en frémir d'impatience. Elle plissa les yeux et scruta le roi.

— Et pourquoi avez-vous rassemblé autant d'hommes ici, mon oncle ?

— Au moindre geste suspect, ils t'attaqueront. Et à la fin de cet interrogatoire, ils t'escorteront jusqu'au donjon.

— Vous pensez que je m'y rendrai de plein gré ?

— Peu m'importe.

— Vous estimez donc qu'ils ont la capacité de m'y contraindre par la force ?

— Katsa ! Naturellement, nous admirons tous tes talents. Mais face à deux cents gardes et mes meilleurs archers, tu ne fais pas le poids. Ce qui t'attend à l'issue de cette conversation, c'est la prison ou la mort.

Katsa pouvait voir les archers prêts à tirer, et les gardes, à réagir. Les manches rouges de sa robe. Hormis la respiration des hommes autour d'elle et le picotement qui la gagnait, tout était immobile dans la pièce. Elle haïssait Randa. Son corps entier le haïssait.

— Mon oncle, dit-elle. Laissez-moi vous expliquer ce qui se passera si vos hommes m'attaquent. Imaginons, par exemple, qu'un archer tire une flèche. Vous n'avez pas souvent assisté à mes séances d'entraînement. Contrairement à vos soldats, vous ne m'avez pas vue esquiver les flèches. Si l'un de vos archers tire sur moi, je me plaquerai au sol. La flèche transpercera un garde. En un éclair, l'épée et la dague de ce garde seront entre mes mains. Ses compagnons riposteront en m'encerclant, formant à chaque fois un groupe de sept ou huit hommes que je vaincrai aisément. Je les désarmerai et lancerai les dagues sur vos archers, lesquels, bien entendu, auront du mal à me distinguer dans la mêlée. Je sortirai d'ici vivante, mon oncle. Alors que la plupart de vos hommes seront morts. C'est ce qui se produira si l'un de vos soldats m'attaque. Néanmoins, je peux aussi attaquer la première. Je peux bondir sur un garde, lui voler sa dague et vous la lancer en plein cœur.

Randa affichait un sourire sournois, mais ses lèvres tremblaient. Une menace de mort. Une menace qui picotait les doigts de Katsa. Effacer le dédain de Randa une bonne fois pour toutes la démangeait.

Et ensuite ? lui susurra une voix dans sa tête. Et ensuite ? Un carnage auquel elle échapperait si elle avait de la chance. Raffin deviendrait roi et commencerait sa succession en ayant pour devoir de faire exécuter l'assassin de son père. Cette responsabilité lui briserait le cœur et ferait de Katsa une ennemie, une étrangère.

Et Po en entendrait parler en partant. Il apprendrait qu'elle n'avait pas réussi à dominer sa colère, qu'elle avait tué son oncle, et créé ainsi son propre exil. Il retournerait à Lienid et contemplerait la mer orangée depuis son balcon, en se demandant pourquoi elle avait laissé tout cela se produire alors qu'elle détenait un tel pouvoir.

Où est ta foi en ton pouvoir ? chuchota la voix. *Tu n'as pas besoin de faire couler le sang.*

Katsa regarda Randa. Il serrait les accoudoirs de son trône. Bientôt, terrorisé à l'idée qu'elle puisse attaquer en premier, il ferait signe à ses archers.

Katsa sentit les larmes lui monter aux yeux. Épargner quelqu'un était plus difficile que l'achever, surtout quand il ne méritait pas qu'on lui fasse grâce. Et même si les conseils de la voix lui semblaient sensés, elle ne se sentait pas le courage de les suivre.

Po pense que tu en as le courage, exhorta la voix. *Écoute-le, pour une fois.*

Katsa leva ses yeux brûlants vers le roi. Sa voix chevrotait.

— Je quitte la cour, annonça-t-elle. N'essayez pas de m'en empêcher ou je vous jure que vous le regretterez. Après mon départ, oubliez-moi, car je ne consentirai pas à vivre comme un animal traqué. Désormais, je ne suis plus à votre service.

Bouche bée, Randa la regardait avec stupéfaction. Elle lui tourna le dos et pressa le pas sur le tapis, à l'affût du moindre son. En franchissant les portes, elle sentit le poids de centaines de regards étonnés. Et personne ne savait qu'elle avait été à un cheveu de changer d'avis.

Deuxième partie
Le roi sadique

16

Katsa et Po s'étaient levés bien avant l'aube. Raffin et Bann les avaient rejoints dans la cour de l'écurie afin de leur dire au revoir. Katsa se taisait. Son compagnon de voyage l'intimidait et se séparer de Raffin la chagrinait. Quitter Helda et Oll la peinait aussi. Non, ce matin, hormis le fait que Po restait avec elle, rien ne la réjouissait. Et il était probablement en train d'espionner ses sentiments. Elle le fusilla du regard. Il haussa les sourcils, sourit, bâilla. S'il somnolait sur son cheval, elle risquait de le laisser loin derrière. Elle n'était pas d'humeur à flâner.

Raffin inspectait leurs montures, leurs selles et leurs étriers.

— Je ne devrais pas m'inquiéter pour toi puisque tu pars avec Po, déclara-t-il.

— Nous serons prudents, répondit Katsa en accrochant une sacoche à sa selle.

— As-tu la liste des contacts du Conseil à Sunder ? s'enquit Raffin. Les cartes ? De quoi manger ? De l'argent ?

Katsa sourit. Elle avait l'impression d'entendre une mère s'adresser à son enfant.

— Po est un prince de Lienid, dit-elle. Ses sacoches sont probablement remplies d'or, autrement, pourquoi monterait-il un si grand et robuste cheval ?

Raffin la dévisagea de ses yeux rieurs.

— Tiens, prends ça. (Il referma les doigts de Katsa sur une petite besace.) Elle contient divers remèdes. J'ai indiqué ce qu'ils soignaient sur les flacons.

Po tendit la main à Bann.

— Merci de votre aide.

Puis il serra celle de Raffin et ajouta :

— Vous veillerez sur mon grand-père en mon absence ?

— Il sera en sûreté avec nous, assura Raffin.

Po monta en selle. Katsa fit ses adieux à Bann puis s'approcha de Raffin.

— Tu nous donneras des nouvelles quand tu le pourras ? demanda-t-il.

— Bien sûr.

Il scruta ses pieds, s'éclaircit la gorge, se frotta la nuque et soupira. Elle regrettait qu'il soit venu. Sa présence lui donnait envie de pleurer.

— Nous nous reverrons un jour, ma Katsa, déclara-t-il.

Elle enroula les bras autour de son cou et il la souleva du sol en la serrant fort contre lui. Ils s'étreignirent un moment, puis les pieds de Katsa touchèrent de nouveau la terre ferme. Elle monta sur son destrier.

— En route ! dit-elle à Po.

Elle sortit de la cour de l'écurie au petit galop et ne se retourna pas.

Ils avaient choisi d'emprunter l'itinéraire qui les rapprocherait le plus de l'énigme de l'enlèvement. Pour atteindre leur première destination, une auberge située au sud de la ville de Murgon, il fallait compter trois jours de voyage. L'auberge se trouvait sur le chemin qu'avaient dû prendre les ravisseurs. Elle était fréquentée par les espions de Murgon et les commerçants des villes portuaires de Sunder et de Monsea. Selon Po, ce lieu leur permettrait de collecter de nouvelles informations sans trop les éloigner de Monsea : leur destination finale.

Ils avaient renoncé à voyager dans l'anonymat et Katsa portait même sa tunique bleue afin d'indiquer qu'elle faisait partie de la famille royale de Randa. L'histoire de son départ hâtif en compagnie de Po ne tarderait pas à se répandre à travers les sept royaumes, mais les gens présumeraient qu'elle aidait le prince de Lienid à retrouver son grand-père disparu. Nul ne saurait que Po était au courant de l'implication de Murgon dans l'enlèvement et soupçonnait Leck de Monsea. Ni combien il pouvait apprendre en posant les questions les plus anodines.

Il était bon cavalier et allait presque aussi vite que ce qu'elle attendait de lui. Les arbres défilaient autour d'eux. Le bruit des sabots de leurs chevaux la rassurait et lui faisait oublier la distance qui la séparait de ceux qu'elle venait de quitter.

Elle était heureuse d'être avec Po. Cependant, quand ils s'arrêtèrent pour s'étirer les jambes et manger un morceau, il l'intimida de nouveau.

— Venez vous asseoir près de moi, proposa-t-il depuis un tronc d'arbre tombé au sol. Allons ! je ne vous mordrai pas. J'ignore à quoi vous pensez en ce moment, je sais seulement que je vous mets mal à l'aise. Venez ici, nous serons mieux pour bavarder.

Elle s'exécuta mais resta silencieuse. Et craignant son regard indiscret, elle évitait de le regarder. À la fin du repas, il déclara :

— Vous verrez, vous finirez par vous habituer à moi. Cela vous aiderait-il si je vous confiais ce que mon don m'apprend à chaque fois qu'il se manifeste ? Afin que vous puissiez le comprendre ?

Cela n'enchantait guère Katsa. Mais il avait raison. Maintenant qu'ils étaient ensemble, plus vite elle ferait face à ce problème, mieux ce serait.

— Oui, répondit-elle.

— Très bien. Je le ferai. Si vous avez des questions, n'hésitez pas.

— Quand vous savez ce que je ressens à votre égard, vous devriez vous aussi me faire part de ce que vous pensez de moi, déclara Katsa.

— Hum ! dit-il en se frottant la tête. En théorie, ce serait équitable.

— Absolument.

— Entendu. Voyons voir. Je vous trouve vaillante d'avoir lancé un défi à Randa avec ce châtelain. Je ne sais pas si j'aurais eu la force d'aller jusqu'au bout. Je n'ai jamais rencontré quelqu'un ayant autant d'énergie que vous, mais je me demande si vous ne devriez pas ménager votre monture. J'ignore pourquoi vous avez refusé d'épouser Giddon et je me dis que c'est peut-être parce que vous songiez à vous marier avec Raffin. Si c'est le cas, l'avoir laissé vous chagrine peut-être davantage que je ne le pense. Je suis ravi que vous m'accompagniez. J'aimerais vous voir porter à fond vos attaques lors d'un combat, tuer un adversaire – vous m'offririez un spectacle palpitant. Ma mère vous apprécierait, je pense. Mes frères vous vénéreraient. Vous êtes la personne la plus querelleuse que je connaisse. Et je m'inquiète réellement pour votre cheval.

Elle le scruta, les yeux écarquillés.

— C'est tout, dit-il.

— Vous n'avez pas pu penser à toutes ces choses en l'espace d'un instant ?

Il rit et son rire la réconforta. Elle essaya de résister à l'éclat doré et argenté de ses yeux, mais échoua.

— Comment se fait-il, reprit-il d'une voix douce, que vous n'ayez pas remarqué que votre regard me gênait autant que le mien vous embarrasse. Nous sommes tous deux saisis par… la même imbécillité.

Katsa rougit. Toutefois, elle se sentait soulagée. Car s'il était idiot, alors, sa propre idiotie la dérangeait moins.

— J'ai cru que vous le faisiez exprès. Que vous cherchiez à me piéger avec vos yeux afin de lire dans mes pensées.

— Non.

— Le plupart des gens n'osent croiser mon regard car ils en ont peur.

— Les gens ne soutiennent pas longtemps le mien car il est étrange.

Elle se pencha et observa ses prunelles avec attention. Elle n'avait jamais eu le courage de le faire auparavant.

— On dirait deux lumières, dit-elle. Ils ne semblent pas naturels.

Il sourit.

— Ma mère a failli me laisser tomber par terre le jour où elle a enfin vu la couleur définitive de mes yeux.

— De quelle couleur étaient-ils, avant ?

— Gris, comme ceux de la plupart des gens de Lienid. Et les vôtres ?

— Aucune idée, répondit Katsa. On ne m'en a pas parlé et aujourd'hui, je ne connais plus personne qui pourrait me le dire.

— Vos yeux sont magnifiques, la complimenta-t-il.

Elle sentit soudain la chaleur du soleil qui filtrait à travers les branches.

Quand ils remontèrent sur leurs destriers, elle ne se sentait pas encore exactement à l'aise avec lui, mais, au moins, elle parvenait à croiser son regard sans avoir l'impression de lui livrer son âme.

La route les conduisit en périphérie de la ville de Murgon et s'élargit à mesure qu'ils progressaient. Les gens qu'ils croisaient les dévisageaient. Bientôt, les auberges et les maisons des environs apprendraient que deux Gracelings se dirigeaient vers le sud.

— Vous ne voulez pas vous arrêter au château de Murgon ? proposa Katsa. Afin de l'interroger ?

— Il m'a fait clairement comprendre que je n'étais plus le bienvenu. Il me soupçonne de savoir que mon grand-père avait séjourné dans son donjon.

— Il vous craint.

— Oui, et c'est le genre de personnage à commettre un acte stupide. Si nous allons le trouver, il est capable d'ordonner à ses gardes de nous attaquer et nous allons devoir blesser beaucoup de monde. Mieux vaut éviter cela, vous ne pensez pas ? Quitte à nous battre, autant que ça soit à la cour du vrai coupable, et non du roi complice.

— Allons à l'auberge.

— Oui. Allons à l'auberge.

La route de la forêt se fit de nouveau plus étroite. Au crépuscule, ils établirent leur campement dans une clairière tapissée de mousse où coulait une source qui semblait réjouir leurs chevaux.

— C'est tout ce dont un homme a besoin, déclara Po. Je pourrais parfaitement vivre ici et être heureux. Qu'en pensez-vous ?

— Avez-vous faim ? Je vais aller attraper notre repas.

— La nuit va tomber dans quelques minutes. Vous risquez de vous égarer.

Katsa sourit et franchit le ruisseau.

— Je ne me perds jamais.

— Vous ne prenez pas votre arc ? Comptez-vous étrangler un mulot à mains nues ?

— J'ai un couteau à l'intérieur de ma botte, rétorqua Katsa.

Elle se demanda si elle pourrait étrangler un mulot à mains nues. Cela lui semblait impossible. Mais elle songeait plutôt à un lapin ou un oiseau. Dans le silence humide de la forêt, elle se glissa entre les troncs noueux. Il suffisait de tendre l'oreille, de ne pas faire de bruit et de rester invisible.

Un instant plus tard, quand elle revint avec un lièvre, Po avait allumé un feu. La lumière orangée des flammes éclairait le prince et les chevaux.

— C'est le moins que je puisse faire, annonça-t-il. Et vous avez déjà écorché ce lièvre. Je commence à croire que j'aurai peu de responsabilités pendant que nous traverserons ces bois.

— Cela vous ennuie ? Vous préféreriez partir à la chasse pendant que je vous attendrais en reprisant vos chaussettes, prête à crier au moindre bruit suspect ?

Il sourit.

— Si c'est de cette façon que vous traitez Giddon quand vous voyagez avec lui, il doit trouver cela humiliant.

— Pauvre Po ! Il faudra vous contenter de lire dans mes pensées pour vous sentir supérieur à moi.

Il s'esclaffa.

— Je sais que vous me taquinez. Par ailleurs, il est difficile de m'humilier. Vous pouvez chasser à ma place, me vaincre quand nous nous battons, me défendre quand on nous attaque, cela ne me gêne pas. Je vous en remercierai.

— Je n'aurais pas besoin de vous protéger si nous étions attaqués. Et je doute que vous ne soyez pas capable d'attraper une proie sans mon aide.

— C'est juste. Mais vous êtes plus douée que moi. Et cela ne m'humilie pas, ajouta-t-il en jetant une branche sur le feu. Cela me rend humble.

Tandis que la nuit se refermait sur eux, elle s'assit en silence et observa le sang qui dégoulinait du morceau de gibier qu'elle maintenait au-dessus des flammes avec un bâton. Elle l'écouta grésiller. Elle essayait de comprendre quelle différence il y avait entre le fait de se sentir humilié et celui de se sentir humble et saisit ce que Po voulait dire. Elle n'aurait jamais pensé à faire cette distinction. Elle eut soudain le sentiment que Po était bien plus intelligent qu'elle. Comparée à lui, elle n'était qu'une brute irréfléchie et insensible.

— Katsa.

Elle leva la tête. Les flammes éclairaient les yeux étincelants et les anneaux d'or de Po.

— Qui a eu l'idée du Conseil et des missions dont il se chargerait ? demanda-t-il.

— Moi, répondit Katsa.

— Et qui planifiait chaque mission ?

— Moi, avec Raffin, Oll et les autres.

Il fit tourner sa pièce de viande sur le feu.

— Vous ne devriez pas penser que vous êtes moins intelligente ou moins sensible que moi. J'ai passé ma vie à m'entraîner à déceler les sentiments des autres. Quand nous nous sommes rencontrés, vous étiez en train de délivrer mon grand-père simplement parce que vous estimiez qu'il ne méritait pas d'avoir été enlevé.

Il se pencha vers les flammes et y ajouta un bout de bois. Blottis dans la lumière, encerclés par les ténèbres, ils se turent.

17

Au matin, elle se réveilla avant lui. Elle longea le cours d'eau et découvrit un endroit où il formait presque une mare. Là, dans l'eau fraîche, elle se lava du mieux qu'elle put. En essayant de se démêler les cheveux, elle retrouva sa frustration habituelle. Elle avait beau tirer dessus, ses doigts restaient coincés dans les nœuds. Elle les rattacha, se sécha et s'habilla. Quand elle regagna la clairière, Po accrochait ses sacoches à sa selle.

— Me couperiez-vous les cheveux si je vous le demandais ? s'enquit-elle.

Il haussa les sourcils.

— Vous songez à vous déguiser ?

— Non. Les coiffer me rend folle. Je me sentirais mieux sans.

— Hum ! fit-il en examinant la nuque de Katsa. On dirait un nid d'oiseau.

Elle le fusilla du regard. Il s'esclaffa.

— Je pourrais les couper si vous y tenez vraiment, reprit-il. Néanmoins, je ne sais pas si le résultat vous plairait. Pourquoi ne pas attendre d'arriver à l'auberge ? La femme de l'aubergiste ou une autre femme fera probablement cela mieux que moi.

Katsa soupira.

— Très bien. Je peux vivre avec, un jour de plus.

Elle roula sa couverture et commença à transporter leurs affaires vers les chevaux.

Tandis qu'ils progressaient vers le sud, la forêt s'épaississait. Malgré les protestations de Katsa, Po avançait en tête. Selon lui, quand Katsa déterminait leur rythme, elle épuisait leurs montures.

— La vérité, c'est que vous n'arrivez pas à me suivre, lança Katsa lorsqu'ils s'arrêtèrent pour faire boire leurs destriers.

Il rit.

— Je ne mordrai pas à cet hameçon, répliqua-t-il.

— Quoi qu'il en soit, déclara-t-elle, depuis que j'ai découvert vos talents cachés et que vous avez accepté de ne plus me mentir, nous ne nous entraînons plus ensemble.

— Non, ni depuis que vous m'avez frappé à la mâchoire parce que vous en vouliez à Randa.

Elle ne put s'empêcher de sourire.

— Très bien. Vous resterez en tête. Mais notre entraînement ? Ne souhaitez-vous pas le poursuivre ?

— Si, bien sûr. Nous pourrions nous y mettre dès ce soir, s'il fait encore jour à notre arrivée.

Ils reprirent leur route. L'esprit de Katsa vagabondait. Dès qu'elle pensait à Po, elle s'efforçait aussitôt de songer à des choses insignifiantes le concernant. Ainsi, s'il s'introduisait dans ses pensées, elle ne lui révèlerait rien d'intéressant. Elle se demanda si elle pouvait attirer son attention sans parler. Si elle avait besoin de son aide, par exemple, pouvait-elle l'en prévenir par télépathie ? Elle regarda le dos de Po. Comme d'habitude, ses manches étaient remontées jusqu'au coude. Elle regarda les arbres, les oreilles de son cheval, le sol situé devant elle. Elle se dit qu'elle attraperait une oie sauvage pour leur dîner. Que les feuilles commençaient à changer de couleur, que le temps était agréable. Puis, scrutant le crâne du prince Graceling, elle hurla son prénom en son for intérieur. Po tira si fort sur les rênes de son cheval que ce dernier pila et s'assit presque. Katsa faillit lui rentrer dedans. Et il semblait tellement sidéré qu'elle éclata de rire.

— Qu'est-ce qui vous prend ? lui reprocha-t-il. Vous essayez de me faire peur ? Épuiser votre destrier ne vous suffit pas, vous voulez aussi achever le mien ?

— Pardon, gloussa Katsa. Je cherchais uniquement à attirer votre attention.

— Pourquoi ne pas l'avoir fait plus doucement ? Si je vous disais : « Ma toiture a besoin d'être reconstruite », commenceriez-vous par détruire la maison ?

— Oh, ne vous fâchez pas ! Sincèrement, je ne pensais pas vous surprendre autant.

Elle toussa et afficha un air de pénitente. Finalement,

le visage de Po se décrispa, un sourire parcourut son visage.

— Appelez-moi comme vous le feriez normalement à voix haute.

Après un instant elle s'exécuta. Il opina du chef.

— C'est tout, dit-il.

— D'accord.

Elle recommença à plusieurs reprises. À chaque fois, il levait la main pour lui signifier qu'il l'avait entendue. Même quand elle murmurait. Quand elle décida de ne plus l'importuner, il se retourna vers elle et hocha la tête.

Ils campèrent près d'un étang cerné par les grands arbres de Sunder. Tandis qu'ils détachaient leurs sacoches, Katsa aperçut une oie sauvage dissimulée parmi les roseaux. Elle s'en approcha à pas de loup et décida qu'elle lui tordrait le cou comme le faisaient les femmes chargées de tuer les poulets pour le cuisinier de Randa. Soudain, le volatile l'entendit et pénétra dans l'eau. Elle le rattrapa en courant. Il déploya ses larges ailes mais elle parvint à le retenir au moment où il s'envolait. Tandis que l'oie se débattait, elle lui tordit le coup avant qu'elle n'ait eu le temps de la pincer, puis elle retourna sur la berge. Po la dévisageait avec stupéfaction. Elle brandit sa proie.

— Je l'ai eue ! annonça-t-elle.

Po se frotta les tempes.

— Qu'avez-vous fait ? demanda-t-il.

— Comment cela ? J'ai attrapé une oie.

— Pourquoi ne vous êtes-vous pas servie de votre couteau ? Vous êtes trempée.

— Ce n'est que de l'eau. Il était temps que je lave mes vêtements.

— Katsa…

— Je voulais voir si j'étais capable de le tuer à mains nues. Il pourrait un jour m'arriver de voyager sans armes et d'avoir besoin de manger.

— Vous auriez pu utiliser votre arc.

— Mais maintenant je sais que je peux aussi faire cela.

Il secoua la tête et tendit la main.

— Donnez-moi cette oie. Je vais la plumer. Allez-vous changer, vous allez attraper froid.

— Je ne tombe jamais malade, répliqua Katsa.

Il rit.

— Oui, j'en suis certain. Avez-vous encore envie de vous battre avec moi ? Nous pourrions nous entraîner pendant que la volaille cuit.

S'entraîner avec lui était différent depuis qu'elle connaissait ses avantages. Feinter, par exemple, représentait une perte d'énergie. Pour avoir le dessus, elle devait faire appel à sa rapidité et à sa férocité. Même s'il anticipait ses gestes, il était trop lent pour bloquer un déluge de coups. À plusieurs reprises, il se releva en gémissant et en riant.

— C'est un bon entraînement pour moi, finit-il par déclarer. Mais pour vous aussi.

— Nous devons trouver de nouveaux exercices. Quelque chose qui soit un défi à relever pour nos dons respectifs.

— Continuons à nous battre quand il fera noir. Nous serons plus à égalité.

La nuit se refermait sur eux, une nuit sans lune et sans étoiles. Bientôt, Katsa ne parvint plus à distinguer que les contours de la silhouette de Po. Ses frappes devinrent approximatives. Il savait qu'elle le voyait mal et sa défense se renforçait. Elle l'arrêta.

— Alors vous percevez vraiment les déplacements de mes mains et de mes pieds ?

— Il existe une telle énergie physique en vous. Je la perçois constamment. Même vos émotions sont parfois physiques.

Katsa plissa les yeux.

— Pourriez-vous vous battre avec les yeux bandés ? demanda-t-elle.

— De crainte d'éveiller les soupçons, je ne l'ai jamais fait. Mais je le pourrais, à condition que le sol soit suffisamment plat. Celui de la forêt est trop inégal.

Elle scruta la silhouette noire de Po qui se détachait sur le ciel obscur.

— Comme je vous envie ! Ça doit être merveilleux. Nous devrions pratiquer nos exercices plus souvent la nuit.

Il rit.

— Je ne m'y oppose pas. C'est agréable d'être l'attaquant de temps à autre.

Ils se battirent encore un peu, jusqu'à ce qu'une branche tombée à terre les fasse tous deux trébucher. Po tomba en arrière dans l'étang. Il se redressa en recrachant de l'eau.

— Ça suffira pour ce soir, je pense, déclara-t-il. Où en est notre repas ?

L'oie grésillait sur le feu. Katsa en découpa un morceau qui se détacha de l'os.

— Elle est bien cuite, annonça-t-elle.

Katsa leva la tête au moment où il retirait sa chemise mouillée en la faisant passer par-dessus sa tête. Aussitôt, elle se vida l'esprit. Po s'approcha et s'accroupit près des flammes. D'un air impassible, elle scruta le feu et se mit à tailler un morceau de bois. Il faisait frisquet, elle songea à cela, ainsi qu'à l'oie dont ils allaient se régaler.

— Vous avez faim, j'espère, déclara-t-elle.

— Je suis affamé.

Apparemment, il comptait rester torse nu afin de sécher. Elle remarqua des marques sur son bras et détourna les yeux. Quand elle aperçut les mêmes marques sur son autre bras, incapable de refréner sa curiosité, elle les scruta avec attention et constata qu'il s'agissait de larges bandes noires qui semblaient peintes, tel un ruban s'enroulant autour de ses biceps. Les bandes représentaient des motifs compliqués et probablement de différentes couleurs, mais il était difficile de le dire à la lumière du feu.

— Ce sont des ornements de Lienid, expliqua-t-il, comme mes anneaux.

— C'est de la peinture ?

— C'est une sorte de teinture.

— Ça ne part pas ?

— Pas avant plusieurs années.

D'une sacoche, il retira une chemise sèche et l'enfila. Katsa pensa aussitôt à une étendue de neige et laissa échapper un soupir de soulagement.

— Les gens de Lienid aiment les tatouages, confia-t-il.

— Les femmes en portent aussi ?

— Non, uniquement les hommes.

— Également ceux du peuple ?

— Oui.

— Mais sous leurs chemises, personne ne peut les voir, souligna Katsa.

— Non, c'est un tatouage que presque personne ne peut remarquer.

Il sourit.

— Qu'est-ce qui vous fait sourire ? s'enquit-elle.

— C'est censé séduire ma femme, répondit-il.

Katsa faillit lâcher son couteau.

— Vous êtes marié ?

— Ciel, non ! Honnêtement, Katsa, je vous l'aurais dit.

À présent, il s'esclaffait.

— Il y a beaucoup de choses que vous ne m'aviez pas dites, répliqua-t-elle.

— En principe, c'est réservé aux yeux de ma future épouse.

— Qui allez-vous épouser ?

Il haussa les épaules.

— Je n'ai jamais songé à cela.

— N'êtes-vous pas préoccupé par l'avenir de votre château, de vos terres ? Ne souhaitez-vous pas donner naissance à des héritiers ?

— Quand je suis à Lienid, j'arrive à me plier aux règles de la société. Mais en jouant la comédie. Ce n'est qu'une comédie, Katsa. J'ai du mal à dissimuler mon don, surtout à ma famille. Lorsque je me trouve dans la ville de mon père, il y a une partie de moi qui a toujours hâte de repartir en voyage. Ou de regagner mon propre château, où on me laisse tranquille.

Elle comprenait parfaitement.

— Vous ne pourriez vous marier qu'avec une femme en qui vous auriez suffisamment confiance pour lui révéler votre don.

Il rit.

— En effet. L'élue devra remplir des conditions impossibles pour devenir mon épouse. Et vous, Katsa ? Votre départ a brisé le cœur de Giddon ?

— Vous ne comprenez donc pas pourquoi j'ai refusé sa demande ? s'irrita Katsa.

— Je vois des centaines de raisons de ne pas le faire, j'ignore toutefois quelle est la vôtre.

— Même si je voulais me marier, je ne choisirais pas Giddon. Mais je n'en ai pas l'intention. Je suis d'ailleurs étonnée que vous n'ayez pas eu vent de la rumeur à ce sujet. Vous êtes pourtant resté assez longtemps à la cour des Middluns.

— Oh, je suis au courant. Et j'ai également entendu dire que vous étiez une brute irresponsable sous la domination de Randa. Et j'ai pu constater que c'était faux.

Elle sourit et jeta un os aux flammes. L'un des chevaux frémit. Une petite créature glissa dans l'étang. Katsa se sentit soudain heureuse et rassasiée.

— Raffin avait parlé de m'épouser. Se marier avec une noble désirant s'enrichir ou devenir reine ne l'enthousiasmait pas. Mais bien sûr, il est obligé de se marier, il n'a pas le choix. M'épouser aurait été une bonne solution. Nous nous entendons bien, je l'aurais laissé poursuivre ses expériences. Il n'aurait pas attendu de moi que je distraie ses invités, il ne m'aurait pas empêchée de continuer les missions du Conseil. (Elle songea à Raffin, penché sur ses flacons et ses livres. Il était probablement en train de travailler avec Bann. Le jour où elle retournerait au château de Randa, peut-être serait-il avec une gente dame. Quoi qu'il en soit, elle n'était plus là pour en parler avec lui et lui prodiguer des conseils, comme ils avaient jadis l'habitude de le faire.) Finalement, nous avons renoncé à cette perspective. Nous en riions. Car Raffin a besoin d'héritiers et je ne veux pas d'enfants. Par ailleurs, je ne tiens pas à être autant liée à quelqu'un, même si c'est Raffin. (Elle songea aux lourdes responsabilités de son cousin et soupira en scrutant les flammes.) J'espère qu'il tombera amoureux d'une femme qui souhaitera avoir une ribambelle de bambins.

Po inclina la tête sur le côté.

— Vous n'aimez pas les enfants ?

— Si. Simplement, je n'en veux pas. Je n'ai pas l'instinct maternel, je ne sais pas comment expliquer cela.

En songeant à Giddon qui lui avait assuré que cela changerait, Katsa s'assombrit. Giddon était loin de la connaître et de la comprendre.

— Pourquoi me fusillez-vous du regard ? s'enquit Po.

Katsa sourit.

— Je pensais à la réaction de Giddon si, marié avec moi, il me voyait planter un parterre de grémils.

— De grémils ?

— Ce sont des plantes aux fleurs violettes. Certaines femmes en mangent pour empêcher la fécondation.

Près des braises, ils s'enroulèrent dans leurs couvertures. Po bâillait mais Katsa n'était pas fatiguée. Elle avait encore une question à lui poser, toutefois elle n'osait pas le déranger.

— Qu'y a-t-il, Katsa ? s'enquit Po.

— Si je vous contacte par transmission de pensée durant votre sommeil, pourrez-vous m'entendre ?

— Je ne sais pas. Quand je dors, j'ai la capacité de savoir si je suis en danger, c'est tout. Essayez toujours, si vous y tenez vraiment.

— Une autre fois. Quand vous serez moins épuisé.

— N'êtes-vous jamais exténuée, Katsa ?

— Si, cela doit m'arriver, répondit-elle, sans parvenir à trouver un exemple.

— Connaissez-vous l'histoire du roi Leck de Monsea ? demanda Po.

Elle secoua la tête.

— Je vais vous la raconter. Cela vous aidera peut-être à dormir.

Il roula sur le dos. Elle se plaça sur le côté, et, à la lumière du feu mourant, observa le contour du profil de Po.

— Le précédent roi de Monsea et son épouse étaient des gens charmants. Pas spécialement brillants pour diriger un royaume, ils avaient néanmoins de bons conseillers et se comportaient envers leurs sujets de façon plus juste que les souverains d'aujourd'hui. Cependant, ne pas avoir d'enfants les désespérait. Un jour, un garçon s'est présenté à leur château. Un beau garçon de treize ans, intelligent, qui portait un bandeau noir de borgne. Il n'a pas expliqué d'où il venait, ni qui étaient ses parents, ou comment il avait perdu son œil. Il était conteur et il voulait de l'argent et de la nourriture en échange de ses fables. Les serviteurs de la cour l'ont recueilli car il leur narrait des histoires fabuleuses. Des histoires d'un endroit situé au-delà des sept royaumes, où des monstres jaillissaient du ciel et de la mer, où des armées surgissaient de trous creusés dans les montagnes, et il leur parlait de gens dont personne n'avait jamais entendu parler. Éventuellement, le roi et la reine eurent vent de son existence et le convoquèrent. Ils furent charmés. Apitoyés par sa pauvreté, sa solitude et son œil borgne, séduits par ses talents de conteur, ils le traitèrent comme un noble. Il fut éduqué, il apprit à se battre et à monter à cheval. Quand il eut seize ans, le roi en fit son héritier.

— Même s'il ne connaissait pas son passé ?

— Exact. Et c'est là où ça commence à devenir intéressant, Katsa. Une semaine plus tard, le roi et la reine ont succombé à une maladie soudaine. Et, de désespoir, leurs deux plus proches conseillers se sont jetés dans un fleuve. Du moins, c'est ce qui se dit. J'ignore s'il y avait des témoins.

Katsa s'appuya sur un coude et le dévisagea.

— Je trouve ces morts successives bien étranges, reprit Po. Pas vous ? Pourtant, à Monsea, nul ne s'en est étonné et toute ma famille trouve stupide que je me pose de telles questions. Ils affirment que Leck est un homme charmant et que même son bandeau noir est touchant. Selon eux, il a longtemps pleuré la disparition du roi et de la reine et ne peut être impliqué dans leurs décès.

— Je n'ai jamais entendu parler de cette histoire, répondit Katsa. J'ignorais que Leck était borgne. L'avez-vous rencontré ?

— Non, répliqua Po. Malgré sa réputation de mansuétude envers les faibles, il me semble qu'il me plairait moins qu'aux autres.

Il bâilla, se tourna sur le côté, et conclut par ces mots :

— Enfin, si tout se passe comme prévu, nous aurons bientôt l'occasion de nous forger une opinion sur lui. Bonne nuit. Demain, nous atteindrons l'auberge.

Katsa ferma les yeux et écouta le rythme régulier de la respiration de Po. Ses révélations la troublaient, mais peut-être existait-il une explication logique qui innocenterait définitivement Leck.

Elle se demanda quel accueil leur serait réservé à l'auberge et s'ils parviendraient à y croiser quelqu'un détenant les informations qu'ils cherchaient. Elle écouta les bruits de l'étang et le bruissement du vent dans les herbes. Quand elle estima que Po dormait à poings fermés, elle l'appela en silence. Il ne remua pas d'un pouce. Sa respiration demeurait la même.

Pourquoi, alors qu'elle se battait avec lui presque chaque jour et aurait pu reconnaître sa poigne plus vite qu'une femme reconnaîtrait l'étreinte de son mari, pourquoi était-elle gênée à la vue de ses bras et de ses épaules ? Elle avait pourtant vu des hommes torse nu des centaines de fois dans les salles d'entraînement, ou quand elle partait en mission avec Giddon et Oll. Et Raffin se déshabillait presque entièrement devant elle tant ils étaient habitués l'un à l'autre. Mais le corps de Po, quand elle ne s'entraînait pas avec lui, lui faisait le même effet que ses yeux.

La respiration du prince Graceling se modifia. Katsa se figea et tendit l'oreille. Un rythme régulier lui parvint de nouveau. À présent, il fallait qu'elle dorme. Elle tourna le dos à Po et s'assoupit.

18

L'auberge était un édifice en bois. Plus on se rapprochait du sud de Sunder, plus la forêt s'épaississait et abritait d'imposantes demeures. Katsa connaissait mal Sunder, son oncle l'y avait envoyée deux ou trois fois. Mais elle adorait les villages et les forêts qui, trop éloignées des frontières, n'intéressaient pas les rois. Les sombres murs de l'auberge étaient chaleureux.

À l'intérieur d'une salle bondée, ils s'installèrent à une table. C'était l'heure où villageois et voyageurs se retrouvaient afin de bavarder, d'échanger des plaisanteries et de boire. Si le silence qui s'était fait à leur arrivée avait été de courte durée, les bruyants et joviaux clients les tenaient tout de même à l'oeil. Po balaya du regard la pièce. Il but sa coupe de cidre et, de son doigt, suivit le contour du cercle humide laissé sur la table. La tête calée dans le creux de sa paume, il bâilla, semblant prêt à somnoler. C'était une bonne ruse.

Soudain, son visage s'illumina.

— Nous avons bien fait de nous arrêter ici, dit-il à voix basse. Il y a déjà des gens empressés de nous renseigner.

Po avait confié à l'aubergiste qu'ils proposaient de l'argent en échange d'informations sur l'enlèvement de Tealiff. L'appât du gain avait tendance à faire renoncer les hommes – en particulier, ceux de Sunder – à de nombreux principes. Ils brisaient leurs serments, révélaient des vérités qu'ils avaient promis de garder secrètes. Ils inventaient même des fables, mais pour Po cela n'avait aucune importance, car un mensonge lui en disait parfois aussi long que la vérité.

Katsa avala une gorgée de cidre et regarda la foule d'hommes qui discutaient autour d'elle. Les couleurs vives des habits des marchands contrastaient avec les tons rouille et bruns de ceux des villageois. Hormis une serveuse débordée – la fille de l'aubergiste – qui passait de table en table avec un plateau de cruches, Katsa était la seule femme dans la salle. La serveuse, une jolie jeune fille brune, devait avoir quelques années de moins qu'elle. Elle s'affairait sans un sourire et ne croisait le regard de personne. Elle les avait servis avec un regard timide en direction de Po. La plupart des clients se tenaient convenablement, mais Katsa n'aimait guère les sourires libidineux qui s'affichaient sur le visage des marchands dont la jeune serveuse remplissait les coupes.

— À votre avis, s'enquit-elle, quel âge à cette servante ?

— Seize ou dix-sept ans, répondit Po. Elle n'est pas mariée.

— Comment le savez-vous ?

— Je ne le sais pas. C'est une supposition.

— Si elle n'est pas mariée, je ne comprends pas pourquoi son père la laisse servir ces hommes.

— Il reste au bar, la plupart du temps. Aucun d'entre eux n'irait importuner sa fille devant lui.

— Mais là, il est absent, protesta Katsa. Et le fait qu'ils ne se jettent pas sur elle ne signifie pas qu'ils la respectent.

Tandis qu'un marchand s'apprêtait à saisir le bras de la servante, celle-ci recula, déclenchant le ricanement des autres clients. Un homme d'une table voisine parvint à lui attraper le poignet. Des braillements de joie retentirent. Rouge de honte, elle essaya vainement de se dégager. Katsa se leva. Po l'imita et la saisit par le bras.

L'espace d'un instant, Katsa apprécia l'étrange symétrie. Cependant, contrairement à la servante, elle pouvait se libérer de l'emprise de Po, et, contrairement à l'homme, Po avait de bonnes raisons de la retenir ainsi. Mais cela ne s'avéra pas nécessaire car toute la salle s'immobilisa. La figure blême, le client regarda Katsa et lâcha la jeune fille. Une main sur la poitrine, celle-ci la scrutait aussi.

— Asseyez-vous, Katsa, murmura Po. C'est fini. Asseyez-vous.

Katsa s'exécuta. La salle laissa échapper un soupir de

soulagement. Après un moment, des chuchotements se firent entendre, s'amplifièrent, puis le joyeux vacarme reprit. Néanmoins, Katsa n'était pas sûre que ça soit fini. Demain, un autre groupe de marchands viendrait à l'auberge. Et si la servante leur échappait, ils partiraient à la recherche d'une autre proie.

Plus tard, alors que Katsa avait regagné sa chambre et s'apprêtait à se coucher, deux filles se présentèrent pour lui couper les cheveux.

— Est-ce trop tard, maîtresse ? demanda celle qui était munie de ciseaux et d'une brosse.

— Non, répliqua Katsa. Plus vite je m'en débarrasserai, mieux ce sera.

Elles étaient jeunes, plus jeunes que la servante. L'une d'elles, équipée d'un balai et d'une pelle, était encore une enfant. Elles firent asseoir Katsa et se déplacèrent timidement autour d'elle. La plus âgée des deux commença à la coiffer.

— Pardonnez-moi si je vous fais mal, maîtresse.

— Ne vous inquiétez pas pour cela, répondit Katsa. Et inutile d'enlever les nœuds, j'aimerais que mes cheveux soient le plus courts possible. Aussi courts que ceux d'un homme.

Les filles écarquillèrent les yeux.

— J'ai coupé les cheveux de nombreux hommes, déclara la plus âgée.

— Dans ce cas, vous pouvez procéder de la même façon avec moi.

Les ciseaux s'animèrent autour de ses oreilles et sa tête s'allégea. Elle ne sentait plus une masse emmêlée pendre lourdement le long de sa nuque. L'enfant s'empressait de balayer les mèches tombées au sol.

— C'est votre sœur qui sert dans la salle à manger ? questionna Katsa.

— Oui, maîtresse.

— Quel âge a-t-elle ?

— Seize ans.

— Et toi ?

— Quatorze ans. Ma petite sœur a onze ans.

Katsa observa la gamine qui tenait un balai plus grand qu'elle.

— Personne ne vous a appris à vous défendre ? Êtes-vous armées d'un couteau ?

— Notre père et notre frère nous protègent.

Les filles poursuivirent leur tâche. Katsa se demanda si toutes les filles des sept royaumes comptaient sur leurs pères et frères pour assurer leur protection.

Vers minuit, un bruit la réveilla. Il provenait de la porte qui séparait sa chambre de celle de Po. Si ce n'était pas lui qui frappait, alors la clarté de la lune qui éclairait la pièce lui permettrait d'identifier un éventuel ennemi.

— Katsa, c'est seulement moi, cria Po à travers la serrure. Pouvez-vous m'ouvrir ?

Elle se leva en se demandant où se trouvait la clé.

— La mienne était accrochée près de la porte, ajouta-t-il.

Katsa gratifia la serrure d'un regard hostile.

— Il n'est pas difficile de deviner ce que vous cherchez, commenta Po. Inutile de maudire mon don.

Sur le mur, Katsa repéra une clé et s'en empara.

— N'avez-vous pas peur de réveiller ma légion d'amants ? lança-t-elle derrière la porte fermée.

Po s'esclaffa.

— Si vous n'étiez pas seule, je l'aurais su. Vous vous êtes fait couper les cheveux ?

— Merveilleux, grommela-t-elle. Je n'ai plus de vie privée.

Elle introduisit la clé dans la serrure et la porte s'ouvrit. Une chandelle à la main, Po se redressa.

— Juste ciel ! dit-il.

— Que voulez-vous ?

Il leva sa bougie vers le visage de Katsa.

— Po, que voulez-vous ?

— Elle s'est bien débrouillée.

— Je retourne me coucher, déclara Katsa.

— Non, attendez ! Les marchands qui harcelaient la servante ont l'intention de venir nous parler cette nuit.

— Comment le savez-vous ?

— Leurs chambres se trouvent sous les nôtres.

— Ils détiennent des informations ?

— Je pense que oui.

— Leur faites-vous confiance ?

— Pas spécialement. Ils ne vont pas tarder. Quand ils seront là, je frapperai à la porte d'entrée de votre chambre.

— Entendu.

Quand Po vint la prévenir, six marchands barbus l'entouraient dans le couloir. Tous étaient de solides gaillards bien plus grands que lui. Elle les suivit jusqu'à la chambre de Po.

— Vous êtes réveillés et habillés, fit remarquer celui qui avait essayé de saisir le bras de la servante.

L'homme qui avait retenu celle-ci par le poignet se tenait près de lui, face à Po. Apparemment, c'étaient les meneurs du groupe. Tandis qu'ils occupaient le centre de la pièce, leurs comparses observaient la scène depuis le mur du fond. Katsa s'adossa à la porte donnant sur sa chambre et croisa les bras.

— Nous avons déjà reçu des visiteurs cette nuit, mentit Po. Vous n'êtes pas les seuls voyageurs de l'auberge à détenir des renseignements sur mon grand-père.

— Méfiez-vous d'eux, monseigneur, répondit le marchand. Les hommes sont capables de mentir pour de l'argent.

Po haussa un sourcil.

— Merci de votre avertissement, lança-t-il, les mains dans les poches, tout en s'asseyant sur le bord de la table. Alors, qu'avez-vous donc à m'apprendre ?

— Combien êtes-vous prêt à payer ?

— Cela dépend de la valeur de votre information.

— Nous sommes six.

— Je vous donnerai des pièces que vous pourrez diviser en parts égales.

— Cc n'est pas ce que je veux dire, monseigneur. Nous ne voulons pas perdre notre temps pour une somme insuffisante.

Po bâilla. D'un ton calme, presque amical, il répondit :

— Je vous rétribuerai en fonction de vos renseignements. Si cela ne vous convient pas, vous pouvez sortir.

L'homme se balança sur ses pieds un moment. Il jeta un regard de biais à son partenaire. Ce dernier opina du chef et l'homme s'éclaircit la gorge.

— Soit, dit-il. Nous détenons des informations qui impliquent le roi Birn de Wester dans l'enlèvement.

— Comme c'est intéressant ! lâcha Po.

Et la farce débuta.

Il leur posa des questions qui donnaient à croire qu'il conduisait un interrogatoire sérieux : leurs sources étaient-elles fiables ? quel était le mobile de l'enlèvement ? Birn avait-il bénéficié de l'aide d'autres royaumes ? Tealiff croupissait-il dans le donjon de Birn ? combien de gardes le surveillaient ?

— Eh bien, Lady Katsa, finit-il par déclarer. Il ne nous reste plus qu'à prévenir mes frères afin qu'ils aillent inspecter le donjon du roi Birn de Wester.

— Vous n'allez pas vous y rendre vous-même ? s'étonna le marchand d'un air déçu.

Katsa en déduisit qu'il voulait les envoyer sur une mauvaise piste.

— Nous allons à Monsea, répondit Po, où règne le roi Leck.

— Leck n'est pas responsable de cette affaire, protesta l'homme.

— Je n'ai jamais dit qu'il l'était.

— Leck est innocent. Vous gaspillerez votre énergie en vous rendant à Monsea. Votre grand-père se trouve à Wester.

Po bâilla de nouveau. Il changea de position et croisa les bras.

— Nous allons simplement là-bas pour rendre visite. Pas pour chercher mon grand-père. La reine de Monsea, la sœur de mon père, est très affligée par l'enlèvement. Nous aimerions la réconforter. Peut-être que vos nouvelles la rassureront.

— Il y a beaucoup de gens malades à Monsea, marmonna un marchand qui se trouvait au fond de la chambre.

— Vraiment ? fit Po.

— Des membres de ma famille sont au service de Leck. Deux petites filles travaillent dans son refuge, des cousines germaines. Elles sont mortes voici quelques mois.

— Qu'entendez-vous par « son refuge » ?

— Un refuge d'animaux qu'il recueille. Il soigne les bêtes, vous devriez le savoir.

— Oui, bien sûr. J'ignorais simplement l'existence du refuge.

Ravi d'avoir suscité l'attention de Po, l'homme échangea un regard avec ses compagnons et leva le menton.

— Il possède des dizaines de chiens, d'écureuils, de lapins, couverts d'entailles sur le dos et le ventre.

Po plissa les yeux.

— D'entailles ? répéta-t-il.

— Oui, comme s'ils s'étaient coupés sur quelque chose.

— Certains ont-ils des pattes cassées ou des maladies ?

L'homme réfléchit.

— Non. Pas à ma connaissance. Simplement des coupures qui mettent une éternité à guérir. Une équipe d'enfants l'aide à les soigner. Selon eux, il est très dévoué aux animaux.

Po fit la moue.

— Je vois, dit-il. Et savez-vous de quelle maladie sont mortes vos cousines ?

Son interlocuteur haussa les épaules.

— Les enfants sont fragiles.

— Changeons de sujet, interrompit le plus grand des marchands. Nous avions accepté de vous renseigner sur l'enlèvement, par sur le roi Leck. Si vous voulez en savoir davantage, nous exigerons plus d'argent.

— Et en plus, je commence à souffrir d'une maladie qu'on appelle l'ennui, déclara son comparse.

— As-tu une idée divertissante en tête ?

— En différente compagnie, répondit l'autre.

Les six hommes ricanèrent de concert.

— Hélas pour les pères protecteurs et les portes de chambre verrouillées, murmura le chef du groupe.

Mais Katsa l'avait entendu. Po lui barra la route de son bras tandis qu'elle s'apprêtait à bondir sur le marchand et ses compères, car, à ses yeux, ces six hommes étaient tous les mêmes.

— Katsa, dit-il, réfléchissez. Respirez.

Une vague de rage la balaya mais elle laissa Po lui bloquer le chemin.

— Des sept royaumes, vous êtes le seul homme qui parvienne à tenir en bride cette furie, reprit le chef du groupe. Heureusement pour nous que vous êtes là. Les femelles de son genre sont bien plus amusantes que les autres quand on arrive à les dompter, vous avez de la chance.

Po regarda Katsa sans la voir. Sa prunelle argentée était glaciale, l'autre, la dorée, lançait des flammes. Son bras se tendit, sa main se transforma en poing. Elle comprit qu'il allait frapper l'homme qui avait parlé et la panique la gagna. Devait-elle l'en empêcher ou l'aider ?

L'en empêcher, il fallait l'en empêcher. Elle le saisit fermement par le bras. *Po. Arrêtez. Réfléchissez.* Il finit par se calmer et la dévisagea. Cette fois, il la voyait.

— Sortez, leur ordonna-t-il d'une voix tranquille.

— Nous aimerions d'abord notre paiement…

Po fit un pas vers eux. Ils reculèrent.

— Savez-vous à qui vous vous adressez ? questionna-t-il. Pensez-vous recevoir une seule pièce après nous avoir offensés de la sorte ? Estimez-vous heureux que je vous laisse filer sans vous briser les dents.

Katsa les regarda droit dans les yeux tour à tour.

— Est-ce bien raisonnable ? demanda Katsa à Po. J'aimerais bien les décourager de toucher à la fille de l'aubergiste.

— Nous n'en ferons rien, Madame, glapit l'un des hommes. Je le jure.

— J'ose l'espérer, répondit-elle. Autrement, vous le regretterez pour le reste de vos misérables existences.

— Nous ne la toucherons pas, Madame. C'était simplement une blague.

— Sortez, déclara Po. Nous vous laissons la vie sauve malgré vos insultes. C'est ça votre paiement.

Les hommes disparurent promptement. Po claqua

la porte derrière eux. Adossé à celle-ci, il se laissa glisser jusqu'au sol. Il se frotta la figure et poussa un long soupir.

Munie d'une chandelle, Katsa s'accroupit devant lui.

— J'ai vraiment cru que vous alliez démolir cet homme, murmura-t-il.

— Vous avez failli perdre votre sang-froid. Je ne vous en croyais pas capable.

— Moi non plus.

— Comment avez-vous perçu que j'avais l'intention d'agresser ces marchands, alors que c'étaient eux que je visais, pas vous ?

— Ma perception de votre énergie s'est soudain accrue. Par ailleurs, je vous connais suffisamment pour savoir ce qui déclenche votre agressivité. Nul ne vous reprochera jamais de manquer de cohérence dans vos actions, ajouta-t-il avec un sourire las.

Katsa grimaça. Elle s'assit à côté de Po et croisa les jambes.

— Pourriez-vous me confier ce que ces brutes vous ont permis de découvrir ?

— Oui, fit-il en fermant les yeux. Pour commencer, hormis l'homme qui se tenait au fond de la pièce, ils nous ont servi un tissu de mensonges. Ils ont essayé de nous vendre de faux renseignements pour se venger de l'incident dans la salle à manger.

— C'est mesquin.

— Très mesquin, mais ils nous ont aidés sans le savoir. C'est Leck, Katsa, j'en suis certain. L'homme a menti en prétendant qu'il n'était pas responsable, et il y avait aussi quelque chose d'étrange, dit-il en secouant la tête. Ils étaient sur la défensive.

— Comment cela ? questionna Katsa.

— Comme s'ils croyaient tous en l'innocence de Leck et voulaient le défendre.

— Mais vous pensez qu'il est coupable.

— Il est coupable et ces marchands le savent, tout en le croyant innocent.

— Cela n'a pas de sens.

— Je sais. C'est pourtant ce que j'ai perçu. Quand l'homme a affirmé que Leck n'était pas responsable de l'enlèvement, il mentait. Mais un instant après, quand il a déclaré : « Leck est innocent », il était sincère. Il pensait dire la vérité.

Po leva la tête vers le plafond sombre et ajouta :

— Devrions-nous en conclure que Leck a ravi mon grand-père, mais pour une raison innocente ?

Katsa ne parvenait pas à imaginer qu'un roi puisse être à la fois coupable et innocent.

— Cela dépasse l'entendement, murmura-t-elle.

— Je suis désolé. Cela doit être troublant pour vous. Je suis capable d'apprendre beaucoup de choses des gens qui cherchent à me fourvoyer.

Katsa contempla les mains de Po. Les marchands n'avaient pas su masquer leurs sentiments et leurs pensées. S'il était possible de le faire, elle aurait aimé apprendre la méthode. Elle prit alors conscience qu'il l'observait.

— Vous parvenez à me bloquer l'accès à votre esprit depuis que vous connaissez mon don, déclara-t-il. Et ça marche. Quand ça marche, ça me soulage, car je ne veux pas vous voler vos secrets.

Soudain, il se redressa, son visage s'illumina, et il déclara :

— Vous pouvez toujours m'assommer, je ne vous freinerai pas.

Katsa s'esclaffa.

— Je ne lèverai jamais la main sur vous, s'exclama-t-elle. Sauf durant nos séances d'entraînement.

— Ce serait pourtant de la légitime défense.

— Non.

— Si, insista Po, dont l'ardeur la fit rire.

— Je préfère protéger mon esprit de votre don que vous frapper dès que je pense à quelque chose que je veux vous cacher.

— Moi aussi, naturellement. Mais je vous autorise quand même à employer la force si vous le souhaitez.

— Vous ne devriez pas. Je suis très impulsive.

— Cela m'est égal.

— Si vous m'y autorisez, je risque d'en profiter.

— Nous serons davantage à égalité. Quand nous nous battons, vous refrénez votre don, alors que je ne peux refréner le mien. Vous avez donc le droit de vous défendre.

Cela ne plaisait guère à Katsa. Mais elle remarqua qu'il était prêt à renoncer à son don pour elle.

— Vous aurez perpétuellement la migraine, prévint-elle.

— La besace que vous a confiée Raffin contient probablement un remède contre les céphalées. Puisque vous avez changé de coiffure, je peux changer de couleur de cheveux. Le bleu m'irait bien, qu'en dites-vous ?

Elle rit. Près d'eux, la chandelle posée au sol s'éteignit.

— Si nous partons à l'aube, nous allons dormir sur nos montures, soupira-t-elle.

— Je dormirai. Mais vous, vous allez avancer comme si vous étiez parfaitement reposée, ironisa-t-il. Comme s'il s'agissait d'une course et que vous étiez déterminée à atteindre Monsea avant moi.

— Et que découvrirons-nous là-bas ? Un roi innocent et néanmoins coupable ?

Po se gratta le crâne.

— J'ai toujours trouvé curieux que mes parents, connaissant son histoire, ne l'aient jamais soupçonné de rien. Et, à présent, ces hommes sont convaincus de son innocence dans l'enlèvement, même si c'est faux.

— Peut-être qu'il se montre bienveillant envers ses sujets depuis un certain temps, hasarda Katsa, et que tout le monde lui pardonne ses crimes passés ou a décidé de faire une croix dessus.

Po se tut un instant.

— Je me demande s'il a un don. Un don qui modifie l'opinion que les gens se font de lui.

Katsa n'avait pas songé à cela. Cependant, étant donné qu'il lui manquait un œil, nul ne pouvait savoir s'il était un Graceling. De même que nul ne pouvait le soupçonner d'en être un puisqu'il avait la faculté de contrôler les soupçons des autres.

— Il possède peut-être le don de tromper les gens, avança Po. De les confondre avec des mensonges qui se répandent de royaume en royaume. Des mensonges capables d'effacer toute logique, toute vérité dans l'esprit des gens. Vous rendez-vous compte du pouvoir que détient un tel individu ? Il peut se bâtir sa propre réputation. Il peut voler ce qu'il souhaite sans qu'on le lui reproche.

Mais sa générosité envers les animaux ? questionna Katsa. Il possède un refuge d'animaux qu'il soigne.

— Cet homme était convaincu de l'amour que Leck portait aux bêtes. Pour ma part, je trouve fort louche qu'il existe tant de chiens et d'écureuils à la peau coupée. Les arbres et les pierres de Monsea sont-ils en verre tranchant ?

— Mais il les guérit.

Po l'observa d'un air bizarre.

— À l'instar de mes parents et des marchands, vous le défendez aussi. Il détient des centaines d'animaux couverts de blessures qui ne cicatrisent pas, les enfants à son service meurent de maladies mystérieuses, et cela vous semble normal.

Il avait raison. Katsa songeait maintenant à un pouvoir qui se répandait comme une maladie contaminant les esprits qu'elle pénétrait. Pouvait-il exister un don plus dangereux que celui qui remplaçait la vérité par un brouillard de faussetés ? Katsa frissonna. Car elle serait bientôt en présence de ce roi et n'était pas certaine de pouvoir se défendre contre un homme capable de lui faire croire à sa réputation immaculée.

Des yeux, dans l'obscurité, elle suivit le contour de la silhouette de Po qui se détachait de la porte noire. Seule sa chemise blanche était visible. Elle regretta de ne pouvoir distinguer son expression. Il se leva et l'entraîna vers la fenêtre. Il la dévisagea. L'éclat de la lune fit scintiller ses yeux or et argent.

— Qu'y a-t-il ? s'enquit le prince Graceling. Qu'est-ce qui vous tracasse ?

— Comment vais-je me protéger du don de Leck ?

Il la contempla d'un air grave.

— C'est simple. Mon don me protégera du sien. Et je vous protégerai. Vous ne craindrez rien avec moi, Katsa.

Dans son lit, malgré les pensées qui tempêtaient dans sa tête, elle se força à dormir. En un instant, l'orage s'apaisa. Elle s'assoupit sous une couverture de tranquillité.

19

Il existait deux moyens de se rendre à la ville de Leck depuis l'auberge. Le premier était d'embarquer sur un bateau depuis l'un des ports de Sunder et de descendre à Monport, la ville la plus à l'ouest de la péninsule de Monsea, où une route qui traversait les plaines menait au nord de Leck, à l'est des pics les plus élevés de Monsea. Des commerçants, souvent accompagnés de femmes, d'enfants et de vieillards, empruntaient cette route afin d'acheminer leurs marchandises.

Le second chemin était plus court mais plus ardu. À travers la forêt de Sunder, il s'élevait vers les montagnes qui formaient la frontière séparant Sunder d'Estill. À un moment, le sentier devenait trop rocailleux et inégal pour les chevaux, et ceux qui voulaient franchir le col le faisaient à pied. Sur chaque versant montagneux, un aubergiste gardait les chevaux des voyageurs qui s'approchaient de la frontière, et les leur rendait à leur retour. Ils pouvaient aussi en acheter, qu'ils revendraient ensuite. C'était la route que Po et Katsa emprunteraient.

Une fois le col franchi, lui avait expliqué Po, des vallées à la végétation luxuriante, arrosées par des rivières provenant de la cime des montagnes composaient un paysage similaire à celui de l'intérieur des terres de Lienid.

Tandis qu'ils progressaient, Katsa n'arrivait pas à se réjouir de découvrir des lieux inconnus. Ses préoccupations de la veille l'avaient rattrapée. Po lui avait dit que son don les protégerait tous deux de Leck. Mais Katsa n'aimait pas dépendre de la protection d'autrui. Cela ne lui était jamais arrivé. Par ailleurs, ne serait-il pas plus simple pour elle de tuer Leck avant qu'il n'ait pu prononcer le moindre mot ? Ou de le bâillonner ? De trouver un moyen de le neutraliser afin de garder le contrôle ? Il existait forcément une solution qui lui permettrait d'assurer elle-même sa propre défense. Il suffisait d'y réfléchir.

En fin de matinée, il se mit à pleuvoir. La pluie dura tout l'après-midi, leur masquant la piste de la forêt. Finalement, trempés jusqu'aux os, ils s'arrêtèrent avant la tombée de la nuit et trouvèrent refuge sous un vaste sapin à la sève parfumée.

— Faire un feu est impossible, commenta Po, mais au moins, ici, nous serons au sec.

— Faire un feu n'est jamais impossible, répliqua Katsa. Je vais m'en charger. Occupez-vous de notre repas.

D'un air sceptique, Po disparut avec son arc. Au pied de l'arbre, Katsa repéra des aiguilles épargnées par la pluie, sous lesquelles elle déterra des feuilles mortes et des brindilles sèches. En frappant adroitement un morceau de silex avec son couteau, elle produisit une gerbe d'étincelles au-dessus du support inflammable. Et avec l'aide de son souffle, elle y fit naître une flamme. De toute évidence, elle pouvait assurer sa propre survie sans l'aide de personne, se dit-elle, rassurée.

Elle s'éloigna du feu afin de trouver de quoi l'alimenter. Quand Po s'en revint, elle remarqua avec satisfaction qu'il tenait en main un gros lièvre.

— Mes facultés continuent de se développer, annonça-t-il. Depuis que nous sommes entrés dans cette forêt, j'ai constaté que je percevais mieux qu'avant la présence des animaux. Celui-ci se cachait dans le trou d'un tronc d'arbre et je n'aurais jamais pu le savoir sans mon don.

Il marqua une pause à la vue du feu.

— Comment avez-vous réussi à l'allumer ? finit-il par dire. Vous êtes une énigme, Katsa.

Elle gloussa. Il s'accroupit à côté d'elle.

— Ça fait plaisir de vous entendre rire, déclara Po. Vous n'avez pas dit un mot depuis ce matin.

Po se réchauffa tout en bavardant. Katsa commença à faire sécher sur des branches les couvertures et les vêtements que leurs sacoches contenaient. Tandis que le lièvre grésillait sur les flammes, Po déroula des cartes, sortit les enveloppes renfermant les remèdes de Raffin et les disposa sur des pierres.

Ce soir-là, sous des couvertures encore humides, Katsa s'endormit avec un sourire, certaine de pouvoir survivre n'importe où par ses propres moyens.

En pleine nuit, elle se réveilla en sursaut, sûre que Po venait de l'abandonner. En entendant la respiration de celui-ci, elle comprit qu'elle avait fait un cauchemar. Elle lui toucha néanmoins l'épaule afin de se rassurer. Il était bien là. Elle s'allongea de nouveau et l'observa dormir. Après tout, elle accepterait sa protection si cela s'avérait nécessaire. Elle n'en était pas fière car il l'avait déjà aidée à maintes reprises.

Elle aussi l'aiderait. Face à des adversaires plus forts que lui ou quand il aurait besoin d'un abri, de nourriture, ou d'un feu sous la pluie. Elle le protégerait de tout.

Le problème était donc réglé. Elle ferma les yeux et sombra de nouveau dans le sommeil.

À l'aube, elle se leva de très mauvaise humeur. Elle ne comprenait pas pourquoi elle éprouvait une telle fureur envers Po. De son côté, il ne lui demanda aucune explication. Il se contenta de dire que la pluie avait cessé tandis qu'elle rassemblait leurs affaires en l'ignorant. Quand ils reprirent leur route, elle ne lui adressa pas le moindre regard. Ce qui la mettait en colère, ce n'était pas le fait qu'une personne puisse la protéger. C'eût été arrogant de sa part, et l'arrogance était stupide. Non, ce qui la rendait folle de rage, c'est qu'elle n'avait pas demandé à rencontrer quelqu'un qui lui donnait envie de se livrer corps et âme. Elle ne voulait pas que l'absence de quiconque puisse l'angoisser si elle se réveillait au milieu de la nuit. Et cela, non pas à cause de la protection qu'il ne serait alors plus en mesure de lui procurer, mais simplement parce qu'elle désirait sa compagnie. Elle ne souhaitait pas désirer la compagnie de quelqu'un.

Katsa ne pouvait supporter ses propres inepties. Elle se retira derrière une carapace maussade et chassa la moindre de ses pensées.

Lorsqu'ils firent halte pour abreuver leurs montures à un étang, Po s'adossa à un arbre et dévora un morceau de pain. Calmement, silencieusement, il l'observait. Même si elle évitait son regard, elle le sentait. Rien ne l'exaspérait autant que ces yeux étincelants qui la fixaient.

— Qu'y a-t-il ? finit-elle par demander.

— L'étang regorge de poissons-chats et de grenouilles. Cela ne vous amuse pas que je puisse savoir qu'il y en a des centaines ?

Son détachement et sa récente capacité à dénombrer les poissons-chats et les grenouilles irritèrent davantage Katsa. Les poings serrés, elle s'éloigna parmi les arbres. Elle se mit à courir à travers les fougères, effrayant des oiseaux sur son passage. Elle franchit des ruisseaux et déboucha sur une clairière où un point d'eau était alimenté par une cascade. Elle retira ses bottes, ses vêtements, et s'y jeta. La froideur la surprit. Elle refit surface en claquant des dents et regagna le rivage.

À présent, debout dans la poussière, la peau parcourue par la chair de poule, elle se sentait enfin apaisée.

Quand elle revint le voir, frissonnante et l'esprit clair, Po était adossé à l'arbre. Les genoux fléchis, la tête entre les mains, il semblait las, triste. Puis il leva les yeux vers elle et elle vit ce qu'elle n'avait pas vu avant.

Ses prunelles étaient magnifiques. Son visage aussi, de même que ses épaules, ses mains, ses bras, son torse. Immobile, il retenait son souffle. Des larmes la suffoquèrent car elle n'avait décidément pas demandé ça. Non, elle n'avait pas demandé cet homme si beau avec une lueur d'espoir au fond des yeux.

Il se leva. Les jambes tremblantes, Katsa prit appui sur son cheval.

— Ce n'est pas ce que je veux, déclara-t-elle.

— Je n'avais pas prévu cela non plus, répondit-il.

Elle s'agrippa à sa selle.

— Vous… vous avez bouleversé mes projets, reprit Po.

— En route ! ordonna Katsa. Nous partons.

Elle mit le pied à l'étrier et se hissa sur sa monture. Puis elle s'éloigna sans l'attendre. Désormais, elle s'efforçait de ne penser qu'à une seule chose. *Je ne veux pas de mari. Je ne veux pas de mari.* Elle le martelait au rythme des sabots des chevaux. Et s'il l'entendait, tant mieux.

Le soir, quand ils effectuèrent une nouvelle étape, elle continua de l'ignorer. Elle sentait néanmoins ses moindres mouvements, ses yeux qui l'observaient pendant qu'elle allumait un feu. C'était comme chaque soir et il n'y avait aucune raison que cela change. Il s'installait près des flammes, rayonnant, et elle n'osait le regarder à cause de sa beauté.

— Je vous en prie, Katsa. Parlez-moi.

— De quoi ? Vous savez ce que j'éprouve et vous connaissez mes pensées.

— Et ce que j'éprouve ? Ça n'a pas d'importance ?

Elle eut soudain honte. Elle s'assit en face de lui.

— Bien sûr que si. Pardonnez-moi, Po. Dites-moi ce que vous ressentez.

Il sembla soudain à cours de mots et baissa les yeux sur ses propres genoux, jouant avec ses bagues. Il leva de nouveau la tête vers elle. Son regard était nu et Katsa devina ce qu'il allait lui dire.

— Ce n'est pas ce que vous voulez, Katsa, je le sais. Dès que vous avez débarqué dans ma vie, j'ai été perdu. J'ai peur de vous révéler ce que je désire car vous pourriez me pousser sur les braises. Ou pire, me mépriser.

Sa voix se brisa. Il se cacha la figure entre les mains, et poursuivit :

— Je vous aime. Vous êtes l'être que je chéris le plus. Et je vous ai fait pleurer. Je dois arrêter cela.

Elle ne pleurait pas à cause des paroles de Po mais à cause d'une certitude qu'elle refusait d'accepter. Elle se leva.

— Je vais me promener.

Il bondit.

— Non, restez.

— Je ne vais pas aller loin. J'ai simplement besoin de réfléchir un peu à l'écart.

— Si vous partez, vous risquez de ne pas revenir.

— Je reviendrai, assura-t-elle.

Il la dévisagea.

— J'espère néanmoins que ce moment de réflexion ne vous amènera pas à décider que la solution est de me quitter.

— Non, répondit Katsa.

— Je ne peux le deviner.

— Je sais. Mais j'ai besoin de réfléchir et je refuse de vous assommer, alors vous devez me laisser partir et me faire confiance. De même que j'ai confiance en vous.

Il lui jeta un regard mécontent.

— Mettez dix bonnes minutes entre nous si vous voulez préserver l'intimité de vos pensées.

Katsa s'enfonça dans la forêt. Elle avança à tâtons, en quête d'obscurité, d'éloignement et de solitude.

Seule, assise sur une souche, elle se mit à pleurer. Elle pleurait en se demandant pourquoi elle avait le cœur brisé alors qu'elle et Po s'aimaient.

Elle ne pourrait jamais devenir son épouse. Quelle que soit l'ardeur de son amour et de son désir pour Po, elle n'avait pas échappé à Randa pour appartenir à quelqu'un d'autre, avoir des comptes à rendre, se construire autour d'un autre.

Elle décida de regagner leur campement. Elle n'était pas fatiguée, mais le prince avait besoin de repos. Et elle savait qu'il ne s'endormirait pas avant son retour.

Allongé sur le dos, il contemplait la lune à moitié pleine. Elle le rejoignit et s'installa près de lui. En silence, il la dévisagea d'un air doux. Afin de lui livrer le dilemme qui la tourmentait, elle lui ouvrit son esprit. Il l'observa un long moment.

— Je ne vous demanderais pas de changer si vous étiez ma femme, déclara-t-il.

— Être votre femme me changerait, répondit Katsa.

— Oui, je comprends.

Une branche roula sur les braises. D'une voix hésitante, il ajouta :

— Cependant, un cœur brisé n'est pas la seule solution pour échapper au mariage.

— Comment cela ?

— Même si vous ne voulez pas de mari, je suis prêt à m'offrir à vous.

— Et où cela nous conduirait-il ?

— Je n'en sais rien. Je vous fais confiance.

Elle n'avait pas envisagé cette possibilité pendant qu'elle pleurait dans la forêt. Et la proposition de Po demeurait en suspens tandis que ce qui lui avait semblé simple et frustrant devenait de nouveau confus et compliqué. Mais non sans espoir.

Pouvait-elle être à la fois son amante et s'appartenir encore ? Elle nc possédait pas la réponse.

— J'ai besoin de réfléchir, répliqua-t-elle.

— Faites-le ici, Katsa. Je vous en prie, je suis épuisé, je tombe de sommeil.

Elle opina du chef.

— Entendu.

Il essuya une larme sur la joue de Katsa. La caresse de son doigt la fit frissonner. Il se rallongea. Elle se leva et se dirigea vers un arbre plongé dans la pénombre. Elle s'adossa au tronc et attendit que Po s'endorme.

20

Pour Katsa, avoir un amant revenait un peu à se découvrir un bras ou un orteil supplémentaire. Quelque chose d'étranger auquel elle n'était pas encore habituée. Quand elle songeait uniquement à Po et non à un amant, elle arrivait mieux à imaginer ce que pourrait signifier partager son lit sans être sa femme.

Quoi qu'il en fût, cela nécessitait plus d'une nuit de réflexion. Ils progressaient à travers la forêt de Sunder, bavardaient, se reposaient, campaient, comme avant. Mais leurs silences devenaient pesants. Et de temps à autre, éprouvant le besoin d'être seule, Katsa s'éloignait de Po. Ils avaient cessé de s'entraîner ensemble car le contact physique la mettait mal à l'aise. Il ne lui faisait aucune remarque. Il ne l'obligeait ni à parler, ni à le regarder.

Ils avançaient aussi vite que la route le leur permettait. Mais celle-ci finit par se transformer en sentier sillonnant le long des ravins envahis par la végétation et contournant des arbres d'une taille que Katsa n'avait jamais vue auparavant. Des arbres aux troncs aussi larges que le corps de leurs chevaux étaient longs. Parfois, ils se baissaient afin d'éviter des rideaux de lianes pendant des branches. À mesure qu'ils se rapprochaient de l'est, le sentier strié de ruisseaux montait de plus en plus.

Au moins, cela distrayait Po. Il n'avait de cesse de regarder alentour, les yeux écarquillés.

— Ce coin est vraiment sauvage. Avez-vous déjà vu un endroit pareil ? C'est magnifique.

Magnifique et regorgeant d'animaux qui s'engraissaient pour l'hiver. Chasser ou trouver un abri n'avait jamais semblé aussi simple. Cependant, la lenteur de leur progression inquiétait Katsa.

— Nous irions plus vite à pied, suggéra-t-elle.

— Vous allez regretter nos montures quand nous serons obligés de nous en défaire.

— Quand ?

— Dans une dizaine de jours selon la carte.

— Je préférerais marcher.

— Vous êtes infatigable ! soupira Po.

— Sauf si je ne dors pas pendant longtemps. Ou que je transporte une lourde charge, comme votre grand-père, par exemple, en montant un escalier.

— Vous avez transporté mon grand-père en montant un escalier ?

— Oui, au château de Randa.

— Après un jour et une nuit de voyage éreintant ?

— En effet.

Il éclata de rire.

— J'y étais contrainte, Po. Autrement, ma mission aurait échoué.

— Il pèse une fois et demi votre poids, commenta Po.

— Et j'étais fatiguée quand je suis arrivée en haut. Vous l'auriez été moins que moi.

— Je suis plus grand que lui, plus fort. Et j'aurais été épuisé si j'avais passé la nuit en selle.

— Je devais le faire. Je n'avais pas le choix.

— Vous ne possédez pas seulement le don du combat, déclara-t-il.

Katsa resta un instant perplexe, puis repensa à sa relation avec Po. Il était difficile à oublier vu qu'il avançait toujours en tête. Elle se demanda quelle était la différence entre un mari et un amant. Si elle épousait Po, elle serait obligée de s'engager à propos d'un avenir qu'elle ne pouvait encore prédire. Car une fois mariés, ils le demeureraient pour toujours. Et même si Po la laissait libre, elle considérerait qu'il lui octroyait un privilège. Sa liberté ne lui appartiendrait plus ; ce serait Po qui en disposerait comme bon lui semblerait.

Et s'il devenait son amant, se sentirait-elle piégée ? Ou pourrait-elle conserver sa liberté ?

Un soir, ils étaient allongés de chaque côté d'un feu mourant quand une nouvelle inquiétude la gagna. Que se passerait-il si elle prenait plus qu'elle ne pouvait donner ?

— Po ?

Il se tourna vers elle.

— Oui ?

— Qu'éprouveriez-vous si un jour, après m'être offerte à vous, je décide de partir le lendemain, sans promesse de retour ?

— Ce serait idiot d'essayer de vous garder en cage.

— Cela ne répond pas à ma question. Comment réagiriez-vous face à mes caprices ?

— Ce ne sont pas des caprices, c'est votre nature. Vous oubliez que je suis en position de vous comprendre, Katsa. Si vous souhaitiez vous éloigner de moi, je saurais que ce n'est pas par manque d'amour. Ou si ça l'était, je le saurais aussi. Et je considérerais que vous avez raison de partir.

— Et que ressentiriez-vous ?

Il hésitait.

— Je n'en sais rien. Sans doute beaucoup de choses. Mais je suis prêt à prendre le risque d'être malheureux.

Katsa scruta la cime des arbres.

— Vous en êtes sûr ?

— Certain, soupira-t-il.

Elle aussi se sentait prête à prendre ce risque. Et cela l'effrayait.

Le jour suivant, Katsa aurait donné n'importe quoi pour galoper sur une route droite et oublier ses tracas. Hélas, le chemin sinueux montait et descendait tandis qu'elle avait envie de hurler. Le crépuscule les conduisit à une dépression où un filet d'eau s'écoulait dans une mare verte. Le sol, les arbres et les lianes étaient recouverts de mousse.

— Vous avez l'air énervée, remarqua Po. Allez chasser, je vais m'occuper du feu.

Elle laissa s'échapper les premiers animaux qu'elle rencontra. Elle pensait qu'une longue promenade apaiserait son anxiété, mais quand elle revint à leur campement avec un renard à la main, elle se sentait sur le point d'exploser. Elle jeta le gibier par terre, près des flammes. Elle s'assit sur un rocher et comprit ce qui lui arrivait : c'était le trac qui la mettait dans cet état-là.

Elle se tourna vers Po.

— Je sais que nous ne devrions pas nous battre quand l'un de nous deux est en colère. Mais si l'un de nous deux a peur, peut-on le faire ?

Il réfléchit un instant et la dévisagea.

— Tout dépend de ce que vous espérez obtenir en vous battant.

— Cela me calmerait, je pense, répondit-elle. Cela m'aiderait à redevenir moi-même.

— Oui, apparemment, c'est l'effet que ça vous fait.

— Voulez-vous vous battre avec moi, Po ? Maintenant ?

Il la sonda du regard un moment, s'éloigna du feu et lui fit signe de le suivre. D'un air hébété, elle le rejoignit. Tout se bousculait dans sa tête.

— Attaquez ! ordonna-t-elle.

Dès qu'il projeta son poing, elle le bloqua de son bras. Le choc la tira de sa stupeur. Elle aurait le dessus. Peu importe l'obscurité. À présent, elle avait recouvré ses esprits.

De ses mains, de ses coudes et de ses pieds, elle l'attaquait sans retenue. Lui aussi frappait fort, mais chaque coup stimulait Katsa. Chaque arbre contre lequel ils se cognaient, chaque racine sur laquelle ils trébuchaient la recentraient.

À un moment, elle s'écria :

— Attendez ! Il y a du sang.

Il cessa de lutter.

— Où ? Pas sur vos lèvres ?

— Sur votre main, je pense.

Il s'assit et elle s'accroupit près de lui. Elle inspecta sa paume.

— Elle saigne, vous ne vous en êtes pas rendu compte ?

— Ce n'est rien, répondit-il. C'est le bout de votre botte.

— Nous ne devrions pas nous battre avec nos bottes.

— Nous ne pouvons nous battre pieds nus dans la forêt, Katsa. Vraiment, ce n'est rien.

— Tout de même…

— Vous avez du sang sur la bouche, coupa-t-il.

Il leva un doigt, l'approcha du visage de Katsa, puis le retira, comme s'il n'osait la toucher. Elle tenait toujours la paume blessée de Po et pouvait sentir sa chaleur. Pareil à une vague d'eau glacée, le trac l'envahit. Elle savait que c'était le moment opportun.

Il la dévisagea. Dans son regard, elle vit qu'il avait compris. Elle se nicha contre lui et sanglota. Il la berça sur ses genoux en murmurant son prénom, encore et encore, jusqu'à ce qu'elle cesse de pleurer. Elle s'essuya la figure contre sa chemise. Elle enroula ses bras autour de son cou. Ainsi, elle se sentait calme, rassurée et vaillante. Soudain, elle éclata de rire. Il la gratifia d'un sourire malicieux. Des lèvres, il effleura son cou et se posa sur sa bouche. Elle s'enflamma.

Plus tard, alors qu'ils étaient allongés sur la mousse, elle se laissa hypnotiser par ses baisers, ses caresses, le corps qu'elle explorait en le déshabillant lentement. Puis, quand un éclair de lucidité la traversa, elle murmura :

— Po.

— Il y a du grémil parmi les remèdes de Raffin.

Katsa se détendit de nouveau. Po la rendait ivre. Dès qu'elle croisait son regard, sa respiration s'arrêtait.

Elle s'attendait à la douleur qu'elle ressentit. Il l'embrassait, ralentissait et se serait arrêté, mais elle rit et déclara qu'exceptionnellement elle consentait à souffrir et à saigner à son contact. Il sourit dans son cou, la couvrit de baisers, et elle suivit ses mouvements malgré la douleur. Celle-ci se mua en chaleur. Une chaleur croissante qui lui coupa le souffle et ne lui fit plus sentir que leurs deux corps et la lumière et le feu qu'ils créaient ensemble.

Allongés près du feu, ils se tenaient chauds l'un contre l'autre. Elle toucha le nez de Po, puis sa bouche, joua avec les anneaux d'or à ses oreilles. Il la serra contre lui et l'embrassa.

— Ça va ? demanda-t-il.

Elle rit.

— Je ne me suis pas perdue. Et toi ?

— Je suis très heureux.

Du doigt, elle suivit le contour de son menton, de son cou, de son épaule. Elle effleura les tatouages sur ses bras.

— Et Raffin se doutait que ça finirait ainsi, déclara-t-elle. Apparemment, je suis la seule à n'avoir rien vu venir.

— Raffin fera un excellent roi, répliqua Po.

Katsa s'esclaffa et se lova au creux de son bras.

— As-tu encore mal ? demanda-t-il.

— Non.

— Pourquoi cela se passe-t-il de cette façon ? Pourquoi une femme est-elle conçue pour ressentir cette douleur ?

Katsa ne détenait pas la réponse. Les femmes sentaient cette douleur, c'était tout ce qu'elle savait.

Elle frissonna en s'éloignant du feu et trouva de l'eau pour se laver. Po se pencha vers les flammes. Des taches de lumière et d'ombre se déplaçaient sur son corps. Elle le contemplait et il lui décocha un sourire. Presque aussi beau que vaniteux, lui dit-elle par transmission de pensée. Il éclata de rire.

À la surprise de Katsa, ce qu'ils venaient de faire et ce qu'ils étaient devenus ne lui semblait pas étrange, mais naturel et agréable. Inévitable. Et seulement un tout petit peu terrifiant.

21

Ils parvenaient à communiquer durant de longues heures sans qu'elle eût à prononcer un mot. Car Po sentait quand Katsa désirait lui parler et son don captait ce qu'elle cherchait à lui faire savoir. Tandis qu'ils s'entraînaient à bavarder de cette façon, Katsa découvrit qu'elle pouvait à la fois s'ouvrir et se fermer à lui. Cependant, se fermer à lui n'était pas satisfaisant car c'était aussi se fermer à soi.

Au départ, elle lui transmettait des phrases telles que : *Veux-tu qu'on s'arrête pour se reposer ? Dois-je aller chasser notre dîner ? Je n'ai plus d'eau.* Et il lui répondait :

— Je comprends quand tu es précise mais ne fais pas trop d'efforts. Je comprends également les images et les sentiments, ainsi que les pensées non formulées par des phrases.

Craignant d'être mal comprise, Katsa avait d'abord produit dans son esprit des images simples : un poisson grillant sur un feu. Une source. Des plantes, le grémil qu'elle devait manger.

— Si tu veux me révéler une de tes pensées, si c'est ton intention, alors je la verrai, Katsa, avait-il expliqué.

Depuis, quand elle souhaitait l'informer de quelque chose, elle prononçait son prénom en silence. *Po.* Et lui dévoilait sa pensée.

Un soir, près du feu, protégée de la pluie par un abri de branches qu'elle avait construit, elle demanda à voir ses bagues. Il posa ses mains sur celles de Katsa. Elle compta les anneaux. À la main droite, elle en dénombra six en or de différentes tailles. À la gauche, un en or, un avec une pierre grise incrustée au centre, un plus large surmonté d'une pierre blanche étincelante – celle qui lui avait écorché la joue – et un orné d'un motif gravé identique à celui de ses tatouages. Ce dernier anneau l'amena à se demander si les bijoux de Po signifiaient quelque chose.

— Oui, répondit-il. Chaque anneau porté par un Lienidien a un sens. Celui qui est gravé prouve que je suis le septième fils du roi.

Tes frères portent-ils des anneaux et des tatouages différents des tiens ?

— Oui.

Elle joua avec la bague ornée d'une pierre taillée éblouissante. *C'est celle d'un roi.*

— Oui, cet anneau représente mon père. Et celui-ci,

dit-il en montrant un petit anneau comportant une ligne grise, mon grand-père.

Il n'a jamais été roi ?

— Son frère aîné l'a été. Quand il est mort, Tealiff aurait dû lui succéder. Mais son fils, mon père, était jeune et ambitieux. Vieux, souffrant, mon grand-père a préféré lui céder la place.

Elle saisit la main droite de Po. *Et ceux-ci ?*

— Ce sont mes frères. Le plus large représente l'aîné. Leur taille décroît en fonction de l'âge.

Ont-ils eux aussi un anneau pour toi ?

— Oui, ainsi que mes parents et mon grand-père.

Pourquoi le plus jeune a-t-il droit à l'anneau le plus petit ?

— C'est ainsi, Katsa. Mais celui qu'ils portent et qui me représente est orné de deux minuscules incrustations or et argent.

Qui symbolisent tes yeux ?

— Exact.

Et à cause de ton don ?

— À Lienid, on honore les Gracelings.

Katsa n'avait jamais entendu parler d'un royaume où on honorait les Gracelings. *Et tes belles-sœurs et leur progéniture ? Tu ne portes pas de bagues les représentant ?*

Il sourit.

— Non. Mais si j'avais une femme et des enfants, un anneau correspondrait à chacun d'eux. Ma mère a quatre frères, quatre sœurs, sept fils, ses parents et un mari. Elle porte dix-neuf anneaux.

Parvient-elle encore à se servir de ses doigts ?

Il haussa les épaules.

— Je n'ai aucune difficulté à me servir des miens.

Il attira les mains de Katsa vers sa bouche et les baisa. *Tu ne me verras jamais porter autant de bagues.*

Il s'esclaffa.

— Je ne te verrai jamais faire quelque chose qui te déplaît.

Katsa le regarda. C'était l'un des aspects du don de Po qu'elle préférait : il savait par avance ce qu'elle n'aimait pas. Agenouillé devant elle, il lui décocha un sourire narquois et la serra contre lui. De ses lèvres, il lui caressa le cou. Elle oublia ce qu'elle voulait lui demander et profita du frisson glacé que lui procuraient les bagues de Po.

— Tu penses que Leck a blessé les animaux de son refuge ? s'enquit Katsa, un jour où ils progressaient à travers la forêt.

— C'est une accusation répugnante, j'en conviens. Mais oui, je le pense. Et je me pose également des questions à propos des maladies dont parlait cet homme.

— Leck rendrait les gens malades ? Volontairement ?

Po haussa les épaules sans répondre.

— À ton avis, reprit Katsa, est-ce la raison pour laquelle la reine Ashen s'est enfermée dans sa chambre ?

— C'est possible.

— Mais en principe, elle devrait être sous l'emprise du don de son mari et croire en sa bonté ?

— Peut-être a-t-il été trop loin en torturant les animaux, peut-être a-t-elle eu une lueur de lucidité.

Il écarta une branche qui leur barrait le chemin. L'étroitesse du sentier envahi par la végétation les obligeait à marcher plus souvent à côté de leurs montures que sur le dos de celles-ci. Les arbres changeaient de couleur et prenaient des teintes orange, jaunes, cramoisies, pourpres et marron. Il ne leur restait plus que deux jours de voyage avant d'atteindre l'auberge où ils laisseraient leurs chevaux. Ensuite, l'ascension commencerait. Ils graviraient la montagne enneigée. Ils croiseraient peu de voyageurs, selon Po. Ils devraient rester prudents et prendre garde aux tempêtes.

— Tu n'es pas trop inquiète ? lui demanda Po alors qu'ils avaient établi leur campement au bord d'une rivière.

— Non.

— Il est vrai que tu n'attrapes jamais froid, que tu peux tuer un ours à mains nues, et allumer un feu en plein blizzard.

Katsa ne put réprimer un sourire. Quand elle pêchait, il adorait la taquiner. Elle ne se servait pas d'une ligne comme il l'aurait fait à sa place. Elle retirait ses bottes, remontait les jambes de son pantalon et pénétrait dans l'eau. Puis elle attrapait le premier poisson à sa portée et le lançait à Po, lequel, assis sur la berge, riait en écaillant les prises.

— Peu de gens ont les mains plus rapides qu'un poisson, commenta-t-il.

Katsa saisit la forme rose argentée qui se glissait entre ses chevilles. Sa proie atterrit aux pieds de Po.

— Peu de gens sont capables de dire si un caillou s'est logé sous le sabot de leur monture alors que celle-ci ne manifeste aucun signe de gêne, répondit-elle. J'ai la faculté de tuer pour manger aussi facilement que je tue des hommes, mais au moins, je ne converse pas avec les chevaux.

— Moi non plus, répliqua Po. Depuis peu, j'arrive à savoir quand ils ont envie de s'arrêter et, une fois qu'ils sont à l'arrêt, il m'est facile de découvrir l'origine du problème.

— Quoi qu'il en soit, tu es mal placé pour t'émerveiller de l'étrangeté de mon don.

Po sourit.

— Je ne pense pas qu'il est étrange. Je pense néanmoins qu'il ne correspond pas à ce que tu imagines.

À la surface de la rivière, elle s'empara d'un éclair sombre et jeta un poisson à Po.

— Comment cela ? demanda-t-elle.

— Le don de tuer n'englobe pas tes autres facultés. Tu ne te fatigues jamais. Tu ne souffres ni du froid ni de la faim.

— Je me fatigue, contesta Katsa.

— Tu peux allumer un feu sous une averse torrentielle.

— Je suis simplement plus patiente que la plupart des gens.

Po ricana.

— Oui, la patience est vraiment ce qui te caractérise. (Il évita la truite qui allait lui atterrir sur la tête et éclata de rire.) Tes yeux brillent quand tu te tiens ainsi, dans l'eau, devant le soleil couchant. Tu es éblouissante.

Arrête.

— Viens, ma belle. Nous avons suffisamment de nourriture.

Il lui tendit la main et la hissa sur la berge. Ils rassemblèrent les poissons et marchèrent jusqu'au feu.

— Je me fatigue, insista Katsa, et il m'arrive d'avoir froid ou faim.

— Puisque tu le dis. Mais comparée à d'autres…

Elle s'assit et se sécha les pieds.

— As-tu envie de te battre, ce soir ? s'enquit-il.

Elle opina du chef d'un air absent. Tandis qu'il déposait les truites sur les braises, elle se mit à réfléchir à ce qui la différenciait des autres.

Il lui arrivait d'avoir froid. Mais elle en souffrait moins que ses semblables. Et parfois elle avait faim, mais elle pouvait tenir longtemps sans manger et le manque d'aliments ne l'affaiblissait pas. Par ailleurs, elle n'avait jamais attrapé la moindre maladie, pas même un rhume. En outre, bien qu'elle se batte, sa peau présentait rarement des marques de bleus. Ses os ne s'étaient jamais cassés. Et elle était peu sensible à la douleur. Même si Po la frappait fort, elle parvenait à encaisser les chocs sans trop de peine. En vérité, elle avait du mal à comprendre ce qu'était la souffrance physique.

— Po ?

Il leva les yeux.

— Peux-tu te forcer à dormir ?

— Que veux-tu dire par là ?

— Peux-tu t'allonger et t'assoupir instantanément ? Quand tu le souhaites ?

Il plissa les yeux.

— Je n'ai jamais entendu parler d'une faculté pareille.

Il l'étudia un long moment puis porta son attention ailleurs. Elle le remarquait à peine. C'était la première fois qu'elle prenait conscience que pouvoir contrôler son sommeil était inhabituel. Katsa parvenait à dormir le nombre d'heures qu'elle voulait et, à son réveil, elle savait toujours l'heure qu'il était, où elle se trouvait et comment elle était orientée.

— Où est le nord ? demanda-t-elle à Po.

Il leva les yeux, considéra la lumière, indiqua vaguement une direction. Katsa savait précisément où se situait le nord. Comment cela se faisait-il ?

Elle ne se perdait jamais. Allumer un feu ou fabriquer un abri ne lui posait aucun problème. Sa vue et son ouïe étaient meilleures que celles de n'importe qui.

Elle se leva. Elle fit quelques pas vers l'étang, qu'elle scruta sans le voir. Les gens éprouvaient des souffrances qui lui étaient étrangères. D'instinct, elle savait survivre dans la nature. Et à la moindre menace, elle pouvait tuer qui elle voulait.

Elle s'assit par terre.

Son don pouvait-il être celui de la survie ?

Elle rit. Car c'était comme de dire que son don était celui de la vie, ce qui était ridicule, bien sûr.

Elle retourna auprès du feu. Po l'observa s'approcher.

— Je me suis comparée aux autres gens, annonça-t-elle.

— Je vois, fit-il avec prudence.

Elle retira la peau d'un poisson grillé et avala une bouchée.

— Po.

Il se tourna vers elle.

— Si tu apprenais que mon don n'était pas celui de tuer, mais de survivre…

Il haussa les sourcils.

— Cela te surprendrait-il ? questionna-t-elle.

— Non. Cela me semble plus logique.

— Cela revient à dire que mon don est celui de la vie.

— Oui.

— C'est absurde.

— Vraiment ? Je ne le pense pas. Et il ne s'agit pas que de ta vie, tu as aussi sauvé celle des autres grâce à ton don.

Katsa secoua la tête.

— Pas autant que j'en ai meurtri.

— C'est possible. Cependant, rien ne t'empêche d'employer ton avenir à rétablir l'équilibre.

Cette perspective fit sourire Katsa.

22

La forêt céda la place aux montagnes, qui surgirent brusquement devant eux. Et avec les montagnes, la ville où ils laisseraient leurs montures. Les habitations de Sunder étaient construites en bois ou en pierre mais c'était la toile de fond de la ville qui impressionnait Katsa. Elle n'avait jamais vu d'arbres argentés dressés vers le ciel, ni de cimes enneigées situées à une telle altitude, luisant comme de l'or au soleil.

— Cela me rappelle mon pays, dit Po.

— Lienid ressemble à cela ?

— Certaines parties de Lienid. La ville de mon père est proche de montagnes semblables à celles-ci.

— Moi, cela ne me rappelle rien. J'ai peine à en croire mes yeux.

Ils n'eurent besoin ni de camper ni de chasser, ce soir-là. Leur repas fut préparé et servi par la femme bourrue de l'aubergiste, laquelle, loin d'être effarouchée par leurs yeux de Gracelings, les assaillit de questions à propos de leur voyage et des personnes qu'ils avaient croisées. Ils soupèrent dans une pièce vide, chauffée par un feu qui brûlait dans une grande cheminée. On leur servit du ragoût, des légumes cuits, du pain tiède. Après leur repas, ils prirent un bain et se couchèrent dans un vrai lit, un luxe qu'ils apprécièrent.

Munis de vivres emballés par la femme de l'aubergiste, et de leurs affaires, ils laissèrent leurs chevaux et partirent avant que le soleil éclaire les pics. Katsa transportait un arc et un carquois. Ils avaient renoncé à leurs épées, conservant uniquement deux poignards et deux dagues. Le reste de leur cargaison consistait en des couvertures, quelques vêtements, de l'argent, des remèdes, des cartes, et la liste des contacts du Conseil.

Ils grimpaient vers un ciel mauve qui prenait des teintes roses et orangées. Le sentier révélait les traces de précédents voyageurs : des feux éteints, des empreintes de bottes, des cabanes construites grâce aux efforts combinés de Sunder, d'Estill et de Monsea, du temps où les souverains veillaient ensemble à la sûreté des marcheurs qui se déplaçaient à travers leurs frontières.

— Un toit et quatre murs peuvent te sauver la vie quand le blizzard souffle dans la montagne, déclara Po.

— As-tu déjà été pris dans un blizzard ?

— Une fois, à Lienid, avec Silvern, mon cinquième

frère. Nous nous sommes réfugiés à l'intérieur de la cabane d'un bûcheron. Sans cet abri, nous serions morts. Nous y sommes restés quatre jours, durant lesquels nous avons mangé du pain et des pommes que nous avions ramassées en route, ainsi que de la neige. Notre mère nous avait presque considérés comme perdus.

— Dommage qu'à cette époque tes facultés ne te permettaient pas de déceler des animaux dissimulés. Tu aurais pu attraper une taupe ou un écureuil.

— Et me perdre en cherchant le chemin de la cabane, répondit Po. Ou éveiller les soupçons de mon frère qui aurait trouvé étrange qu'on puisse chasser en plein blizzard.

Ils gravissaient un sol de terre et d'herbe d'où émergeaient parfois des rochers. Ils se dirigeaient vers les pics qui se dressaient devant eux. Le vaste ciel orientait son soleil sur la figure de Katsa et emplissait d'air ses poumons. Elle était heureuse.

— Pourquoi as-tu peur de révéler ton don à tes frères ? s'enquit-elle.

— Quand j'étais enfant, ma mère m'interdisait de leur en parler. Cela ne me plaisait pas de le cacher, surtout à Silvern et à Skye, mais maintenant qu'ils sont adultes, je me rends compte qu'elle avait raison.

— Qu'est-ce qui te fait dire cela ?

— Ils sont pétris d'ambition, Katsa. Ils cherchent constamment à obtenir les faveurs de mon père. Pour l'instant, je ne représente pas une menace, à leurs yeux, car je suis le plus jeune et je n'ai aucune ambition. Par ailleurs, ils me respectent car ils savent que, pour me battre, il faudrait qu'ils s'y mettent à six. Néanmoins, s'ils connaissaient mes facultés, ils essaieraient d'en tirer profit, ils ne pourraient s'en empêcher.

— Tu les en empêcherais.

— Oui, et ils m'en voudraient. Rien ne me dit que l'un d'eux ne céderait pas à la tentation de révéler mon secret à sa femme ou à son conseiller. Si cela arrivait ensuite aux oreilles de mon père, ce serait catastrophique.

Ils s'arrêtèrent près d'un écoulement d'eau. Katsa se désaltéra et se lava le visage.

— Ta mère a été prévoyante, commenta-t-elle.

— Sa plus grande crainte était que mon père l'apprenne, dit-il en remplissant sa gourde. Non qu'il soit méchant. Mais il est difficile de rester roi. Ses rivaux cherchent sans cesse un moyen de s'emparer du pouvoir. J'aurais pu lui être utile et il n'aurait pas hésité à exploiter mon don. C'était ce que redoutait ma mère.

— N'a-t-il pas fait appel à tes talents de combattant ?

— Si, bien sûr, et je l'ai aidé. Pas comme tu as aidé Randa, mon père n'est pas une brute. Mais c'est ma tête qui préoccupait ma mère, elle ne voulait pas que mon père joue avec ce qu'elle contient. Elle pensait que mon espace mental devait rester le mien.

Katsa ne trouvait pas normal qu'une mère fût obligée de protéger son fils de son père. Mais vu qu'elle n'avait pas eu de parents, elle ne connaissait pas grand-chose en la matière. Peut-être étaient-ce les rois, le véritable danger, et non les pères.

— Ton grand-père partageait-il la décision de ta mère ? demanda-t-elle.

Po acquiesça.

— Et ton père se fâcherait-il s'il apprenait la vérité ?

— Il serait fou de rage. De même que mes frères. Et à juste titre. Nous les dupons depuis des années.

— Vous y étiez obligés.

— Quoi qu'il en soit, cela ne serait pas facilement pardonné.

Katsa se hissa sur une pile de pierres et jeta un œil autour d'elle. Ils semblaient toujours aussi éloignés des cimes des pics qui s'élevaient face à eux. Ce fut seulement en se retournant vers la forêt qu'elle put évaluer la distance qu'ils avaient parcourue.

La température se refroidissait. Katsa replaça ses sacoches dans son dos et se remit en route.

Songeant aux reines qui protégeaient leurs enfants des souverains, elle appela Po en silence.

Po. Leck a une fille.

— Oui, Bitterblue. Elle a dix ans.

Si Leck a essayé de faire du mal à Bitterblue, cela expliquerait la réaction de la reine Ashen.

Po stoppa net et la dévisagea d'un air inquiet.

— S'il blesse des animaux par plaisir, je préfère ne pas imaginer ce qu'il est capable de faire à sa fille.

Katsa songea aux deux fillettes décédées.

— Espérons que tu as tort, répondit Po, d'un air répugné.

— Pressons le pas, dit Katsa. Au cas où j'aurais raison.

Ils se mirent presque à courir. Ils suivaient le sentier de la montagne qui les séparait de Monsea. Là-bas les attendait peut-être la vérité sur cette affaire.

Le lendemain matin, ils se réveillèrent sur le plancher poussiéreux d'une cabane. Un vent glacé s'infiltrait par les fentes du bois. Dehors, la lumière s'étendait à travers l'horizon. À mesure que Katsa et Po avançaient, le sentier devenait plus abrupt. Katsa marchait suffisamment vite pour ne pas sentir le froid dont Po se plaignait.

— J'ai réfléchi à un moyen d'approcher Leck, annonça Po en passant d'un rocher à un autre.

— Je t'écoute.

— Nous devrions d'abord vérifier si nos soupçons sont fondés avant de le rencontrer.

— Nous pourrions passer la première nuit à l'auberge, suggéra Katsa.

— C'est ce que je me disais.

— Mais nous ne devons pas nous y attarder.

— Non. Si nous n'apprenons rien d'intéressant le premier soir, nous irons nous présenter au château.

Ils poursuivirent leur ascension. Katsa se demanda s'ils allaient se faire passer pour des amis de la cour et infiltrer celle-ci graduellement, ou s'ils déclencheraient une énorme bagarre dès leur arrivée. Elle se figura Leck : un hypocrite trônant au bout d'un tapis rouge, avec un œil unique et perçant. Elle lui tirerait une flèche en plein cœur. Elle attendrait le commandement de Po. Elle y serait contrainte, car tant qu'ils ne connaissaient pas les pouvoirs du don de Leck, elle ne pouvait faire confiance à son propre jugement. *N'est-ce pas, Po ?*

— J'ai aussi mon idée à ce sujet, répondit-il. Une fois que nous serons à Monsea, consentiras-tu à faire ce que je dis et uniquement ce que je dis ? Jusqu'à ce que je sache comment nous protéger de Leck ?

— Bien sûr, Po.

— Et tu ne devras pas t'étonner de mon comportement : je vais affirmer posséder simplement le don du combat et feindre de croire tout ce qu'il raconte.

— De mon côté, je vais m'exercer au tir à l'arc et au lancer de couteau. Car lorsque tout nous sera révélé, j'ai le sentiment qu'il se trouvera au bout de ma lame.

Po secoua la tête sans un sourire.

— Ce ne sera pas si facile.

Le troisième jour de leur ascension, le vent et le froid s'intensifièrent. Le col les conduisit entre deux pics cachés derrière des tempêtes de neige. Leurs bottes crissaient, les flocons fondaient sur les cheveux de Katsa.

— J'adore l'hiver à la montagne, déclara-t-elle.

— Ce n'est pas encore l'hiver, c'est toujours l'automne ! s'esclaffa Po. Ici, l'hiver est féroce.

— Cela me plairait aussi, dit-elle.

Po rit de nouveau.

— Ça ne m'étonne pas. Le défi te stimule.

Ils se déplaçaient aussi vite que le sol le leur permettait. Malgré son admiration pour l'énergie de Katsa, Po était fort et rapide. Et quand il voulait faire une halte, elle lui en était reconnaissante, car cela lui rappelait qu'elle aussi avait besoin de reprendre des forces. Ces haltes lui fournissaient également une excuse pour contempler le paysage, les montagnes qui s'étendaient d'est en ouest, l'immensité qui les entourait – l'altitude où ils se trouvaient lui donnait l'impression d'admirer le monde entier.

Soudain, ils atteignirent le sommet du col. L'autre versant des montagnes plongeait à travers une forêt de sapins. Au-delà s'étendaient des vallées vertes abritant des cours d'eau, des fermes et des points qui, selon Katsa, devaient être des vaches. Une rivière qui filait en rétrécissant menait à une ville blanche miniature. La ville de Leck.

— Je peux à peine la distinguer, déclara Po. Mais j'ai confiance en ta vue.

— J'aperçois des maisons, dit Katsa, ainsi qu'une muraille sombre autour d'un château blanc. Est-ce que tu vois les fermes dans la vallée ? Et les vaches ?

— Oui, je les vois. C'est magnifique. As-tu déjà vu quelque chose d'aussi beau ?

Sa joie la fit rire. Durant un moment, tandis qu'ils regardaient la campagne de Monsea, Katsa trouva le monde merveilleux et sans tracas.

La descente s'avéra plus ardue que la montée. Po se plaignit de ses orteils qui le faisaient souffrir. Puis il cessa de se plaindre et afficha une expression préoccupée.

— Nous avançons vite, Po, déclara Katsa.

— Oui, répondit-il en clignant des yeux en direction des champs de Monsea. J'espère que nous arriverons à temps.

Ils campèrent au bord d'un ruisseau. Katsa s'installa sur un rocher et observa Po dont les yeux brillaient d'inquiétude. Il lui sourit.

— Aimerais-tu un dessert avec ce lièvre ? demanda-t-il.

— Bien sûr, mais nous n'en trouverons pas ici.

Il se leva et fit demi-tour.

Où vas-tu ? Il ne répondit pas. Il s'éloigna et disparut dans la nuit. Katsa bondit sur ses pieds.

— Po !

— Ne t'inquiète pas ! cria une voix lointaine. Je vais simplement chercher ce que tu veux.

— Tu crois que je vais rester assise ici !

— Reste, coupa-t-il. Tu vas gâcher ma surprise.

Katsa s'assit en pensant qu'il allait probablement trébucher sur des rochers dans l'obscurité et qu'elle allait être obligée de le porter pour descendre la montagne. Après quelques minutes, elle l'entendit revenir. Éclairé par le feu, agenouillé devant elle, il lui présenta une poignée de baies.

— C'est sucré ? s'enquit Katsa.

Po acquiesça. Katsa en goûta une.

— C'est bon. Qu'est-ce que c'est ?

— Des myrtilles.

— Ton don t'a permis de les distinguer ?

Il hocha la tête.

— C'est nouveau, n'est-ce pas ? Cette faculté de percevoir une plante avec autant de clarté ? Ce n'est pas comme si ça bougeait ou pensait. Ou encore comme si c'était sur le point de tomber sur ton crâne !

Il s'assit et inclina la tête sur le côté.

— Le monde se remplit autour de moi, pièce par pièce, comme un puzzle. Le flou devient net. C'est assez désorientant. J'ai un léger vertige.

Katsa le dévisagea. Il n'y avait rien à répondre à cela. Demain, il lui annoncerait qu'il percevait un glissement de terrain situé de l'autre côté de la planète et ils s'évanouiraient ensemble. Avec un soupir, elle effleura la boucle d'oreille de Po.

— Si tu trempes tes pieds dans la source, l'eau glacée apaisera tes orteils, et après, je te les réchaufferai.

— Et si j'ai froid à d'autres endroits, tu les réchaufferas aussi ?

Katsa éclata de rire. Il lui prit le menton et la regarda droit dans les yeux, d'un air grave.

— Katsa, quand nous serons proches de Leck, promets-moi de m'écouter.

— C'est promis.

Il opina du chef et lui tendit les dernières myrtilles. Puis il se pencha vers ses bottes.

— J'ai tellement mal aux pieds ! Je ne sais pas si c'est une bonne idée de les libérer. Ils risquent de se révolter en s'enfuyant dans la montagne et en refusant de revenir.

— Tes orteils ne sont pas des adversaires à ma hauteur, répliqua Katsa.

Le jour suivant, Po parla à peine. Plus ils se rapprochaient du château du roi Leck, plus son anxiété croissait. C'était contagieux. Katsa se sentait mal à l'aise.

— Tu feras bien ce que je te dirai ? lui demanda-t-il.

Furieuse d'entendre une énième fois cette question, elle s'apprêtait à riposter. Mais à la vue du visage tendu et anxieux de Po, sa colère s'évanouit.

— Je ferai ce que tu me diras, répondit-elle.

23

Po la réveilla trois heures avant l'aube.

— Qu'y a-t-il ? s'enquit-elle.

— Je n'ai pas sommeil.

— Dans ce cas, autant partir.

Elle se leva, roula sa couverture, rangea ses affaires, souleva son carquois, son arc et ses sacoches. Le sentier descendait à travers la forêt obscure. Po la prit par le bras et la guida du mieux qu'il le put.

Quand une lumière froide et blafarde éclaira leur chemin, ils progressèrent plus vite. La neige se mit à tomber. Luisant d'un éclat bleuté, le sentier s'élargissait et s'aplanissait. L'auberge où on leur vendrait des chevaux se trouvait au-delà des bois, à des heures de marche à pied. Katsa fit part à Po de sa fatigue.

— Après plusieurs jours d'ascension, tu te sens enfin fatiguée, maugréa-t-il. Cela me rassure. Quoi qu'il en soit, je vais bientôt avoir besoin de ton énergie et de ton endurance.

Elle fouilla dans sa sacoche.

— Nous devons manger, déclara-t-elle. Autrement, nous ne serons bons à rien.

En milieu de matinée, ils atteignirent la lisière de la forêt. Des champs s'étendaient devant eux. Soudain, Po se tourna vers Katsa puis s'élança comme paniqué vers les champs. Katsa entendit soudain un bruit de cavalcade et des cris. Elle détala en direction de Po. Devant lui, une femme se rapprochait d'eux en courant, une petite femme brune terrifiée, vêtue d'une robe noire, portant des anneaux et des bagues en or. Derrière elle galopait une armée de cavaliers conduite par un borgne affublé d'un bandeau et armé d'un arc. Il tira une flèche dans le dos de la fugitive, qui s'effondra. Po s'arrêta net. Il courut vers Katsa en criant :

— Tue-le !

Katsa avait déjà saisi son arc et encoché une flèche. Elle visa. Les chevaux pilèrent. Le borgne cria et Katsa se figea.

— Quel accident ! gémit-il.

Sa voix ressemblait à un sanglot, si douloureux que Katsa se mit presque à pleurer.

— Quel terrible accident ! se lamenta-t-il. Mon épouse ! Ma bien-aimée.

Katsa contempla la forme sombre sur la neige blanche teintée de sang. Les sanglots du mari lui parvinrent. Elle baissa son arc.

— Non ! intervint Po. Tire !

Katsa le dévisagea d'un air choqué.

— C'est un accident, protesta-t-elle.

— Tu m'as promis de m'écouter.

— Oui, mais je ne vais quand même pas tuer un homme éploré qui vient de perdre sa femme de façon malencontreuse…

Po se fâcha. Elle ne l'avait jamais vu dans un tel état.

— Donne-moi cet arc !

— Non.

— Donne-le-moi !

— Non ! répliqua-t-elle. Tu as perdu ton sang-froid !

Désespéré, Po regarda par-dessus son épaule et vit l'œil unique de l'homme qui le jaugeait. Il scruta de nouveau Katsa.

— Peux-tu faire autre chose qui ne fera de mal à personne ? demanda-t-il d'un ton calme.

Elle acquiesça.

— Alors retourne dans la forêt avec moi en courant et s'il se met à parler, bouche-toi les oreilles.

C'était une étrange requête. Katsa l'accepta sans la comprendre.

— Maintenant !

En un instant, ils firent demi-tour et cavalèrent vers la forêt. Dès qu'elle entendit la voix du borgne, Katsa plaqua ses mains sur ses oreilles. Mais elle pouvait encore l'entendre et ses paroles la plongeaient dans la confusion. Dès qu'elle ralentissait, Po l'invectivait. Derrière eux, un bruit de sabots se transforma en grondement. Puis une pluie de flèches s'abattit sur les arbres qui les entouraient.

Cela la mit en colère. *Po. Nous devrions nous battre avec eux et les éliminer au lieu de fuir.* Mais il la poussait d'une main crispée en lui hurlant de courir. Bien que la situation lui échappât, elle décida de lui faire confiance.

Ils filaient en contournant les arbres, en grimpant des côtes. Les flèches disparurent alors que la végétation se densifiait. Ils gardèrent le même rythme. Ils atteignirent une partie très boisée où la neige, retenue par le réseau serré de branches touffues, n'avait pu atteindre le sol. Elle se dit que Po les avait entraînés ici afin qu'on ne puisse repérer leurs empreintes. Au moins, cela lui semblait être un acte sensé.

Finalement, Po lui fit retirer ses mains de ses oreilles. Ils continuèrent à courir et s'arrêtèrent devant un arbre grand et large aux aiguilles brunes. Des branches mortes gisaient à sa base.

— En haut, le tronc est creux, annonça Po. Peux-tu grimper ? Si je monte en premier, pourras-tu me suivre ?

— Bien sûr, répondit Katsa.

Elle lui fit la courte échelle et le poussa le long de l'arbre aussi haut qu'elle le pût. Puis s'accrochant aux parties protubérantes du tronc, elle se mit à grimper à la suite de Po.

— Prends garde à cette branche, la prévint-il. Et à celle-ci, le moindre souffle de vent la briserait.

Katsa se servait des mêmes prises que lui. Il disparut

soudain à l'intérieur d'un trou puis Katsa vit ressortir ses bras. Il la hissa à l'intérieur du tronc. Assis dans la pénombre, ils n'entendaient plus que leur respiration.

— Nous serons en sûreté, ici, déclara Po. Tant qu'ils ne viennent pas avec des chiens.

Mais pourquoi se cachaient-ils ? L'étrangeté de tout ce qui s'était passé commençait à préoccuper Katsa. Pourquoi ne s'étaient-ils pas battus contre les flèches des cavaliers ? Pourquoi auraient-ils dû avoir peur ? La femme était terrifiée. Quand Katsa essaya de se souvenir du moment où Leck avait tué Ashen, son esprit se brouilla.

Po s'en souvenait peut-être. Mais il s'était comporté si bizarrement en lui demandant d'assassiner le roi qui pleurait. Et de se boucher les oreilles. Que craignit-il qu'elle eût pu entendre ?

Katsa se sentait stupide. Elle avait l'impression que son manque d'intelligence l'empêchait de comprendre. Elle regarda Po qui, adossé à la paroi de bois, regardait droit devant lui d'un air absent. Son visage amaigri accusait la fatigue et Katsa songea également qu'il devait avoir faim. Il semblait toujours aussi anxieux. *Po, je t'en supplie, explique-moi ce qui ne va pas.*

— Katsa, soupira-t-il en se frottant la tête. Te souviens-tu de notre conversation à propos du roi Leck ?

Elle se rappelait vaguement qu'ils avaient parlé de lui.

— De ses yeux, reprit Po. Et de quelque chose qu'il dissimule.

— Oui, ça me revient, répondit Katsa. C'est un Graceling.

— C'est cela. Et quel est son don ?

Katsa finit par recouvrer la mémoire. Elle revit Ashen terrorisée, fuyant son mari et son armée. Elle revit Leck feignant le chagrin, alors que d'une flèche dans le dos il venait d'assassiner sa femme. Sa voix avait embrumé l'esprit de Katsa, transformant le meurtre en accident tragique. Elle revit Po lui hurlant d'abattre Leck et elle s'y refusant.

Elle ne pouvait plus le regarder en face : la honte la submergeait.

— Ce n'est pas ta faute, dit-il.

— J'avais juré de faire ce que tu me demanderais.

— Katsa. Personne n'aurait pu tenir cette promesse. Si j'avais su que Leck détenait un pouvoir aussi dangereux, je ne t'aurais pas demandé de m'accompagner.

— J'étais d'accord pour te suivre, répondit Katsa.

Po tendit l'oreille.

— Écoute. Ils inspectent la forêt. Je ne crois pas qu'ils ont des chiens.

Katsa n'entendait rien.

— Pourquoi ne faisons-nous pas front contre ces bouchers ? Pourquoi..., répéta-t-elle en se prenant la tête entre les mains. J'en ai assez. Je me sens idiote.

— Tu ne l'es pas. Le don de Leck a semé la confusion dans ton esprit. Quant à mon don, il m'a permis d'apprendre des choses que je ne t'ai pas encore expliquées.

— Lesquelles ?

— Leck a tué Ashen pour la punir d'avoir essayé de

protéger Bitterblue. Lorsqu'elle courait vers moi, J'ai perçu ce qu'elle voulait.

— Que voulait-elle ?

— Que je retrouve Bitterblue et veille sur elle. J'ignore ce que Leck a l'intention de lui faire, mais je sais qu'elle est quelque part, cachée dans la forêt, comme nous.

— Nous devons la retrouver avant eux.

— Oui. Il y a également une autre mauvaise nouvelle. Leck nous a vus…

Il s'interrompit. C'était sans importance car Katsa avait compris. Leck les avait vus s'enfuir alors qu'ils n'étaient pas censés se sentir menacés. Il avait vu Katsa se boucher les oreilles comme si elle connaissait le pouvoir de ses paroles.

— Il ignore tout ce que je sais sur lui mais il a conscience que je résiste à son don et il veut ma peau. Toi, il te veut vivante.

— C'est pourtant nous deux qu'ils visaient, souligna Katsa.

— J'ai entendu le commandement. Les flèches m'étaient destinées.

— Nous aurions dû nous débarrasser de ces soldats. Nous devons mettre la main sur Leck et l'éliminer.

— Non, Katsa. Il ne faut pas que tu te trouves en sa présence.

— Je peux me boucher les oreilles.

— Il haussera le ton jusqu'à ce que tu l'entendes. Tu seras de nouveau perturbée et nous serons obligés de prendre la fuite.

— Je ferai attention la prochaine fois.

— Katsa, fit-il d'une voix lasse, il suffit de quelques

mots. Avec une ou deux paroles, il peut effacer ce que tu as vu. Même les paroles de ses soldats sont dangereuses. Tes facultés l'intéressent, il désire les exploiter. Je ne pourrai rien faire pour te protéger.

À regret, Katsa convint qu'il avait raison. Leck pouvait la manipuler comme il le voulait, la transformer en monstre s'il le souhaitait.

— Où est-il ?

— Je l'ignore. Encore loin d'ici.

— Nous sera-t-il difficile de l'éviter ?

— Je ne le pense pas. Quand il se trouvera près de nous, mon don m'avertira. Nous pourrons alors nous sauver et nous cacher.

Katsa eut soudain une pensée angoissante. Et si Leck essayait de la monter contre Po ?

Elle sortit sa dague de sa ceinture et la lui tendit. Il la dévisagea d'un air tranquille.

— On n'en arrivera pas là, dit-il.

— Tant mieux. Prends-la quand même.

Il accepta le couteau. Elle lui remit son arc et son carquois.

— Il me reste mes mains et mes pieds, mais au moins je suis désarmée, commenta-t-elle. Avec un couteau dans chaque main, tu auras une chance de me vaincre.

— On n'en arrivera pas là, répéta Po.

Katsa l'espérait aussi. Cependant, mieux valait se préparer au pire. Elle observa ses yeux qui luisaient faiblement. Il se défendrait mieux contre elle si elle avait les poignets liés. Devait-elle les attacher ?

— C'est ridicule ! protesta-t-il.

Elle sourit.

— À l'occasion, nous devrions néanmoins essayer durant nos combats.

Une fossette se creusa au coin de la bouche de Po.

— Je ne suis pas contre, répondit-il. Mais une fois que cette affaire sera terminée.

— Allons chercher ta cousine, décréta-t-elle.

24

Le suivre avec impuissance à travers la forêt tandis qu'il dénichait des cachettes au moment opportun et décidait de tout n'était pas facile. La valeur du don de Po était inestimable, elle le savait. Mais elle ne s'était jamais autant sentie comme une enfant.

— Quand elle m'a vu, Ashen a repris espoir pour Bitterblue, confia Po.

Dans cette espérance, Po avait pu capter l'image de l'endroit où se terrait Bitterblue, un lieu qu'Ashen avait découvert lors de promenades effectuées en compagnie de sa fille.

— C'est situé dans un creux près d'une rivière, déclara Po. Au sud du sentier du col. Cependant, si elle s'est rendu compte qu'une armée était à ses trousses, elle n'y sera peut-être plus.

— C'est déjà un point de départ, répondit Katsa. Et même si elle est partie, elle n'a pas dû aller loin.

Ils accélérèrent l'allure. La neige des arbres fondait, rendant le sol boueux. Ils franchirent des passages que des soldats avaient piétinés de leurs bottes.

— Si elle a laissé des empreintes comme celles-ci, ils l'ont sans doute déjà retrouvée, s'inquiéta Katsa.

— Espérons qu'elle a hérité d'une partie de la ruse de son père.

À plusieurs reprises, Po modifia leur trajectoire afin de contourner un soldat proche. Une fois, en en évitant un, ils faillirent foncer dans un autre. Ils grimpèrent à un arbre et Po encocha une flèche, mais l'homme ne les avait pas remarqués. Les yeux rivés au sol, il criait :

— Mademoiselle Bitterblue ! Venez ! Votre père est très inquiet.

Le soldat finit par s'éloigner. Cependant, Katsa avait entendu ses paroles et celles-ci lui brouillaient l'esprit. Tandis qu'elle tremblait, bloquée sur une branche, incapable d'en descendre, Po lui prit son visage entre ses mains et lui parla afin de dissiper sa confusion.

— C'est bon, déclara-t-elle au bout d'un moment. Je suis revenue à moi-même.

Ils regagnèrent le sol. Ils se déplacèrent rapidement en laissant le moins d'empreintes possibles sur leur passage.

Aux abords de la forêt, les choses se corsèrent. Rassemblés en différents groupes, les soldats se dirigeaient dans toutes les directions. Brusquement, Po saisit

Katsa par le bras et ils firent demi-tour en courant. Ils découvrirent un grand rocher recouvert de mousse derrière lequel ils se baissèrent. Les mains sur les oreilles de Katsa, Po affichait un air concentré. Le cœur battant, Katsa attendit. Puis Po lui fit signe de le suivre. Ils empruntèrent un chemin qui accroissait la distance entre eux et le roi de Monsea.

Quand ils purent se rapprocher de la lisière de la forêt en toute sûreté, ils se dirigèrent vers le sud, à la recherche de Bitterblue. Lorsqu'ils croisèrent une rivière, Po s'arrêta. Katsa s'accroupit près de lui et patienta.

— Je ne sais pas si c'est le bon cours d'eau, déclara-t-il.

— Si les soldats ne l'ont pas encore retrouvée, c'est qu'elle n'a laissé aucune trace malgré la neige et la boue. Elle s'est probablement déplacée sur le lit d'une rivière. Elle a dû aller vers l'ouest afin de s'éloigner des vallées. Peut-être devrions-nous remonter cet affluent vers l'ouest ? Si nous ne la rencontrons pas, nous pourrons continuer vers le sud et explorer le prochain cours d'eau.

— Cela semble voué à l'échec, répondit Po.

Néanmoins, il accepta la proposition de Katsa et lui emboîta le pas à l'intérieur de la rivière. Quand elle repéra une mèche de longs cheveux sombres accrochée à une branche, elle appela Po. Il examina la mèche et elle vit qu'il reprenait espoir.

L'affluent forma un coude puis pénétra à l'intérieur d'un creux envahi de fougères et d'herbe. Po leva la main.

— C'est ici, dit-il. Cela correspond à l'image que j'ai collectée dans l'esprit d'Ashen.

— Bitterblue est là ? questionna Katsa.

— Non. Mais continuons à remonter ce cours d'eau. Et dépêchons-nous. Les soldats ne vont pas tarder à nous rejoindre.

Quelques minutes plus tard, il se retourna vers elle d'un air soulagé.

— Ça y est, je la sens.

Il sortit de la rivière avec Katsa à sa suite. Il s'immisça à travers les arbres et finit par s'arrêter face à un tronc tombé au sol. Il l'inspecta, s'accroupit à une des extrémités, jeta un œil à l'intérieur.

— Bitterblue, dit-il d'une voix douce. C'est Po, votre cousin, le fils de Ror. Nous sommes venus vous secourir.

Aucune réponse.

— Nous n'allons pas vous faire de mal, reprit-il. Nous sommes ici pour vous aider. Avez-vous faim ? Nous avons des vivres.

Toujours pas de réaction. Po regarda Katsa.

— Elle a peur de moi, chuchota-t-il. Essaie de lui parler.

— Pourquoi me craindrait-elle moins que toi ?

— Parce que je suis un homme. Fais attention, elle a un couteau et elle est prête à s'en servir.

— Tant mieux pour elle, répondit Katsa.

Elle s'agenouilla devant l'extrémité du tronc creux et distingua une fillette affolée, les mains crispées autour du manche d'un couteau.

— Bitterblue. Je suis Lady Katsa des Middluns. Je suis venue jusqu'ici avec Po pour vous porter secours.

Vous devez nous faire confiance. Nous sommes tous deux des guerriers Graceling. Nous pouvons vous protéger.

— Explique-lui que nous connaissons le don de Leck, chuchota Po.

— Nous savons que votre père vous pourchasse, reprit Katsa. Et qu'il possède un don redoutable. Nous sommes en mesure de vous aider à lui échapper.

Elle attendit une réponse de l'enfant, mais celle-ci demeurait silencieuse. Elle regarda Po et fit une dernière tentative.

— Très bien, nous allons fendre ce tronc ! déclara-t-elle.

— Où est ma mère ? demanda la fillette d'une voix chevrotante.

Katsa et Po échangèrent un regard hésitant. Puis Po opina du chef. Katsa s'approcha de l'arbre.

— Votre mère est morte.

Elle attendait des cris, des sanglots. Seule, une petite voix lui parvint :

— Le roi l'a tué ?

— Oui, répondit Katsa.

Un nouveau silence se fit à l'intérieur de l'arbre.

— Des soldats arrivent, grommela Po. Ils sont à quelques minutes d'ici.

Katsa ne tenait pas à combattre des hommes dont les paroles véhiculaient le venin de Leck. Elle n'y serait peut-être pas contrainte si elle parvenait à faire sortir Bitterblue de son refuge.

— J'aperçois un couteau, dit-elle. Je pourrais vous apprendre à l'utiliser.

Po lui toucha l'épaule.

— Merci, Katsa.

Il se releva et s'éloigna parmi les arbres, à l'affût de tout ce que son don pouvait lui permettre de détecter. Et Katsa comprit pourquoi il l'avait remerciée : la fillette avait rampé vers l'extrémité de sa cachette et sa tête surgissait maintenant dans la pénombre de la forêt. Ses mains et ses épaules suivirent. Elle avait de grands yeux, les joues striées de larmes et elle claquait des dents. Ses doigts serraient une dague plus longue que son avant-bras.

Quand elle se fut totalement extirpée du tronc, Katsa lui toucha le front. Elle grelottait. Sa robe et ses bottes étaient trempées. Elle ne portait ni manteau, ni gants, ni cache-nez.

— Vous êtes gelée, murmura Katsa.

Elle retira son propre manteau et le posa sur les épaules de Bitterblue. Elle essaya de lui faire enfiler les manches mais la fillette tenait son couteau à deux mains et refusait de le lâcher

— Donnez-le-moi juste une seconde, proposa-t-elle. Vite, l'armée de votre père arrive

Katsa lui prit l'arme, finit de l'habiller, et la lui rendit tout en lui demandant si elle pouvait marcher.

Bitterblue vacilla sans répondre.

— Nous allons la porter, intervint Po. En route.

— Attends, dit Katsa. Il faut la réchauffer.

— Le temps presse.

— Donnez-moi votre manteau, ordonna Katsa.

Po se défit de ses sacoches, de son arc et de son carquois, puis jeta son vêtement à Katsa, qui enveloppa la fillette avec. Elle tira la capuche sur les oreilles de Bitterblue, l'attacha fermement. Dorénavant, la petite princesse ressemblait à un sac à pommes de terre. Po la chargea sur ses épaules et ils rassemblèrent leurs affaires.

— Très bien, déclara Katsa. Allons-y.

Ils progressèrent à vive allure vers le sud, posant le pied sur des aiguilles de résineux ou des rochers dès qu'ils le pouvaient. Mais le sol trop humide conservait les traces de leur passage, et Katsa entendit bientôt des craquements de branches et un bruit de sabots de chevaux.

Po ? Combien sont-ils ?

— Au moins quinze, répondit-il.

Que va-t-il se passer si leurs paroles me troublent ?

— Je préférerais m'occuper d'eux sans toi, Katsa. Mais pour cela, il faudrait qu'on se sépare, et les cavaliers nous encerclent. Je ne veux pas prendre le risque qu'ils te découvrent en mon absence.

De toute façon, je ne te laisserai pas lutter seul contre quinze adversaires.

— Nous devons en tuer le plus possible avant qu'ils n'aient le temps d'ouvrir la bouche, expliqua Po. Et dénicher une cachette pour Bitterblue. S'ils ne la voient pas, ils seront moins susceptibles de parler d'elle.

Derrière des rochers et des herbes hautes, ils installèrent Bitterblue à l'intérieur d'un trou situé au pied d'un arbre.

— Ne faites pas de bruit, lui dit Katsa. Et prêtez-moi votre arme. Je tuerai les soldats du roi avec.

La fillette la dévisageait d'un air perplexe. Katsa lui

prit sa dague et se tourna vers Po. *Remets-moi tes lames.* Po s'exécuta. Il s'empara de son arc et se baissa derrière un rocher avec Katsa. Ils n'attendirent pas longtemps. Les yeux rivés au sol, les soldats surgirent des arbres. Katsa en dénombra dix-sept. *J'attaque à droite, vise à gauche.* Et sur ce, elle se leva et lança plusieurs couteaux les uns à la suite des autres. Po tira deux flèches. Cinq hommes s'effondrèrent. Les cavaliers indemnes dégainèrent leurs épées en braillant. Tandis que Po continuait de les prendre pour cible, Katsa courait vers eux. Elle évita facilement la lame du premier soldat qui fonçait sur elle, frappa le second sur le crâne, s'empara de la dague accrochée à la ceinture de ce dernier et les poignarda tous deux à la gorge. Elle saisit l'épée de sa victime, fit volte-face, désarma un attaquant puis l'empala sur son fer. Elle tua trois autres ennemis dont un cavalier muni d'un arc qui visait Po.

Soudain, il ne resta plus qu'un homme sur le champ de bataille. Les yeux agrandis par la peur, il reculait. En un éclair, elle retira un couteau planté dans la poitrine d'un cadavre et se rua sur le fuyard. Une flèche de Po la devança. L'homme chuta en poussant un cri puis s'immobilisa.

Katsa inspecta ses propres vêtements. Sa tunique et son pantalon maculés de sang. En contemplant les morts qui gisaient autour d'elle, le découragement et le dégoût la gagnèrent. Elle maudissait le roi qui avait rendu ce carnage nécessaire.

— Vérifions qu'ils sont bien morts, suggéra-t-elle. Et renvoyons-les à Leck après les avoir attachés à leurs montures.

Ils étaient bien tous morts. En évitant de regarder leurs visages, Katsa retira poignards et flèches des poitrines et des dos. Elle nettoya les lames puis les tendit à Po. Elle s'apprêtait à rendre son couteau à Bitterblue et s'approchait de sa cachette quand elle la trouva debout, bras croisés, alerte. Katsa espérait qu'elle n'avait pas assisté au massacre.

— J'ai chaud, maintenant, annonça Bitterblue.

— Tant mieux. Avez-vous vu la bataille ?

— Ils avaient peu de chances de gagner, répondit la fillette. Où allons-nous, à présent ?

— Je ne le sais pas encore. Il nous faut trouver un endroit où passer la nuit. Ensuite, nous discuterons et nous aviserons.

— Vous devez tuer Leck, déclara Bitterblue. Si vous voulez qu'il arrête de nous traquer.

Avec étonnement, Katsa regarda l'enfant qui lui arrivait à peine à la poitrine. Les manches du manteau de Po pendaient jusqu'à ses genoux. Ses yeux étaient trop grands pour sa petite frimousse. Et c'était néanmoins d'un air assuré qu'elle lui conseillait d'éliminer son père.

25

Ils conservèrent deux chevaux. Bitterblue partageait la monture de Katsa. Ils retournèrent à la rivière afin de laver leurs vêtements souillés du sang des soldats. Puis ils se dirigèrent vers l'ouest. Ils firent marcher leurs destriers à l'intérieur du cours d'eau, en direction des montagnes. Quand le sol qui les entourait devint suffisamment rocailleux pour masquer leurs empreintes, ils progressèrent vers le sud en longeant la base des montagnes et commencèrent à chercher un refuge adéquat.

Naturellement, Bitterblue avait raison. Leck devait mourir. Katsa le savait mais n'aimait pas y songer. Car en tant que tueuse, le meurtre aurait dû être sa mission. Or, il était évident que Po allait s'en charger à sa place et sans son aide.

Il ne faut pas t'approcher de son château, Po. Tu es trop suspect. Une embuscade t'accueillera si tu t'y rends.

Les chevaux gravissaient les rochers. Po l'ignorait mais elle savait qu'il l'avait entendue.

Tu ferais mieux de l'abattre à distance dans la forêt pendant qu'il cherche l'enfant.

Malgré la fatigue et le froid, Po continuait d'avancer devant elles, le dos droit.

Et t'enfuir ensuite le plus vite possible.

Il ralentit et les rejoignit. Il regarda Katsa et ce qu'elle lut dans ses yeux or et argent la rassura. Po n'était ni faible ni sans défense. Il lui prit la main et la baisa. Puis ils poursuivirent leur route.

Assise devant Katsa, Bitterblue ne disait mot. Elle s'était raidie quand Po s'était approché. Si elle trouvait leur échange silencieux curieux, elle n'en parlait pas.

Ils atteignirent un endroit où le sol s'affaissait à gauche et formait un ravin au fond duquel un lac étincelait. À droite, le sentier s'élevait le long d'une falaise qui surplombait le point d'eau.

— Nous pourrions nous cacher de l'autre côté de cette falaise, suggéra Katsa. Pour nous rejoindre, nos poursuivants seront obligés d'emprunter le même chemin ou d'escalader le ravin. Ils seront facilement repérables.

— Je pensais la même chose, répondit Po. Allons-y.

Ils se mirent à grimper. La bordure extérieure du chemin s'inclinait vers le précipice mais sa largeur permettait aux chevaux d'adhérer au terrain. Des pierres glissaient entre leurs sabots et dévalaient le versant abrupt jusqu'au lac.

De l'autre côté de la falaise, parmi la rocaille, la broussaille et les arbres malingres qui surgissaient de crevasses, ils dénichèrent une grotte au bord du sentier.

— Notre lit sera dur mais nous pourrons y faire du feu, déclara Po. Avez-vous faim, ma cousine ?

Assise sur un rocher, les mains crispées autour de son couteau, la fillette se taisait. Elle ne s'était pas plainte d'avoir l'estomac vide, mais à présent que Po déballait le peu de vivres qui leur restait – des restes de viande du soir précédent et une pomme –, elle ouvrait des yeux affamés.

— Quand avez-vous mangé pour la dernière fois ? questionna-t-il en déposant les aliments devant elle.

— Ce matin, répondit Bitterblue. Des myrtilles.

— Et avant cela ?

— Hier matin.

— Doucement, dit Po, alors qu'elle déchiquetait la viande avec avidité. Doucement, vous allez être malade.

— Je vais descendre le long du ravin afin de chasser notre repas, annonça Katsa. Le soleil va bientôt se coucher. J'ai besoin d'une dague, Po, et je compte sur toi pour faire le guet.

Po retira un couteau de sa botte et le lui lança.

— Si tu entends le hululement d'une chouette, cours ! Deux hululements, cours vers le sud. Trois hululements, reviens au campement.

— Entendu, répondit Katsa.

— Dirige-toi vers le sud du lac, où il y a des cailles, je crois. Et ramasse des cailloux en chemin.

Katsa fit la moue, mais ne riposta pas. Elle jeta un œil sur la fillette qui mangeait. Puis elle se leva, contourna les roches et commença à descendre le long du précipice.

Quand elle regagna le campement avec plusieurs cailles plumées et vidées, le soleil se noyait derrière la montagne. Po empilait des branches au fond de la grotte. Bitterblue était enveloppée dans une couverture.

— Elle n'a pas dû dormir beaucoup ces derniers jours, commenta Po.

— Ses vêtements sont secs, elle va aller mieux. Si nous continuons à la nourrir régulièrement, elle reprendra des forces.

— Elle est frêle pour une enfant de dix ans. Elle m'a aidé à rassembler du bois et a failli s'évanouir d'épuisement. Je lui ai conseillé de se coucher en attendant ton retour. Elle ne lâche pas son poignard. Elle a encore peur de moi – j'ai l'impression qu'elle a l'habitude d'avoir affaire à des hommes hostiles envers elle.

— Po, je comprends de moins en moins pourquoi Leck aurait fait enlever ton grand-père.

Po secoua la tête en regardant Bitterblue.

— Je ne le sais pas non plus. Nous finirons bien par apprendre la vérité. En attendant, nous protégerons ma cousine et nous tuerons Leck.

— Elle fera une très jeune reine.

— Oui, j'ai également pensé à cela. Mais il n'existe pas d'autre solution.

Ils s'assirent en silence et attendirent que la nuit masque la fumée de leur feu. Po enfila une deuxième chemise sur la première. Elle contempla son visage, ses traits familiers, ses yeux dans lesquels se reflétait la lumière rose du coucher de soleil. Puis l'inquiétude la gagna.

— Comment vas-tu t'y prendre ? demanda-t-elle.

— Comme tu l'as conseillé. Nous en discuterons au réveil de Bitterblue. Elle pourra certainement nous aider.

« Nous aider à préparer le meurtre de son père… », songea Katsa. Oui, elle en serait probablement capable. Car telle était l'atmosphère de folie qui régnait dans son royaume tandis qu'ils campaient au bord des montagnes de Monsea.

La lumière du feu, son crépitement ou l'odeur des cailles qui grésillaient réveilla Bitterblue. Enveloppée dans sa couverture, son couteau à la main, elle les rejoignit près des flammes.

— Je t'apprendrai à t'en servir quand tu seras rétablie, déclara Katsa. Je t'apprendrai à te défendre, à blesser un homme. Nous nous entraînerons sur Po.

La fillette regarda furtivement Po avant de fixer le sol.

— Merveilleux, grommela Po. Être battu à mort par tes mains et tes pieds commençait à m'ennuyer, Katsa. Que tu t'en prennes à moi avec un poignard sera plus divertissant.

Bitterblue scruta Katsa.

— C'est vous la plus forte au combat ?

Katsa opina du chef.

— Elle me domine nettement, assura Po. C'est sans comparaison.

— Po a d'autres atouts, dit Katsa. Il possède une grande puissance physique et il voit mieux que moi dans l'obscurité.

— Mieux vaut miser sur la dame, Bitterblue, fit Po en souriant. Même la nuit.

Bitterblue frissonna et réarrangea la couverture autour de ses épaules.

— J'aimerais bien détenir un don qui me permette de me protéger des autres, confia-t-elle.

Katsa patienta sans poser de questions. Après un moment, la fillette ajouta :

— Le roi veut faire de moi son jouet.

— Pourquoi ? ne put s'empêcher de demander Katsa.

La jeune princesse courba l'échine en silence.

— Il a un don, marmonna-t-elle. Ma mère me l'a dit. Il peut manipuler l'esprit des gens en leur parlant afin qu'ils le croient. Même à travers les paroles des autres, à travers une rumeur qui se répand au-delà de ses frontières. Son pouvoir s'affaiblit quand il s'étend mais ne disparaît pas.

D'un air mécontent, elle scruta sa dague, puis poursuivit :

— Elle m'a dit qu'un homme comme lui n'aurait pas dû naître avec ce don. Il transforme les plus faibles en marionnettes. Il aime les faire souffrir. Ma mère soupçonnait tout cela au début de leur union. Mais il réussissait à lui faire oublier ses soupçons. Il y a quelques mois, il s'est mis à s'intéresser à moi, précisa-t-elle en regardant Katsa d'un air gêné. Je ne sais pas ce qu'il veut me faire. Il a toujours apprécié la compagnie des petites filles. Et il a de vilaines manies. Il blesse les animaux avec un couteau. Il les torture et les garde longtemps en vie, puis il les achève.

Elle s'éclaircit la gorge avant de reprendre :

— Je pense qu'il ne traite pas uniquement les animaux de cette façon.

Katsa réprima des larmes de rage. Sa vie entière, elle avait cru à la réputation de Leck le Bienveillant. Convainquait-il également ses victimes de sa mansuétude lorsqu'il les martyrisait ?

— Il a expliqué à ma mère qu'il voulait passer plus de temps seul avec moi afin de mieux connaître sa fille, continua Bitterblue. Il a essayé son don sur moi, il a essayé de me conduire à ses cages, mais dès que je voyais les bleus sur le visage de ma mère, la vérité me revenait, et je refusais de lui obéir.

Po ne s'était pas trompé. Dorénavant, les morts signalées au château de Leck s'expliquaient mieux, selon Katsa. Leck avait sans doute éliminé de nombreuses personnes, lesquelles, gravement blessées, avaient commencé à comprendre ce qui se passait.

— Alors il a enlevé grand-père parce qu'il savait que c'était la personne que ma mère chérissait le plus. Il lui a dit qu'il allait le torturer, sauf si elle acceptait de me livrer. Il a déclaré qu'il allait l'amener à Monsea et le tuer devant nous. Nous espérions qu'il s'agissait de mensonges. Puis en recevant les lettres de Lienid, nous avons appris qu'il avait disparu.

— Tealiff n'a été ni torturé, ni tué, répondit Po. Il est en sûreté, maintenant.

— Il aurait pu me faire prisonnière sans recourir au

chantage, reprit Bitterblue d'une voix stridente. Son armée aurait exécuté ses ordres. Il n'en a rien fait. Car il préfère nous voir céder qu'employer la force. Ma mère nous a barricadées dans ses appartements. Le roi nous faisait porter de l'eau et du linge. Parfois, il nous parlait derrière la porte. Il essayait de persuader ma mère de me laisser sortir. Il lui arrivait de trouver des raisons convaincantes et de semer la confusion dans notre esprit. C'était effrayant, commenta-t-elle, une larme roulant sur sa joue. Il s'est mis à nous envoyer des animaux, des souris couvertes d'entailles, des chiens et des chats gémissant de douleur, au pelage plein de sang. Puis un jour, la fille qui nous apportait à manger s'est présentée avec trois coupures sur chaque joue. Et elle boitait. Quand nous lui avons demandé ce qui lui était arrivé, elle a répondu qu'elle ne s'en rappelait pas. Elle avait mon âge.

Secouée par les sanglots, elle marqua une pause. Elle essuya sa figure sur son épaule puis continua son récit :

— C'est à ce moment-là que ma mère a décidé de prendre la fuite. Nous avons foncé en direction des montagnes. Nous espérions que le roi nous pourchasserait sur la route qui mène au port. Mais dès le deuxième jour de notre cavale, nous les avons aperçus. À travers les champs, ils galopaient vers nous. Ma mère s'était foulé la cheville dans un terrier de renard. Elle avait du mal à courir. Elle m'a envoyé me cacher dans la forêt. Si nous avions pratiqué le tir à l'arc ou appris à manier un couteau, j'aurais peut-être pu tuer mon père.

— C'est trop tard, déclara Po. Mais je le tuerai demain avant qu'il commette davantage de torts.

— Pourquoi vous ? Puisque Katsa est plus forte ?

— Le don de Leck n'a pas d'effets sur moi, répliqua Po. En revanche, Katsa y est sensible.

Il tendit à sa cousine une caille embrochée sur une baguette de bois. Elle la saisit et demanda :

— Comment se fait-il que vous soyez épargné ?

— Je l'ignore. Parmi les gens qu'il a fait souffrir, certains sont peut-être insensibles à ses pouvoirs, mais, redoutant sa vengeance, ils se sont gardés de le confier.

Bitterblue plissa les yeux.

— Vous a-t-il fait souffrir ?

— Il a enlevé mon grand-père. Il a assassiné ma tante devant mes yeux. Il cherche à vous nuire.

La réponse sembla satisfaire Bitterblue, qui se remit à dévorer une caille.

— Ma mère portait aussi de nombreux anneaux d'or, informa-t-elle au bout d'un moment. Et vous lui ressemblez, sauf les yeux. Ce soir, ajouta-t-elle en contemplant le feu, il campera dans la forêt et, dès demain, il repartira à ma recherche. Je ne sais pas comment vous allez pouvoir le localiser.

— Nous vous avons bien retrouvée, répliqua Po.

— Sa garde personnelle l'escorte. Ce sont tous des Gracelings. Je vais vous expliquer à quoi il faut vous préparer.

C'était un plan assez simple. Muni de vivres, d'un cheval, d'un arc, d'un carquois et de trois couteaux, Po partirait avant l'aurore. Il cacherait sa monture dans la forêt, localiserait le roi, et le tuerait d'une flèche. Il s'assurerait qu'il était bien mort. Puis il regagnerait le campement avec son cheval.

Cependant, Po et Katsa savaient que les choses ne pourraient se dérouler aussi simplement. Le roi possédait une garde personnelle composée de cinq escrimeurs Gracelings à laquelle venaient s'ajouter dix autres hommes détenant différents dons. Les cinq premiers se tenaient toujours auprès de Leck et ne représentaient pas une grande menace pour Po. Les dix autres formaient un large cercle autour du souverain tout en se déplaçant à travers les bois. Parmi eux se trouvaient un archer hors pair, un coureur extrêmement rapide, un colosse d'une force extraordinaire, un garde capable de grimper aux arbres et de sauter de branche en branche comme un écureuil.

— Vous le reconnaîtrez à sa barbe rousse, précisa Bitterblue. Mais gardez vos distances. Si vous parvenez à l'apercevoir, c'est que vous serez trop proche de lui. Cela voudra dire qu'il vous a déjà repéré. Et dès qu'il vous verra, il donnera l'alerte.

— Po, dit Katsa, laisse-moi t'accompagner. Ils sont trop nombreux. Tu auras besoin de mon aide.

— Non, répliqua Po d'une voix ferme.

Katsa croisa les bras en scrutant le feu.

— Très bien, grommela-t-elle. Va te coucher, je vais faire le guet.

— Réveille-moi dans quelques heures, je prendrai la relève.

— Non. Tu as besoin de repos avant d'affronter ce qui t'attend. Je ne suis pas fatiguée.

Il prit une couverture et s'allongea près de Bitterblue.

Katsa se leva et alla s'installer sur un rocher. Dans la nuit froide, elle songea à ce qui avait été décidé. Si Po ne regagnait pas leur campement au coucher du soleil, Katsa et Bitterblue devraient prendre la fuite sans lui. Car son absence pourrait signifier que le roi vivait encore, et, le cas échant, rien ne pourrait protéger Bitterblue de lui, excepté la distance.

Abandonner Po dans la forêt grouillante de soldats était inimaginable pour Katsa. Refusant d'envisager cette perspective, elle se concentra sur le monde extérieur, à l'affût du moindre mouvement et du moindre son suspect.

26

Po se réveilla et rassembla ses affaires en silence. Il étreignit Katsa.

— Je reviendrai, murmura-t-il.

Après son départ, elle joua avec l'anneau d'or qui pendait à son cou. Po le lui avait donné avant de monter en selle et de disparaître sur le sentier de la falaise. C'était la bague qui le représentait, celle qui indiquait son rang princier. Si les choses ne se passaient pas comme prévu, Katsa emmènerait Bitterblue au sud, vers la mer. Là, il lui faudrait gagner la côte ouest de Lienid à bord d'un bateau, puis le domaine de Po. L'anneau l'aiderait à embarquer sur un vaisseau. À sa vue, les marins de Lienid ne lui poseraient aucune question. Elle leur transmettrait les ordres de Po et ils les exécuteraient.

Bitterblue serait ensuite en sûreté dans le château de Po et Katsa pourrait réfléchir à un moyen de retrouver son bien-aimé.

Quand le soleil se leva, Bitterblue ouvrit les yeux. Katsa lui proposa de conduire avec elle le cheval jusqu'au lac afin qu'il puisse paître et se désaltérer. Au bord de l'eau, elles grignotèrent quelques myrtilles. Katsa attrapa et vida un poisson. Quand elles regagnèrent leur campement, Katsa songea à montrer un ou deux exercices à Bitterblue, puis elle se ravisa. Elle ne voulait pas attirer l'attention en faisant du bruit. Ni rater l'approche d'un ennemi ou celle de Po. Il ne lui restait donc plus qu'à patienter en restant tranquille.

En début d'après-midi, les poings serrés, elle marchait de long en large devant la grotte. Postée sur un rocher, son couteau à la main, Bitterblue lui demanda :

— Vous n'êtes pas fatiguée ?

— J'ai besoin de moins d'heures de sommeil que les autres.

— Je suis épuisée, déclara la jeune princesse.

— Allez-vous reposer, la pressa Katsa. Vous reprendrez des forces.

Le soleil glissa derrière les cimes des montagnes et nimba les roches d'une lumière orangée. Katsa se dit que Po n'allait pas tarder à se matérialiser. Elle réveilla tout de même Bitterblue et fit disparaître toute trace de leur feu. Elle dispersa leur réserve de bois, collecta leurs affaires, sella le cheval. Puis elle s'assit et regarda le sentier de la falaise.

Au crépuscule, il n'était toujours pas de retour. Katsa pensait qu'il était peut-être proche, blessé, et qu'elle allait le voir surgir d'une minute à l'autre.

Finalement, elle décida de partir.

— En route, Bitterblue ! déclara-t-elle.

Elle hissa la princesse sur le cheval en évitant son regard. Elle détacha les rênes et les lui tendit. Et à ce moment-là, le bruit d'un éboulis de pierres lui parvint.

Elle s'élança sur le sentier de la falaise. Au sommet de celui-ci, les flancs et l'encolure hérissés de flèches, la monture de Po peinait en longeant le précipice d'un peu trop près. Une flèche plantée dans l'épaule, la chemise ensanglantée, Po était allongé sur le dos de son destrier. Un pan de sol glissa sous les sabots du cheval. Katsa paniqua. *Po !* Il leva la tête tandis qu'elle courait vers lui. Le cheval bascula dans le vide. Elle les vit chuter à travers la lumière orangée.

Po tomba à plat ventre sur l'eau et son cheval à sa suite. Katsa dévala le ravin. Quand elle atteignit le lac, elle scruta la surface à la recherche de rides. Elle n'en vit point. Elle retira ses bottes et plongea. Sous l'eau glacée, elle aperçut des bulles qui s'élevaient ainsi qu'une large forme sombre qui coulait, et une autre, plus petite, qui se débattait. Si Po se débattait, cela signifiait qu'il était vivant. Elle nagea jusqu'à lui et découvrit que sa botte s'était coincée dans un étrier. Un nuage de sang l'entourait. Elle palpa la ceinture de Po et dénicha un couteau. Avec, elle rompit la lanière de l'étrier. Le cheval poursuivit sa descente vers le fond tandis que Katsa aidait Po à regagner la surface.

Elle le déposa parmi les joncs. Il ouvrit les yeux et, le

corps parcouru de spasmes, se mit à recracher de l'eau. Il avait échappé à la noyade, mais sa blessure saignait.

— Les remèdes ! cria Katsa à Bitterblue. Ils sont sur l'autre cheval !

La fillette se trouvait à mi-chemin entre eux et la grotte. Elle remonta le ravin à toute allure. Katsa déplaça Po vers un endroit sec.

— Po, dit-elle. Que s'est-il passé ?

Aucune réponse. *Po.* Il la dévisagea d'un air absent et se mit à vomir.

— Très bien. Ne bouge pas. Ça va faire mal.

Elle retira la flèche de son épaule, mais il ne manifesta aucune douleur. Ses bras étaient mous. Elle lui ôta sa chemise. Il se remit à vomir.

Bitterblue arriva avec la monture.

— J'ai besoin de votre aide, annonça Katsa.

Et durant un bon moment, fouillant dans les sacoches à la recherche de vêtements pour confectionner un pansement, en extrayant la pommade servant à nettoyer les plaies, Bitterblue fut son assistante.

— Est-ce que tu m'entends ? s'enquit Katsa, tout en nouant solidement un morceau de tissu autour de l'épaule de Po. Le roi est-il vivant ?

Toujours pas de réponse. Elle le débarrassa de ses bottes, de son pantalon, puis le sécha du mieux qu'elle le pût. Elle le rhabilla avec des affaires sèches, lui frictionna les jambes et les bras pour le réchauffer. Elle demanda à Bitterblue de lui rendre le manteau du prince et l'étendit sur le corps de ce dernier. Il vomit de nouveau.

Selon Katsa, c'était dû au choc subi quand sa tête avait

frappé la surface du lac. Lorsqu'un homme recevait un violent coup sur le crâne, elle avait remarqué que cela le rendait nauséeux et qu'il perdait temporairement la mémoire. Tôt ou tard, Po finirait par recouvrer ses esprits, mais le temps pressait. Surtout si Leck n'était pas mort. Alors, elle lui saisit le menton, et, ignorant ses gémissements, le força à tourner la tête vers elle. *Po. Il faut que je sache si le roi est vivant. Tant que tu ne m'auras pas répondu, je ne te laisserai pas en paix.*

Il se frotta les yeux et la regarda.

— Le roi…, bredouilla-t-il. Ma flèche… Il est en vie.

Le cœur de Katsa se serra. Car à présent ils devaient fuir. Avec un seul cheval. Et de toute évidence, Po n'était pas en état de se servir de son don pour repérer leurs ennemis à distance. Elle lui tendit sa gourde.

— Bois tout. Et vous, Bitterblue, aidez-moi à collecter les vêtements mouillés. Heureusement que vous avez dormi, aujourd'hui, je vais avoir besoin de votre énergie.

Ensemble, elles hissèrent Po sur le cheval.

— Montez derrière lui, ordonna Katsa à la fillette. Comme ça, vous pourrez le surveiller. S'il glisse sur le côté, pincez-le, et appelez-moi s'il y a un problème. Le cheval avancera aussi vite que je peux courir.

27

La nuit, sur le versant d'une montagne, personne ne pouvait se déplacer rapidement, à moins d'être nyctalope. L'oreille tendue, Katsa respirait à peine. Leurs poursuivants seraient nombreux et équipés de torches. Si Leck avait envoyé un détachement dans la bonne direction, les soldats ne tarderaient pas à les rattraper.

Accroché à la crinière du cheval, les paupières closes, Po se concentrait pour rester en selle. À chaque mouvement, il grimaçait. Et il saignait encore.

Alors qu'ils s'étaient arrêtés près d'une source afin de remplir leurs gourdes, Katsa l'attacha à sa monture.

— Dorénavant, tu pourras te reposer sans crainte de tomber, dit-elle.

Penché sur l'encolure du destrier, il murmura :

— Je ne veux pas me reposer. Je veux pouvoir te signaler l'arrivée des troupes de Leck.

Attention. Bitterblue t'entend.

— Je vais également attacher ta cousine, reprit-elle à voix haute. Ainsi, vous pourrez tous deux vous reposer.

Repose-toi. Si tu meurs d'une hémorragie, tu ne nous seras d'aucune utilité.

— Je ne vais pas me vider de mon sang, répondit-il.

Katsa évita le regard de Bitterblue.

À mesure qu'ils poursuivaient lentement leur route vers le sud, Katsa trébuchait sur des pierres et des racines. C'était sa seconde nuit blanche et l'épuisement la gagnait.

Quelques heures avant l'aube, elle songea au poisson qu'elle avait attrapé, écaillé, vidé et emballé. Il se trouvait dans l'une des sacoches et la faim la tenaillait. Néanmoins, la lumière d'un feu risquait d'attirer l'attention.

— Il y a une grotte non loin d'ici, chuchota Po. Reste à côté de moi. Je vais vous y conduire.

Il la guida jusqu'à l'entrée de la grotte. Katsa détacha Po et Bitterblue puis les aida à descendre. Elle ramassa du bois, alluma un feu, nettoya la plaie de Po et refit son pansement.

Quand elle déposa le poisson sur les braises, Po l'exhorta à aller se coucher.

— Va dormir pendant qu'il cuit. Si nous avons besoin de toi, nous te réveillerons.

Elle l'observa sans bouger. Il était livide. Il laissa tomber un bras et soupira :

— J'ai la tête qui tourne. J'ai sans doute mauvaise mine, mais je ne vais pas mourir. Va te reposer.

Bitterblue les rejoignit.

— Il a raison. Faites une petite sieste. Je veillerai sur lui.

Katsa finit par céder. Elle s'allongea près du feu et se força à s'assoupir un quart d'heure. À son réveil, Po et Bitterblue étaient toujours étendus au même endroit. Elle se sentait mieux.

Ils se mirent à manger. Adossé à la paroi de la grotte, les yeux fermés, Po déclara qu'il n'avait pas faim. Refusant de l'écouter, Katsa l'obligea à avaler quelques bouchées de truite.

Elle était en train d'éteindre le feu avec ses pieds quand Po se mit à parler.

— Heureusement que tu n'étais pas là, Katsa, balbutia-t-il. Leck n'a cessé de clamer son amour pour l'enfant qu'on lui avait ravie.

Katsa s'installa devant lui et Bitterblue se rapprocha d'eux.

— Je l'ai aperçu en début d'après-midi. Les Gracelings dispersés en cercle ne m'ont pas repéré, reprit-il. En revanche, ceux qui se tenaient autour de lui me gênaient, le rendant impossible à atteindre. J'ai finalement décidé d'en abattre un. Mais dès qu'il est tombé, le roi s'est aussitôt réfugié derrière d'autres gardes. J'ai tiré une nouvelle flèche qui lui a simplement écorché la gorge. Toi, tu aurais fait mouche.

Je n'aurais jamais pu le localiser. Et même si j'y étais parvenue, ses paroles m'auraient fait renoncer à ma mission. Tu le sais bien. Ni toi ni moi ne pouvions réussir.

— Après cela, bien sûr, son armée m'a assailli, poursuivit Po. Un vrai bain de sang. J'ai dû tuer une douzaine d'hommes. Ensuite, j'ai pris mon cheval et j'ai filé vers le nord.

Il ferma les yeux un instant puis reprit :

— Leck a un archer qui vise presque aussi bien que toi, Katsa. Tu as vu dans quel état était ma monture.

Et si tu n'avais pas la faculté de détecter les flèches qui volent vers toi, tu aurais subi le même sort que ton destrier. Tu en aurais reçu plus d'une.

Il sourit. Puis il regarda Bitterblue.

— Vous commencez à me faire confiance, lui dit-il.

— Vous avez essayé de tuer le roi, répondit Bitterblue.

— Très bien, dit Katsa. Assez de bavardages.

Elle se leva et fit disparaître les cendres. Bitterblue l'aida à hisser Po sur le cheval. Elle fixa les sacoches à la selle. Et, par télépathie, elle implora Po de ne pas annoncer à voix haute ce que son don lui révélait.

La lumière du jour leur permit d'accélérer le rythme, mais la douleur de Po s'accentuait avec la vitesse. Katsa pouvait le voir à ses yeux et à ses muscles tendus.

— Qu'est-ce qui te fait le plus mal ? questionna-t-elle. Ton crâne ou ton épaule ?

— Mon crâne.

Cependant, le faire marcher était impossible. Il ne tenait pas debout, était nauséeux. Il se frottait sans cesse les yeux. Au moins, sa blessure ne saignait quasiment plus. Et il semblait se rappeler que sa cousine ignorait qu'il possédait un don secret.

— Nous lambinons, protesta-t-il à plusieurs reprises.

Mais tant qu'il souffrait de maux de tête, Katsa ne voulait pas prendre de risques.

Dès qu'ils effectuaient une halte, Bitterblue s'empressait d'installer Po sur un rocher avant de lui apporter à boire et à manger. Et quand Katsa s'éloignait un instant afin de chasser un lièvre, Bitterblue désinfectait la plaie de son cousin et remplaçait son pansement. Katsa finit par s'accoutumer à voir Po prendre appui sur l'épaule de la fillette pour se déplacer.

Au crépuscule, Katsa sentit qu'elle avait besoin de dormir. Bitterblue et Po somnolaient sur le cheval. Peut-être pourrait-il monter la garde plus tard, et lui permettre ainsi de se reposer quelques heures. Leur monture aussi commençait à tomber de sommeil. S'arrêter une nuit entière n'était pas envisageable, mais prendre quelques heures de repos semblait possible.

Lorsque Po se réveilla, sous la faible clarté de la lune, il guida Katsa vers un endroit cerné de rochers où la lumière de leur feu serait dissimulée.

— Nous avançons trop lentement, commenta-t-il de nouveau.

Katsa haussa les épaules. Elle détacha Bitterblue qui somnolait sur le cheval et l'aida à mettre pied à terre. Po descendit seul.

— Katsa, dit-il. Viens, ma Katsa.

Elle le rejoignit. Il l'étreignit. Elle lova son visage dans le creux de son cou et laissa échapper un long soupir. Elle était si fatiguée. Ils progressaient à la vitesse d'un escargot. Mais au moins, malgré sa blessure, il réussissait à la tenir dans ses bras et elle pouvait sentir sa chaleur contre ses joues.

— Il y a une chose que nous devons faire et cela ne va pas te plaire, reprit-il.

— Laquelle ?

— Nous… Tu dois continuer sans moi.

— Quoi ?

Elle se dégagea. Il vacilla mais s'accrocha au cheval pour se rétablir. Katsa s'éloigna d'un pas furibond en direction de Bitterblue qui ramassait des branches. Elle était prête à le laisser se débrouiller sans elle et fulminait, puis quand elle se retourna, elle remarqua qu'il n'avait pas bougé. Agrippé au dos du cheval, impuissant, il attendait qu'on vienne l'aider. Les yeux de Katsa s'embuèrent. Elle retourna auprès de lui. *Pardonne-moi, Po.* Elle lui offrit son épaule et, sur le sol rocailleux, elle l'entraîna vers l'endroit où ils allaient camper. Elle le fit asseoir et s'accroupit près de lui. Elle posa la main sur son front brûlant.

— Katsa, dit-il. Regarde-moi. Je n'arrive même pas à marcher. Je vous ralentis. Je suis devenu un fardeau.

— C'est faux. Nous avons besoin de ton don.

— Tant que vous serez à Monsea, les hommes de Leck pourront vous rattraper facilement.

— Si tu restes avec nous, tu pourras m'empêcher de succomber au venin de Leck.

— Je n'ai pas ce pouvoir-là. Vous devez leur échapper, autrement Bitterblue sera perdue.

Les bras chargés de branches, la jeune princesse s'approcha d'eux.

— Merci, fit Katsa. Apportez le lièvre que j'ai attrapé. Je vais allumer le feu.

— Si vous continuez sans moi, vous irez plus vite, insista Po. Plus vite qu'une armée de soldats.

Katsa l'ignora. Elle se concentra sur un tas de brindilles qui s'embrasaient.

— Tu ne pourras pas nous défendre contre eux, Katsa, avertit Po. Alors essaie au moins de sauver Bitterblue avant qu'il ne soit trop tard.

Les poings serrés, Katsa bondit sur ses pieds.

— Et c'est ta vie qui sera en danger si je t'abandonne. Je ne vais pas te laisser chasser ta propre nourriture, construire ton propre abri, te défendre contre les hommes de Leck quand ceux-ci arriveront, alors que… alors que tu n'arrives pas à te déplacer sans assistance. Que vas-tu faire, ramper ? Bientôt, tu auras moins mal au crâne, tu retrouveras ton équilibre et nous pourrons avancer plus vite.

Il plissa les yeux et soupira. Puis il regarda ses mains et fit tourner ses bagues autour de ses doigts.

— Je ne vais pas retrouver mon équilibre rapidement, répondit-il d'un ton étrange.

— Pourquoi ?

— Cela n'a pas d'importance, Katsa. Même si demain j'étais entièrement rétabli, tu serais obligée de partir sans moi. Nous n'avons qu'un seul cheval et désormais le temps presse.

— Je refuse de t'abandonner ici.

— Katsa. Il ne s'agit ni de toi ni de moi. Mais de Bitterblue.

Elle se laissa choir sur un rocher.

— J'ai besoin de quelques heures de sommeil, murmura-t-elle.

— Oui. Repose-toi, mon amour.

Elle aurait préféré que sa voix soit moins tendre. Elle s'enveloppa à l'intérieur d'une couverture et s'allongea près du feu, le dos tourné à Po. Une larme franchit l'arête de son nez et continua sa course vers son oreille. Elle s'ordonna de dormir.

Elle y parvint.

À son réveil, Bitterblue somnolait à côté d'elle. Perché sur un rocher devant le feu crépitant, Po contemplait ses mains. Katsa s'approcha de lui.

— Nous pourrions trouver une autre monture, suggéra-t-elle.

— Ici, au pied des montagnes ? Écoute, même si c'était possible, je ne serais pas en mesure de galoper.

— Comment vas-tu te défendre ? Comment vas-tu te nourrir ?

— Je me cacherai. Demain matin, je dénicherai un endroit. Viens, Katsa, je sais me cacher mieux que quiconque. Viens, ma tigresse.

Katsa ne put retenir ses pleurs. Elle s'agenouilla devant lui et sanglota contre son épaule. La honte la saisit car ce n'était là qu'une séparation temporaire. Et même Bitterblue ne pleurait pas de cette façon.

— N'aie pas honte, chuchota Po. Ta tristesse me réchauffe le cœur. N'aie pas peur. Je ne vais pas mourir, Katsa. Nous nous reverrons.

*
* *

Quand Bitterblue s'éveilla, Katsa rangeait leurs affaires. La fillette l'observa un instant. Puis elle regarda Po qui scrutait les flammes.

— Alors, nous vous quittons ? lui demanda-t-elle.

Il opina du chef.

— Ici ? reprit-elle.

— Non, ma chère cousine. À l'aube, nous irons chercher une cachette.

Bitterblue frappa le sol de son pied. Les bras croisés, elle considéra Po.

— Qu'allez-vous faire dans votre cachette ?

— Me cacher. Guérir.

— Et quand vous serez rétabli ?

— Je viendrai vous rejoindre à Lienid et nous envisagerons la meilleure façon de faire disparaître le roi Leck.

— Nous t'attendrons, mon cher cousin.

Les paroles de la fillette firent sourire Po. Puis celle-ci se détourna de lui pour aider Katsa avec les remèdes. Au bout d'un moment, elle se mit à claquer des dents. Elle n'avait pas de manteau et la couverture qu'elle portait était mince. En frissonnant, elle déposa les sacoches près du cheval et apporta de l'eau à Po. Katsa regrettait de ne pas avoir gardé les peaux des lièvres. Elle devait trouver un moyen de confectionner un vêtement chaud pour Bitterblue. Car si sa mission était de la protéger, elle voulait être à la hauteur du sacrifice de Po.

28

À travers la lumière rose de l'aurore, ils découvrirent une cabane abandonnée. Sans doute l'ancien repaire d'un ermite de Monsea. Les volets étaient cassés. Une épaisse couche de poussière revêtait le sol. Une table, un lit et une armoire toute de guingois reposant sur trois pieds composaient le mobilier. Katsa remarqua également une cheminée.

— Voici mon nouveau logis, annonça Po.

— C'est une mauvaise cachette, protesta Katsa. S'ils viennent par ici, les soldats la fouilleront.

— Si je les entends arriver, j'irai m'installer ailleurs. Je me demande s'il y a un étang dans les parages. Venez, j'entends un bruit d'eau.

— Moi aussi, fit Katsa qui n'entendait rien, mais qui ne tenait pas à éveiller les soupçons de Bitterblue.

Derrière la cabane, ils s'éloignèrent parmi les herbes hautes. Po prenait appui sur Katsa et Bitterblue guidait le cheval. Rapidement, Katsa entendit le son d'une cascade et quand ils atteignirent le sommet d'une colline rocailleuse, elle la vit. L'eau coulait depuis des rochers situés plus haut jusqu'à une vasque qui débordait, puis formait ensuite plusieurs ruisseaux qui descendaient vers la forêt de Monsea. En silence, Katsa s'adressa à Po. *Très bien. Où est ta cachette ?*

— Il y a une cascade comme celle-ci dans les montagnes qui se trouvent près du château de mon frère Skye. Un jour, alors que nous nous y baignions, nous avons découvert un passage sous l'eau qui menait à une grotte.

Katsa le fit asseoir. Elle se déchaussa. Afin de ne pas révéler les facultés de Po, elle déclara :

— Je vais aller voir si cette vasque conduit également à une grotte. Toutefois, même si c'est le cas, tu ne pourras t'y rendre depuis la cabane.

— Je le pourrai, répliqua-t-il. Pour sauver ma vie.

— Comment ? En rampant ?

— Il n'y a aucune honte à ramper quand on ne peut marcher. Par ailleurs, l'équilibre est moins nécessaire pour nager.

Katsa le fusilla du regard. Po la dévisageait d'un air amusé. Et il avait de quoi l'être, puisqu'elle s'apprêtait à plonger dans l'eau glacée à la recherche d'une grotte dont il connaissait déjà la taille, la forme et l'emplacement.

— Je vais me déshabiller, annonça Katsa. Tourne-toi, cher prince.

Au moins, ses vêtements resteraient secs. Et puisqu'il s'agissait d'une performance entièrement destinée à Bitterblue, autant prétendre que Po ne l'avait jamais vue nue. Cependant, elle avait le sentiment que la fillette n'était pas dupe. Elle avait de grands yeux d'enfant mais ne souffrait point de myopie.

Katsa soupira. Elle retira son manteau. *Indique-moi la bonne direction, Po.*

Il scruta la base de la cascade. Elle jeta son pantalon sur les rochers, à côté du reste de ses habits. Les dents serrées, elle plongea. Des pierres recouvertes d'algues vertes brillaient au fond de la vasque, dont la profondeur la surprit. Des poissons argentés s'animaient. Elle nagea vers le bouillonnement de la chute d'eau. En palpant les rochers de ses mains, elle découvrit une cavité qui devait correspondre à l'entrée du passage et sourit. Seule, elle n'aurait jamais pu trouver cet endroit secret. Katsa regagna la surface afin de s'emplir les poumons d'air puis replongea et s'insinua à l'intérieur de l'ouverture sombre et froide. À mesure qu'elle progressait, les parois lui râpaient les bras. Soudain, le tunnel s'élargit et ses murs disparurent. Dans l'eau noire, elle se dirigea vers le haut et émergea dans la grotte. Après s'être hissée sur un rocher plat, elle se mit à grelotter. L'obscurité ne lui permettait pas d'évaluer la taille de l'espace qui l'entourait et elle n'avait pas le temps d'explorer les lieux. Quoi qu'il en fût, c'était une excellente cachette. Elle se glissa dans l'eau glacée et nagea vers le passage.

Elle les rejoignit avec un poisson dans chaque main.

— J'ai trouvé ta grotte, annonça-t-elle à Po. Tu pourras y accéder facilement si les remèdes de Raffin te guérissent.

Elle jeta sa pêche sur les rochers et se sécha à l'aide d'un tissu que Bitterblue lui tendit. Elle s'habilla. Armée du couteau de Po, elle décapita un poisson, le vida au-dessus de l'eau.

— Vous devez partir, maintenant, déclara Po.

— Que vas-tu manger après ses poissons ? questionna Katsa.

— Je me débrouillerai.

— Tu te débrouilleras ? railla Katsa. Tu n'as même pas d'arc. Nous ne te laisserons pas tant que tu n'auras pas une réserve de vivres et de fagots.

— Katsa…

— Le cheval a besoin de se reposer une matinée, coupa-t-elle. Nous n'allons pas le ménager cet après-midi, et…

Et l'hiver arrive. Je veux bien t'abandonner mais pas te laisser mourir de faim.

Po soupira.

— Je vais aller ramasser du bois, intervint Bitterblue.

— Très bien, vous avez gagné, répondit-il en souriant. Faites ce que vous devez faire. Mais dépêchez-vous.

Katsa attrapa deux lièvres qu'il pourrait faire cuire avec les poissons et conserver quelques jours. Il ne faisait hélas pas assez froid pour les congeler, et, sans sel, il ne serait pas en mesure de les garder longtemps. En outre, dans quelques semaines, chasser deviendrait plus difficile.

— As-tu déjà fabriqué un arc ? demanda-t-elle à Po.

Il secoua la tête.

— Je vais te dénicher de quoi en faire un. Il y a les peaux de ces deux lièvres pour renforcer le bois, et tu pourras te servir de cette corde de chanvre. Je te montrerai comment t'y prendre.

Elle se maudissait d'avoir jeté les plumes des oiseaux qu'elle avait tués au cours de leur voyage. Néanmoins, quand son passage perturba un groupe de cailles, elle ramassa des pierres et parvint presque à les assommer toutes. Leurs plumes équilibreraient les flèches de Po et leur chair constituerait le repas qu'elle partagerait avec Bitterblue.

Quand elle repéra un jeune if pourvu de longues branches souples, elle en coupa une, incurvée, destinée à l'arc, et d'autres, droites, pour tailler les flèches. Puis une idée lui traversa l'esprit. En assemblant des tiges, elle confectionna une sorte de panier carré muni d'un couvercle. Sur l'un des côtés du panier, afin de créer une ouverture, elle écarta deux tiges. Lorsqu'elle regagna la cascade, Po gisait immobile au même endroit, et Bitterblue transportait des fagots. Après avoir déposé les branches et les cailles au sol, Katsa coupa des morceaux de corde qu'elle attacha au panier. Elle le fit disparaître sous l'eau et l'arrima à un buisson. Puis elle se déshabilla et replongea dans l'eau glacée.

Elle attendit un moment. Quand un poisson s'approcha, elle l'attrapa, le fit glisser entre les tiges du panier, les resserra. Elle s'éloigna, saisit un autre poisson, le déposa à l'intérieur de la cage tressée. Quand celle-ci fut pleine, elle regagna le rivage.

Une fois rhabillée, elle déclara à Po :

— Il faudra que tu les nourrisses, mais ils te permettront de tenir un moment.

— En route, Katsa ! répondit-il.

— J'aimerais d'abord te fabriquer des béquilles.

— Non, il est trop tard.

— Je veux…

— Katsa, je ne te dis pas cela pour me débarrasser de toi. Plus tu tarderas, plus vous serez en danger.

Elle croisa son regard et détourna les yeux.

— Nous devons partager nos affaires, murmura-t-elle.

— Je m'en suis déjà chargé avec Bitterblue.

— Je vais changer ton pansement.

— Elle l'a fait.

— Ta gourde…

— Elle est pleine.

Bitterblue surgit au sommet de la colline et les rejoignit.

— Il y a une énorme pile de bois dans la cabane, déclara-t-elle.

Po se hissa lentement sur ses pieds. Katsa lui offrit son épaule. Bitterblue détacha le cheval et ils regagnèrent l'abri de Po.

Tu marches mieux qu'avant, lui dit silencieusement Katsa. *Viens avec nous*.

— Bitterblue, prenez soin de votre monture. Et surveillez Katsa, il faut qu'elle mange et qu'elle dorme de temps en temps. Elle va essayer de vous donner toute la nourriture.

— Comme vous l'avez fait vous-même, répondit Bitterblue.

— J'ai tenté de vous donner une grande partie de nos vivres. Katsa essaiera de vous en donner la totalité.

Ils s'arrêtèrent à l'entrée de la cabane. Po s'appuya contre le montant de la porte. Katsa se campa devant lui. *Viens avec nous.*

— Ne reste jamais à portée de voix des soldats, poursuivit-il. Et songe à un déguisement. Vous êtes toutes deux en haillons mais n'importe quel idiot vous reconnaîtrait. Tes yeux, Katsa, tu dois les cacher.

Viens avec nous.

— Bitterblue, vous l'aiderez à ne pas se laisser troubler par les paroles qu'elle pourrait entendre. Ne faites pas confiance aux gens de Monsea car ils sont peut-être sous l'influence de Leck. Et surtout, n'imagine pas que tu peux vaincre le roi, Katsa. Tu peux seulement t'en sortir en lui échappant. Tu comprends ?

Viens avec nous.

— Katsa. Est-ce que tu comprends ce que je dis ?

— Je comprends, répondit-elle en essuyant une larme.

Po étudia son visage un instant puis se tourna vers Bitterblue. Il posa un genou à terre et prit les mains de la fillette.

— Au revoir, chère cousine.

— Au revoir, cher cousin, répondit l'enfant d'un air grave.

Po se releva. Il ferma les yeux et soupira. Il les rouvrit et regarda Katsa en souriant. Un frémissement parcourut ses lèvres.

— Tu as toujours eu l'intention de me quitter, Katsa.

Elle étouffa un sanglot.

— Comment peux-tu plaisanter avec cela ? Tu sais bien que ce n'était pas ce que je voulais dire.

Il lui toucha la joue.

— Tigresse.

Il l'attira à lui, l'embrassa, et lui susurra quelque chose. Elle l'étreignit si fort qu'elle dut lui faire mal à l'épaule. Il ne se plaignit point.

Tandis qu'elles s'éloignaient sur leur monture, Katsa ne se retourna pas. Elle appelait Po en silence. Et son nom explosait en elle, créant une douleur telle que, durant un moment, elle ne sentit rien d'autre.

29

Elles longeaient les montagnes de Monsea et se dirigeaient vers le sud. Occasionnellement, elles traversaient un espace sans obstacle, mais souvent, des cascades, des falaises, des crevasses ralentissaient leur progression. Katsa était alors obligée de mettre pied à terre et de guider leur monture plus bas, ce qui l'obligeait à se rapprocher de la forêt. Or, celle-ci grouillait de soldats.

L'armée de Leck allait ratisser la forêt, songea Katsa, la route du port et le territoire situé entre les deux. Elle allait ratisser aussi le col de la montagne, qui se trouvait à la frontière de Sunder et d'Estill. Les soldats allaient planter leur camp à Monport et guetter les bateaux susceptibles de cacher la fille du roi.

Tandis que l'après-midi avançait, Katsa comprit qu'elle se fourvoyait : ils allaient fouiller tous les vaisseaux, suspects ou non. Passer au peigne fin chaque habitation de la ville portuaire. Ainsi que la côte est de Monport et l'ouest des montagnes. Inspecter chaque navire cherchant à atteindre les rives de Monsea. Aucun vaisseau de Lienid ne serait épargné. Et d'ici un jour ou deux, Katsa et Bitterblue partageraient la base des pics de Monsea avec des hordes de soldats. Car il n'y avait que deux moyens pour quitter le royaume de Leck : la mer ou le col de la montagne, qui séparait Sunder d'Estill. Si les fugitives n'étaient localisées ni sur la route du port, ni dans la forêt, ni sur le col de la montagne, ni à Monport, ni à bord d'un navire, alors Leck en déduirait qu'elles se terraient dans les montagnes, piégées par la forêt et la mer, avec derrière elles les pics qui formaient la frontière de Monsea et de Sunder.

À la nuit tombée, Katsa alluma un feu masqué par des roches.

— Êtes-vous fatiguée ? demanda-t-elle à Bitterblue.

— Ça va, répondit la fillette. J'apprends à dormir sur le cheval.

— Cette nuit, vous allez encore être obligée de somnoler en selle. Car nous devons avancer. Dites-moi, que savez-vous de cette chaîne de montagnes ?

— Celle qui nous sépare de Sunder ? Pas grand-chose. Peu de voyageurs s'y rendent, sauf au nord, bien sûr, là où se trouve le col.

Katsa sortit les cartes rangées dans l'une des sacoches et les examina. De toute évidence, Raffin avait pris Po au pied de la lettre quand ce dernier lui avait dit qu'il ne savait pas précisément où ils iraient. Elle trouva des cartes de Nander, de Wester, de Sunder, de la ville de Drowden, de celles de Birn et Murgon. Elle découvrit aussi plusieurs cartes de diverses régions de Monsea. Elle en saisit une et l'étala au sol à l'aide de quatre pierres. Puis, assise sur ses talons, elle étudia Bitterblue qui montait la garde près des cailles fumantes.

Partout, dans les sept royaumes, on pouvait rencontrer des gens aux yeux gris et aux cheveux bruns. Bitterblue ne présentait pas de caractéristiques physiques inhabituelles. Cependant, les traits de son visage, son nez droit, ou autre chose que Katsa n'arrivait pas à cerner, suggérait qu'elle était de Lienid. Même sans les bijoux typiques de son pays.

Sur un territoire où une fillette de Lienid était recherchée, lui couper les cheveux et la transformer en garçon ne suffirait pas. Quant à Katsa, elle ne manquerait pas non plus d'attirer les regards, si elle déambulait travestie en jeune homme avec un bandeau couvrant l'un de ses yeux, accompagnée d'une enfant de l'âge de Bitterblue. En outre, elles ne pouvaient voyager uniquement de nuit. Et si elles parvenaient à atteindre Monport sans se faire repérer, on les reconnaîtrait dès leur arrivée. Katsa serait obligée de tuer les gens qui tenteraient de les coincer. Il lui faudrait ensuite réquisitionner un vaisseau ou en voler un, alors qu'elle n'avait jamais navigué. Leck en entendrait parler et saurait exactement où les trouver.

Katsa cessa de regarder la princesse et baissa les yeux vers la carte où figuraient les pics infranchissables qui séparaient Monsea de Sunder. Po se serait opposé à son plan s'il avait été là. Mais imaginer leur dispute l'aidait à prendre une décision.

Après le dîner, elle roula les cartes et attacha leurs sacoches à la selle.

— Debout, Bitterblue ! Il est temps de lever le camp.

— Po a dit qu'il ne fallait pas épuiser le cheval, répondit la fillette.

— Notre monture va bientôt pouvoir prendre sa retraite. Nous allons nous diriger vers les pics. Dès que nous aurons gagné de l'altitude, je la laisserai filer.

— Comment cela, les pics ? fit Bitterblue alarmée.

Katsa éparpilla les cendres de leur feu. Avec sa dague, elle creusa un trou et y enterra les os des cailles.

— Nous allons franchir la chaîne afin de nous rendre à Sunder.

— Cette chaîne-là ?

— Oui. Le col situé au nord sera surveillé. Nous devons trouver une autre route.

— Personne ne s'aventure dans ces montagnes, protesta Bitterblue, même l'été. Nous sommes presque en hiver. Nous n'avons pas de vêtements chauds. À part votre dague et mon couteau, nous ne possédons aucun outil. C'est impossible. Jamais, nous ne survivrons.

Katsa hissa la fillette sur le cheval et monta derrière elle.

— Je vous maintiendrai en vie, répondit-elle en orientant leur monture vers l'ouest.

Elles avaient plus que deux couteaux. Elles détenaient aussi des cordes de chanvre de différentes épaisseurs, du fil à coudre, une aiguille, des cartes, une portion infime des remèdes de Raffin, de l'or, des habits de rechange, la couverture élimée de Bitterblue, deux sacoches, une selle, une bride. Et durant leur ascension, elles auraient tout ce que Katsa pourrait capturer, tuer, fabriquer avec ses deux mains. Ce qui devrait rapidement inclure la fourrure d'un animal afin de protéger Bitterblue du froid qui les attendait. Katsa confectionnerait également un arc et éventuellement des raquettes pour marcher dans la neige.

Quand le ciel commença à s'éclaircir, elles s'arrêtèrent. À l'intérieur du creux d'un rocher moussu, elles dormirent une heure l'une contre l'autre. Katsa fut réveillée par Bitterblue qui claquait des dents.

— Nous avons grimpé durant la nuit, déclara la fillette en regardant autour d'elle.

— En effet, répondit Katsa en lui tendant les restes du repas de la veille.

— Vous voulez toujours franchir la chaîne ?

— C'est le seul endroit où Leck n'ira pas nous chercher.

— Parce qu'il sait que nous serions inconscientes d'essayer.

Pour la première fois, Katsa décela de l'irascibilité dans la voix de Bitterblue. Sans un mot, elle étala la carte des pics de Monsea sur ses genoux.

— Il y a des ours dans ces montagnes, informa Bitterblue.

— Les ours dorment jusqu'au printemps.

— Il y a d'autres animaux. Des loups. Des pumas. Des bêtes que vous n'avez jamais vues dans les Middluns !

Sur la carte, entre deux pics, Katsa repéra un chemin. Le col de Grella, selon les mots griffonnés. Apparemment, c'était la seule route qu'un voyageur ait déjà empruntée. Katsa rangea le document et hissa Bitterblue sur la selle.

— Qui est Grella ? s'enquit-elle.

La princesse se contenta d'afficher un air mécontent. Katsa la rejoignit et talonna leur monture. Après quelques minutes, la fillette répliqua :

— Grella est un célèbre explorateur de Monsea. Il est mort sur le col qui porte son nom.

— Possédait-il un don ?

— Non. Mais il était fou, comme vous.

La remarque ne blessa pas Katsa. Selon elle, Bitterblue n'avait aucune raison de croire qu'une Graceling qui n'avait pas l'habitude des régions montagneuses soit en mesure de les guider en empruntant le col de Grella. Katsa elle-même n'était pas sûre d'y parvenir. Elle savait seulement que ses facultés lui permettaient d'être mieux armée pour faire face aux ours, aux loups, au blizzard et à la glace, qu'au danger que représentait Leck.

Quand le vent se leva et qu'elle sentit Bitterblue frissonner, elle lui réchauffa les mains. Elle songea au cuir de la selle avec lequel elle pourrait peut-être confectionner un pantalon. Car bientôt, elle allait devoir se débarrasser du cheval.

*

* *

Les collines et les arbres qui s'élevaient devant elles les empêchaient de distinguer le paysage situé plus haut et elles grimpaient à l'aveuglette, même durant la journée. Katsa attrapait des écureuils, du poisson, des souris, et parfois, quand elle avait de la chance, un lièvre. Chaque soir, près du feu, elle étirait et faisait sécher les peaux des animaux chassés – sur lesquelles elle appliquait ensuite de la graisse de poisson. En cousant les fourrures ensemble, elle finit par obtenir une capuche dont les extrémités formaient une écharpe qui s'attachait autour du cou.

— Ce n'est pas très élégant, commenta Katsa. Mais vous semblez exempte de toute vanité.

— Cela ne sent pas bon, répondit Bitterblue en essayant la capuche. Mais ça tient chaud.

C'était tout ce que Katsa avait besoin d'entendre.

Le terrain devint plus ardu, la nature plus sauvage. La nuit, pendant que le feu brûlait et que Bitterblue dormait, Katsa percevait des bruissements inhabituels autour de leur campement. Des bruissements qui rendaient le cheval nerveux ; et, parfois, des hurlements qui tiraient la fillette d'un cauchemar. Bitterblue rêvait souvent de monstres et, occasionnellement, de sa mère. Mais elle ne détaillait pas le contenu de ses rêves et Katsa évitait de la questionner à ce sujet.

Une nuit, alors que les loups avaient réveillé Bitterblue, Katsa posa la branche qu'elle taillait et réconforta sa protégée. Elle lui frictionna les mains et lui parla de Raffin, qui aimait la médecine et qui gouvernerait un jour le royaume des Middluns bien mieux que son père. De Helda, qui avait voulu devenir son amie quand tout le monde la fuyait et qui tenait absolument à la marier à quelque noble. Du Conseil. Du fameux jour où, en délivrant Tealiff, elle avait lutté avec un étranger dans les jardins de Murgon, un étranger qui s'était révélé être Po.

Cela fit rire Bitterblue et Katsa lui raconta comment elle s'était liée d'amitié avec lui, comment Raffin avait guéri Tealiff, et comment elle était partie à Sunder avec Po afin de résoudre l'énigme de l'enlèvement, ce qui les avait conduits à Monsea et à Bitterblue.

— Alors toutes ces histoires qui circulent à votre propos sont donc fausses ? questionna Bitterblue.

Katsa sentit rejaillir en elle le flot de souvenirs qui semblaient ne jamais perdre leur vivacité.

— Elles sont vraies, répondit-elle. Je suis cette personne.

— Comment est-ce possible ? Vous ne couperiez pas les doigts d'un innocent !

— Je l'ai fait pour mon oncle à un moment où il pouvait exercer son pouvoir sur moi.

Et Katsa eut de nouveau la conviction qu'elle avait raison de se diriger vers le col de Grella, le seul endroit où Leck ne les suivrait pas. Car elle ne pouvait protéger Bitterblue que si elle restait en possession de ses moyens.

— Je n'ai pas seulement le don du combat, reprit Katsa. Mais aussi celui de la survie. Je vous emmènerai au-delà de ces montagnes.

Sans répondre, la fillette posa la tête sur les genoux de Katsa. Malgré les hurlements des loups, elle s'endormit, et Katsa s'assoupit aussi. À son réveil, elle souleva Bitterblue et la hissa sur leur monture. Puis elle prit les rênes et guida l'animal à travers la nuit.

Le jour arriva où le terrain devint impraticable pour le cheval. Katsa ne voulait pas l'achever, mais elle se força à l'envisager. Son cuir pourrait leur être utile. Si elle l'épargnait, il allait errer dans les collines, et révéler ainsi leur présence dans la montagne aux soldats. D'un autre côté, si elle le tuait, elle serait obligée d'abandonner sa carcasse aux charognards. Et si les hommes de Leck découvraient le squelette, cela leur permettrait d'envisager l'itinéraire de Katsa plus facilement. Un cheval en vadrouille leur fournirait moins de précisions. Avec un certain soulagement, Katsa décida donc que l'animal devait vivre. Elles le dessellèrent, le débridèrent et le laissèrent filer.

Elles continuèrent leur ascension en se servant de leurs mains et de leurs pieds. Katsa aidait Bitterblue durant les passages trop abrupts, la hissant en haut des rochers qu'elle ne parvenait pas à escalader. Heureusement, le jour où la princesse s'était évadée de son château en glissant le long de draps noués les uns aux autres, elle portait de solides bottes. Mais à présent, la longueur de sa robe la gênait dans ses mouvements. Katsa coupa le bas de celle-ci afin d'en faire un pantalon, ce qui donna plus d'aisance à Bitterblue et leur permit de progresser plus vite.

Le cuir de la selle était plus raide que Katsa ne l'avait pensé. La nuit, durant le sommeil de la fillette, elle s'échinait à l'assouplir. Finalement, elle parvint à confectionner quatre larges bandes maintenues en place par des lanières – deux pour les cuisses, deux pour les mollets. Cela donna une allure comique à la princesse, mais, au moins, le cuir la protégeait du froid et de l'humidité.

Car maintenant, à mesure qu'elles se rapprochaient des pics, des flocons de neige envahissaient le ciel.

La nourriture se fit rare. Dès que la moindre bête bougeait, Katsa l'attrapait. Elle mangeait peu et réservait presque toute la viande à Bitterblue qui s'empressait de la dévorer.

Chaque matin, Katsa vérifiait que les doigts de la princesse n'étaient pas gelés et enduisait ses gerçures avec une pommade. Dès qu'elles s'arrêtaient, elle lui tendait la gourde d'eau. Et par crainte que la fillette ne s'évanouisse avant d'avouer son épuisement, elle commença à instaurer davantage de haltes.

Malgré tout cela, Katsa n'était pas fatiguée. La lenteur de leur rythme l'exaspérait. Par moments, elle avait envie de charger l'enfant sur son épaule et de s'élancer vers les pics. Mais elle savait qu'elle devait ménager ses forces en prévision d'éventuels dangers.

Au cours de l'après-midi, la tempête n'avait cessé de grossir. Katsa établit leur campement à l'intérieur d'une cavité surplombée par une avancée rocheuse. Malgré les rafales de vent et les flocons, Bitterblue partit chercher du bois et Katsa, armée de sa dague, se mit à grimper vers un groupe d'arbres, en quête d'une proie.

En haut d'un arbre, elle distingua d'abord une vague oscillation. Un trait brun, animé par un mouvement différent de celui d'une branche. Puis elle reconnut le prédateur. Dès qu'il bondit vers elle, Katsa lança son couteau et l'atteignit au ventre. Alors qu'elle tombait et roulait au sol, les griffes du puma lui lacérèrent l'épaule. De ses larges pattes, le félin la cloua à terre en rugissant. Il découvrit ses crocs si rapidement qu'elle eut à peine le temps de tourner la tête pour les éviter. Il lui laboura la poitrine. Katsa l'empoigna alors par le cou et le repoussa en hurlant. Il lui lacéra les bras. Soudain, sur le ventre du félin, elle reconnut l'éclair métallique de sa dague. Au même moment, il s'avança pour la mordre. Le poing de Katsa s'abattit sur son front. Dans la seconde qui suivit, elle récupéra son couteau et le plongea dans la gorge du puma. Il émit un horrible gargouillis. Puis il s'affaissa sur elle. La montagne était calme, le fauve mort.

Katsa se dégagea. Le sang chaud de l'animal lui barbouillait la figure. Elle s'essuya les yeux. Elle palpa son épaule gauche et grimaça. En songeant que ses blessures risquaient de ralentir leur fuite, elle réprima sa fureur. Avec un haut-le-coeur, elle examina les entailles qui décoraient sa poitrine. Et les autres balafres sur ses bras et ses cuisses, là où le puma l'avait clouée à terre avec ses pattes de derrière.

Mais elle n'avait aucune raison de s'apitoyer sur son sort. La neige tombait plus fort. Cette lutte lui avait apporté des plaies et des désagréments mais aussi des vivres qu'elle pourrait conserver un long moment, ainsi qu'un manteau de fourrure pour Bitterblue.

Katsa se hissa sur ses pieds. Elle contempla le grand félin qui gisait devant elle. C'était sa queue qu'elle avait d'abord vu dans l'arbre. Si on le mesurait de la queue à la tête, sa longueur dépassait la hauteur de Katsa, et il pesait bien plus lourd qu'elle. Sa nuque était épaisse, puissante, son dos musclé. Ses crocs aussi longs que des doigts humains. Ses griffes immenses. Malgré ce que penserait Bitterblue en la voyant, elle s'en était bien sortie. Cet animal aurait pu la tuer.

Alors qu'elle s'inquiétait de s'être absentée trop longtemps, une bourrasque de vent lui souffla des flocons au visage. Elle retira sa dague de la gorge du prédateur, l'essuya au sol et la glissa sous sa ceinture. Elle fit rouler le puma sur le dos, le saisit par les pattes de derrière, et, grimaçant de douleur, le traîna jusqu'à leur grotte.

*

* *

Bitterblue accourut. Ses yeux étaient écarquillés par la peur.

— Tout va bien, assura Katsa. C'est juste des égratignures.

— Vous êtes couverte de sang.

— C'est celui du puma.

La fillette secoua la tête et tira sur les lambeaux du manteau de Katsa.

— Mon Dieu ! murmura-t-elle en découvrant les blessures. Il va falloir recoudre les entailles. Je vais les nettoyer. Je vais chercher les remèdes.

Cette nuit-là, elles se sentirent un peu à l'étroit à l'intérieur de la grotte, mais le feu réchauffait l'espace, cuisait leurs morceaux de puma et séchait la fourrure fauve qui deviendrait bientôt le manteau de Bitterblue. La fillette surveillait la cuisson de la viande. Le surplus serait transporté congelé.

La tempête de neige redoublait. Le vent soufflait

sur les flammes. Si le blizzard perdurait, Katsa savait qu'elles seraient à l'abri, ici. De l'eau, de la nourriture, un toit, de la chaleur, c'était tout ce dont elles avaient besoin. Katsa se rapprocha des flammes afin de faire sécher les vêtements qu'elle portait et qu'elle venait de laver.

Elle s'affaira sur l'arc qu'elle fabriquait, le courbant et testant sa rigidité. Puis elle s'empara d'une mince corde de lin qu'elle fixa à une extrémité, et l'étira ensuite pour l'attacher à l'autre extrémité. Une violente douleur à l'épaule lui arracha un gémissement.

— Si c'est ce que ressent Po après nos combats, je ne comprends pas pourquoi il aime tant se battre avec moi.

— Je ne comprends pas grand-chose à ce qu'il fait et à ce que vous faites, répliqua Bitterblue.

Katsa se leva. D'un geste expérimenté, elle tira sur la corde de l'arc. Elle encocha une flèche. À travers la neige, celle-ci alla se planter profondément à l'intérieur d'un arbre situé devant leur grotte.

— Pas mal, commenta Katsa. Il pourra servir.

Elle récupéra sa flèche et regagna leur tanière. Assise au sol, elle se mit à tailler de nouvelles branches.

— J'aimerais bien pouvoir troquer une tranche de puma contre une carotte, confia Katsa. Ou une pomme de terre. Quand nous serons à Sunder, nous pourrons manger un vrai repas dans une auberge. Quel luxe !

Bitterblue mastiqua sa viande sans lui répondre. Le vent mugissait, la couche blanche à l'extérieur de la grotte s'épaississait. Katsa tira une autre flèche dans l'arbre et sortit dans le blizzard pour aller la chercher.

À son retour, elle constata que Bitterblue ne la quittait pas des yeux.

— Qu'y a-t-il ? s'enquit Katsa.

L'enfant secoua la tête. Elle tendit un morceau de viande à Katsa.

— Vous n'avez pas l'air gravement blessée, répondit-elle.

Katsa haussa les épaules. Elle se força à mastiquer la viande qui l'écœurait.

— Pour ma part, je rêve d'une tranche de pain, déclara Bitterblue.

Katsa s'esclaffa. Un sourire aux lèvres, elles écoutèrent le vent qui sifflait à l'extérieur de leur abri.

30

La fourrure du puma la réchauffait, mais l'enfant était épuisée. Et cela à cause de la montée sans fin, des pierres qui glissaient sous ses pieds, l'entraînant en arrière quand elle essayait d'avancer. À cause du fait qu'elle ne pouvait progresser que si Katsa la poussait, à cause encore de la neige qui imprégnait ses bottes, du vent qui s'infiltrait sous ses vêtements, des loups et des félins qui les surprenaient, crachant, rugissant, filant vers elles sur le versant montagneux. Katsa se servait de son arc et ne ratait jamais sa cible. Cependant, à chaque attaque, comme elle l'avait remarqué, Bitterblue mettait un certain temps à se remettre. Car sa fatigue était autant liée à l'effort physique qu'à la crainte.

Katsa ne souhaitait pas ralentir leur rythme davantage. Elle s'y contraignait cependant, se souvenant des paroles d'Oll à propos de Tealiff : « S'il périt durant le voyage, le délivrer n'aura servi à rien. » Si Bitterblue trouvait la mort durant leur ascension, Katsa en serait responsable.

La neige ne cessait de tomber. Des peaux de bêtes enveloppaient les mains de la fillette et couvraient son visage, afin que seuls ses yeux fussent exposés au froid. D'après la carte, Katsa avait constaté que les arbres ne poussaient plus sur le col de Grella. Avant d'atteindre ce passage venteux situé entre deux pics, elle entreprit de fabriquer des raquettes avec le bois des quelques arbres qui subsistaient encore autour d'elles.

La nuit, Bitterblue s'endormait en un éclair, et parfois gémissait si elle faisait des cauchemars. Katsa alimentait le feu et la surveillait. Elle assemblait des pièces de bois, évitait de penser à Po. En général, elle échouait.

Ses blessures guérissaient. Dès que sa main volait vers le carquois qu'elle avait fabriqué avec les restes du cuir de la selle, sa poitrine et ses épaules protestaient. Elle garderait des cicatrices à ces endroits-là, ainsi que sur les cuisses, mais par chance, le félin n'avait pas abîmé les autres parties de son corps.

Quand les raquettes furent achevées, à l'aide de la bride du cheval, elle commença à confectionner un harnais pour porter Bitterblue. Et décida qu'il lui faudrait un nouveau manteau pour elle-même, la prochaine fois qu'elles croiseraient un loup ou un félin.

Chaque soir, une fois son ouvrage terminé, elle se lovait contre Bitterblue et s'octroyait quelques heures de sommeil.

Une nuit, quand Katsa se surprit à grelotter, malgré les fourrures qui la recouvraient, elle se dit que le col de Grella ne pouvait plus être loin. Elle savait que le froid y était redoutable, mais n'arrivait pas à croire que la température qui sévissait alors pût descendre davantage.

Inquiète de l'état des orteils et des doigts de Bitterblue, elle s'arrêtait souvent pour lui masser les mains et les pieds. La fillette se taisait et grimpait d'un air hébété. Elle hochait ou secouait la tête aux questions de Katsa. Quand un feu la réchauffait enfin, elle pleurait de soulagement. Quand le froid la réveillait, elle pleurait de douleur.

Elles étaient forcément proches du col. Il ne pouvait en être autrement – Katsa sentait que l'endurance de Bitterblue touchait à sa fin.

Un matin, alors qu'elles peinaient à travers les arbres et les broussailles, une tempête de grêle se déclencha. Elles passèrent plusieurs heures l'échine courbée face au vent, le corps fouetté par les grêlons. Katsa portait Bitterblue et la protégeait de son bras. Son sens de l'orientation la guidait légèrement vers l'ouest. Au bout d'un moment, elle constata que ses bottes ne rencontraient plus de broussailles ni de racines. Ses pas s'enfonçaient plus profondément dans la neige, qui la ralentissait.

La tempête prit fin aussi soudainement qu'elle avait commencé. Le paysage s'était modifié. Elles se tenaient à la base d'une côte abrupte, enneigée, dépourvue de végétation, sur laquelle le vent détachait des cristaux de glace scintillants. Cette bande lisse et blanche passait entre deux rochers noirs et escarpés. Face à la lumière aveuglante et à la proximité du ciel, Bitterblue se couvrit les yeux.

Le col de Grella : pas de prédateur à repousser, pas de rochers ou de buissons à contourner. C'en était presque apaisant. Puis Katsa remarqua les tourbillons de neige qui parcouraient la surface du col. La distance à parcourir allait sûrement être plus grande qu'elle ne le paraissait. Et il n'y aurait pas d'abri pour se protéger du vent. En plus, la tempête semblait régner sur ces pics où rien ne survivait, où seules perduraient la roche et la glace.

Katsa retira les flocons et les glaçons accrochés aux fourrures de Bitterblue. Elle saisit les raquettes qui pendaient dans son dos et les fixa à ses pieds. Elle prit le harnais et aida la fillette à l'enfiler. Bitterblue ne protesta pas. Ses gestes étaient très lents. Katsa la prit par le menton et la regarda droit dans les yeux.

— Bitterblue. Vous devez rester vigilante. Je vais vous porter, mais c'est uniquement parce que nous devons aller plus vite. Vous devez rester éveillée. Si vous somnolez, je vous déposerai à terre et je vous obligerai à marcher. Compris ?

— Je suis fatiguée.

— Je m'en fiche. Il faut m'obéir.

— Je ne veux pas mourir, murmura Bitterblue.

Une larme coula de son œil et gela sur un cil. Katsa s'agenouilla et la serra contre elle.

— Vous n'allez pas mourir. Je vous en empêcherai. Buvez, dit-elle en sortant la gourde d'eau.

— C'est froid.

— Cela vous aidera à rester en vie. Vite, avant que ça gèle.

L'enfant but et Katsa prit une décision. Elle jeta son arc au sol. Elle se délesta des sacoches et du carquois. Elle ôta les fourrures de loup qu'elle portait sur les épaules. Le vent s'infiltra par les déchirures de son manteau et elle sentit sa morsure glaciale sur sa peau. Mais bientôt elle se mettrait à courir, et le mouvement la réchaufferait. Sa capuche et son écharpe en peaux de bêtes suffiraient. Elle arrangea les fourrures de loup autour de la fillette.

— Vous avez perdu la tête ! déclara Bitterblue.

Katsa sourit presque, car si la princesse était capable de formuler des critiques, cela prouvait qu'elle n'avait pas perdu toute sa lucidité.

Katsa s'empara de la gourde vide, la remplit de poudreuse, puis, après l'avoir refermée, la rendit à la fillette.

— Mettez-la sous votre manteau afin que la neige ne se transforme pas en glace.

Le vent soufflait dans toutes les directions, mais en particulier vers leurs figures. Katsa décida de porter Bitterblue dans son dos. Elle se redressa sous le poids de l'enfant et fit quelques pas avec ses raquettes.

— Mettez vos poings sous mes aisselles, lui dit-elle. Et plaquez votre figure contre la fourrure de mon écharpe. Surveillez vos pieds. Si vous ne les sentez plus, prévenez-moi. Compris ?

— Compris, répondit la fillette.

— Très bien. C'est parti.

Et elle se mit à courir.

Elle s'habitua rapidement aux raquettes et à ses

charges. Bitterblue ne pesait quasiment rien. Katsa avait du mal à croire qu'il puisse faire aussi froid sur ce col de Grella. Que le vent puisse souffler si fort et sans relâche. Chaque bouffée d'air semblait lui déchirer les poumons. Ses mains la brûlaient. Elle montait vers les pics, qui paraissaient toujours aussi lointains. Tout en courant, elle parlait à Bitterblue. Elle la questionnait à propos de Monsea, de la ville de Leck, de sa mère. Elle lui demandait si elle pouvait encore remuer les doigts et les orteils. Elle ne comprenait pas les réponses que Bitterblue lui hurlait, mais si celle-ci criait, cela signifiait qu'elle était consciente. De temps à autre, Katsa saisissait les bottes de sa protégée et les pressait entre ses mains pour essayer de lui réchauffer les pieds. Quand arriva le moment où elle n'eut plus la force de la questionner, elle continua quand même à courir face au vent et parmi les flocons qui l'aveuglaient.

Lorsque le gros soleil rouge commença à descendre à l'horizon, Katsa se rendit compte que la neige avait cessé de tomber. Bientôt, il ferait nuit, et la température baisserait davantage. Ses jambes continuaient à s'animer mais elle ne les sentait plus. Puis elle s'aperçut que le paysage avait changé. Que les pics noirs étaient maintenant dans son dos. Qu'elle se trouvait enfin sur l'autre versant de la montagne où au loin s'étendaient d'interminables forêts. Et à une courte distance, au bout de la pente enneigée, elle distingua les premiers arbres. Elle avait franchi le col et Bitterblue était vivante. Néanmoins, la fillette frissonnait et claquait des dents. Elle entourait Katsa de ses bras étrangement chauds en lui criant quelque chose d'incompréhensible. Ce fut alors que Katsa comprit que c'était elle-même qui tremblait en claquant des dents. Un rire nerveux lui échappa. Si elle succombait à une forte fièvre, comment pourrait-elle emmener la princesse à Sunder ? Elle regrettait d'avoir emprunté cette route, c'était de la folie.

Elle regarda ses propres mains. Le bout de ses doigts était blanc.

Quand elles atteignirent les arbres, Katsa s'effondra. Bitterblue s'extirpa du harnais, retira ses fourrures de loup et les posa sur Katsa. Puis, de ses doigts gercés, elle détacha les lanières des raquettes. Katsa se débarrassa des sacoches, du carquois, du harnais et de l'arc.

— Du bois, murmura-t-elle en se redressant. Allez chercher du bois !

Bitterblue s'exécuta. Elle s'en revint avec des branches humides. Handicapée par ses doigts gourds, Katsa manipulait la dague avec maladresse. C'était la première fois qu'elle peinait à allumer un feu. À la dixième tentative, une étincelle embrasa le coin sec d'un morceau de bois. Elle l'alimenta avec une poignée d'aiguilles de résineux. Peu à peu, le tas de branches se mit à fumer et à crépiter.

Accroupie, frissonnante, ignorant la douleur que lui procurait la chaleur, Katsa contemplait le petit brasier. Quand Bitterblue se leva pour aller chercher plus de bois, Katsa protesta :

— Non ! Réchauffez-vous, d'abord. Restez ici.

La fillette s'assit, entoura ses jambes repliées de ses

bras, cala le menton sur ses genoux, ferma les paupières. Deux larmes roulèrent sur ses joues.

— Je suis vraiment inconsciente, déclara Katsa.

Elle se hissa péniblement sur ses pieds et se déplaça d'arbre en arbre afin de collecter plus de bois. Après tout, peut-être son inconscience était-elle une bonne chose. Car si elle avait su que cette épreuve s'avérerait aussi difficile, sans doute y aurait-elle renoncé.

Elle rejoignit Bitterblue et alimenta les flammes. Ce soir, leur feu serait énorme. Ce soir, tout Sunder pourrait l'apercevoir. Elle inspecta les mains gercées de la fillette.

— Les sentez-vous encore ?

Bitterblue hocha la tête. Katsa appliqua la pommade de Raffin sur les doigts de la princesse.

— Montrez-moi vos pieds, reprit Katsa.

Elle lui frictionna les orteils, lui remit ses bottes, et déclara :

— Vous avez réussi à franchir le col de Grella. Vous êtes très forte.

Bitterblue passa les bras autour de Katsa et l'embrassa sur la joue. Trop épuisée pour manifester sa surprise, Katsa serra faiblement la fillette.

Cette nuit-là, quand Katsa s'allongea près des flammes avec Bitterblue dans ses bras, aucune souffrance n'eût pu l'empêcher de dormir. Pas même celle de ses membres endoloris.

Troisième partie

Un monde changeant

31

Au sud de Sunder, à l'intérieur d'une clairière parsemée de chênes et d'érables, Katsa et Bitterblue découvrirent une auberge, une écurie, une étable et une parcelle de jardin potager.

Même durant l'hiver, même au bord des montagnes, le trafic à travers Sunder ne cessait jamais. Des charrettes se dirigeant vers le nord transportaient des barils de cidre de Monsea, ou du bois des forêts de Sunder, ou encore de la glace provenant des montagnes situées à l'est. Des marchands convoyant différents produits de Lienid, dont des tomates, du raisin, des abricots, des bijoux, des bibelots, des poissons rares vivant uniquement dans les eaux de Lienid, gagnaient les villes portuaires de Sunder, et se rendaient ensuite aux Middluns, à Wester, Sunder et Estill. Et depuis le sud de ces royaumes partaient des poissons d'eau douce, des céréales, du foin, du maïs, des pommes de terre, des carottes, des pommes, des poires, des chevaux, destinés à ravitailler Lienid et Monsea.

Dans la cour de l'auberge, un négociant se tenait près d'une charrette remplie de sacs. Il frappait le sol de ses pieds et soufflait sur ses mains. Ses bottes et son manteau quelconques ne permettaient pas de distinguer de quel royaume il venait. Ses six chevaux et ses sacs ne portaient aucun indice révélateur. Accompagné de ses fils, l'aubergiste fit irruption dans la cour. Il cria quelque chose au marchand. Ce dernier lui répondit, mais sa voix n'atteignit pas la bordure de la clairière où se cachaient Katsa et Bitterblue.

— Il ne ressemble pas à quelqu'un de Lienid, chuchota la fillette. Il est probablement de Monsea. S'il venait d'autres royaumes, il aurait vendu sa marchandise, or sa charrette est pleine.

Katsa jeta un œil sur les cartes.

— Cela n'a pas d'importance, répondit-elle. De toute façon, nous ignorons qui se trouve dans cette auberge ou qui risque de s'y arrêter. La version des faits de votre père s'est peut-être répandue à travers Sunder. Nous sommes restées des semaines dans les montagnes. Nous ne savons pas ce que les gens ont entendu.

— Ses arguments ne sont peut-être pas arrivés jusqu'ici. Nous sommes loin des ports et du col de la montagne, cet endroit est isolé.

— C'est vrai, reconnut Katsa. Mais si l'aubergiste et ses clients bavardent avec nous, ils auront par la suite des choses à raconter à notre sujet. Des choses qui pourraient remonter jusqu'à Leck. Moins il en saura sur notre itinéraire, mieux cela vaudra.

— Dans ce cas, nous ne serons en sûreté dans aucune auberge, grommela Bitterblue. Il ne nous reste plus qu'à gagner Lienid sans nous faire remarquer. À moins que vous n'ayez l'intention d'éliminer tous les voyageurs que nous rencontrerons.

Katsa ne lui répondit pas. Elle étudiait les cartes.

— Regardez, reprit la princesse. Il y a une fille qui transporte des œufs. Je serais capable de tuer pour un œuf.

Katsa leva le nez. Tête nue, tremblant de froid, un panier d'œufs accroché au bras, une jeune fille venait de sortir de l'étable. L'aubergiste lui fit signe. Elle posa son panier au pied d'un gros chêne et courut vers lui. Il lui tendit les sacs du marchand. Elle les chargea sur ses épaules frêles et, vacillante, disparut à l'intérieur de l'auberge. Quand elle en ressortit, il lui confia de nouveaux sacs.

Katsa compta les arbres qui la séparaient du panier d'œufs. Elle avisa les légumes gelés du jardin potager. Puis elle sortit la liste des contacts du Conseil et l'examina.

— Il y a un commerçant, un ami du Conseil, qui habite dans un village situé à deux jours de marche d'ici, annonça-t-elle.

— Même si c'est un ami, la rumeur que fait courir Leck aura peut-être eu une influence sur lui.

— C'est juste, répondit Katsa. Cependant, nous avons besoin de renseignements et de changer de tenue. Il faut que vous preniez un bain chaud. Si nous pouvions rejoindre Lienid sans croiser personne, nous le ferions. Or c'est impossible. Quitte à faire confiance à quelqu'un, autant que ce soit à un sympathisant du Conseil.

— Vous aussi, vous avez besoin d'un bain chaud, souligna Bitterblue, vexée.

Katsa sourit.

— Je peux me contenter de me laver dans un étang à moitié gelé. Vous, non. Cela risquerait de vous rendre malade.

Elle regarda l'aubergiste et le marchand soulever les derniers sacs puis se diriger vers l'entrée de l'auberge.

— Restez ici jusqu'à ce que je revienne, ordonna-t-elle.

Bitterblue commença à protester mais Katsa s'était déjà éloignée. Cachée derrière un tronc massif, Katsa surveillait les fenêtres et les portes de l'auberge puis gagnait le tronc suivant. Elle parvint à voler quatre œufs et une citrouille sans se faire prendre. Ce soir-là, leur dîner dans la forêt de Sunder leur fit l'effet d'un festin.

Hormis nettoyer sommairement leurs figures et natter les cheveux emmêlés de Bitterblue, Katsa ne pouvait guère améliorer leurs allures de vagabondes. Il faisait trop froid pour demander à Bitterblue de retirer son patchwork de fourrures et si Katsa enlevait ses peaux de loup son manteau tâché de sang lui donnerait une allure encore plus effrayante.

Elle identifia facilement la demeure du commerçant. C'était la plus grande et la plus animée du village. Son propriétaire, un homme de taille moyenne, avait une femme robuste ainsi qu'une ribambelle d'enfants composée de bébés, d'adolescents et de jeunes adultes. Ce fut du moins ce que Katsa put constater depuis les arbres où elle s'était cachée avec Bitterblue en attendant la nuit. Derrière la boutique s'élevait une énorme bâtisse brune. Tandis que les membres de la famille nombreuse en sortaient pour nourrir des volailles, aider les marchands à décharger leurs marchandises, jouer et se battre dans la cour, Katsa songea qu'elle aurait préféré que ce contact du Conseil ait pris son devoir de procréer moins au sérieux. Car non seulement elles allaient devoir attendre que les rues du village se vident avant d'intervenir, mais aussi que la marmaille du commerçant s'endorme, afin de ne pas effrayer les bambins.

Quand la plupart des lumières des maisons s'éteignirent et qu'elles ne distinguèrent plus qu'une seule lueur jaune aux fenêtres de la demeure du commerçant, Katsa et Bitterblue surgirent discrètement des arbres, traversèrent la cour et se dirigèrent vers la porte de derrière. Le poing enveloppé dans sa manche, Katsa frappa doucement sur l'épaisseur de chêne massif. Après un instant, la lueur qui éclairait la fenêtre se déplaça. Quelques minutes plus tard, la porte s'entrouvrit, révélant le commerçant muni d'une chandelle. Il les dévisagea de haut en bas et grogna :

— Si vous cherchez une chambre, il y a une auberge au bout de la rue.

— Ce sont de renseignements dont nous avons besoin, répondit Katsa. Avez-vous des nouvelles du royaume de Monsea ?

— Pas depuis des mois. Nous en entendons peu parler dans le coin.

Katsa éprouva un profond soulagement.

— Approchez votre chandelle de mon visage, dit-elle.

D'un air mécontent, l'homme s'exécuta. Puis ses yeux s'écarquillèrent d'étonnement et son comportement changea. En un éclair, il les fit entrer et referma la porte derrière elles.

— Pardonnez-moi, Lady Katsa, dit-il en indiquant du doigt une table et en commençant à tirer des chaises. Je vous en prie, asseyez-vous.

Il se tourna vers une pièce contiguë et cria :

— Marta ! Apporte-nous à manger. Et réveille les…

— Non ! le coupa Katsa. Ne réveillez personne. Nul ne doit savoir que nous sommes ici.

— Bien sûr, Madame. Veuillez m'excuser de… de…

— Vous ne nous attendiez pas, interrompit Katsa. C'est normal.

— En effet, répondit l'homme. Je suis au courant de ce qui s'est passé au château du roi Randa et je savais que vous traversiez Sunder en compagnie du prince de Lienid. Mais quelque part en chemin, les rumeurs ont perdu votre trace.

Son épouse apparut et déposa du pain et du fromage sur la table. Une jeune femme de l'âge de Katsa la suivait avec une cruche et des gobelets. Un garçon encore plus grand que Raffin pénétra dans la pièce. En silence, il alluma les torches fixées aux murs. Katsa regarda Bitterblue qui dévorait des yeux les aliments placés devant elle.

— Mangez, fit Katsa en souriant.

— Oui, mademoiselle, renchérit l'épouse du commerçant. Mangez autant que vous voulez.

Bitterblue ne se fit pas prier davantage. Quand tout le monde se fut assis, Katsa déclara :

— Nous avons besoin de renseignements, de vêtements masculins, et, par-dessus tout, de votre discrétion. Notre visite doit rester secrète.

— Nous sommes à votre service, répondit le propriétaire des lieux.

— Nous disposons de quoi vêtir une armée, ajouta sa femme. Nous avons également des vivres à vous offrir ainsi qu'un cheval. Vous pouvez compter sur notre discrétion. Nous savons ce que vous avez accompli avec le Conseil et nous ferons de notre mieux pour vous aider.

— Merci, répondit Katsa.

— Que souhaitez-vous savoir ? s'enquit le mari. Nous avons peu d'informations au sujet des autres royaumes.

— Tout d'abord, je dois vous apprendre que nous sommes passées par Monsea. Nous avons franchi le col de Grella.

Ses interlocuteurs l'observèrent d'un air médusé.

— C'est difficile à croire, n'est-ce pas ? reprit Katsa. Le reste de mes révélations vous surprendra également. Mais par où commencer ?

— Par le don de Leck, suggéra Bitterblue la bouche pleine.

— Entendu, dit Katsa. Commençons par cela.

Après ses révélations, Katsa prit deux bains. Bitterblue fit de même. Le commerçant et sa femme leur fournirent des capuches, des manteaux, des écharpes, et des gants. Leur fille aînée coupa les cheveux de Bitterblue et ceux de Katsa, qui avaient légèrement repoussé.

La sensation de propreté était étonnante. À plusieurs reprises, Katsa entendit Bitterblue pousser des soupirs de satisfaction.

— Nous n'allons pas pouvoir dormir longtemps, cette nuit, lui confia Katsa. Nous devons partir avant le réveil du reste de la famille.

— Peu m'importe, répliqua la princesse. J'ai passé une merveilleuse soirée.

Dès qu'elle s'allongea sur le lit du couple, lequel avait insisté, malgré les protestations de Katsa, pour leur prêter leur chambre, Bitterblue s'endormit. Étendue à côté d'elle, Katsa ne parvenait pas à profiter du sentiment de sûreté que lui procurait le confort du matelas et de l'oreiller. Elle songeait aux blancs qu'elle avait délibérément laissés dans ses confidences.

Dorénavant, grâce à elle, la famille du commerçant connaissait le don de Leck. Ils savaient qu'il avait assassiné Ashen et enlevé Tealiff. Sans que Katsa le leur révèle, ils avaient deviné que la fillette affamée était la princesse de Monsea. Ils avaient même compris que si Leck choisissait de répandre une fausse rumeur à travers Sunder, le pouvoir qu'il détenait risquait d'effacer la vérité de leurs esprits. Cependant, afin de se protéger, Katsa ne leur avait pas dit quelle était sa destination. Et elle avait affirmé que Po avait été tué par les gardes de Leck. À l'avenir, elle comptait répéter ce mensonge. Car si le roi de Monsea le croyait mort, il ne chercherait pas à lui nuire.

Katsa ferma les yeux et s'ordonna de dormir.

32

Face à la mer, Katsa avait éprouvé le même émerveillement que celui qui l'avait saisie lorsqu'elle avait vu des montagnes pour la première fois. À présent, elle écoutait le bruit du va-et-vient des vagues, s'emplissait les poumons d'air marin, s'étonnait de ne pas apercevoir une terre lointaine à l'horizon. Le morceau de tissu qui couvrait son œil vert la gênait. Cependant, ce n'était pas le moment de le retirer. Elles se trouvaient à Suncliff, la plus grande ville portuaire de Sunder. Elles avaient voyagé uniquement de nuit et nul ne les avait reconnues. Ce qui revenait à dire que Katsa n'avait tué personne. Certes, en chemin, elle s'était battue avec un groupe de bandits trop curieux. Mais ils les avaient prises pour deux garçons.

Suncliff était une ville aux habitations vétustes, peuplée de rues malfamées qui semblaient mener à une prison ou à un taudis, et non à l'étonnante étendue d'eau qui se trouvait devant elle, et dont la beauté lavait de sa conscience les images des ivrognes, des brigands, et des bâtiments en ruine situés dans son dos.

— Comment allons-nous trouver un bateau de Lienid ? demanda Bitterblue.

— Pas seulement de Lienid, répondit Katsa. Il faut aussi qu'il ne soit pas passé par Monsea.

— Je peux aller me renseigner, proposa Bitterblue.

— Certainement pas, répliqua Katsa. Même si vous n'étiez pas la fille du roi Leck, même s'il faisait jour, même si vous étiez plus grande, cet endroit serait dangereux pour vous.

Bitterblue croisa les bras et tourna le dos au vent.

— Je suis jalouse de votre don, maugréa-t-elle.

— Allons-y, dit Katsa, nous devons trouver un vaisseau ce soir, autrement, demain, nous nous exposerons au regard de milliers de gens.

Parmi les rochers, elles empruntèrent les escaliers qui menaient aux quais.

Dans la pénombre, une étrange atmosphère régnait. Les navires évoquaient des châteaux noirs. Leurs voiles s'agitaient le long de mâts ressemblant à des squelettes. Devant les passerelles, des hommes aux épées dégainées montaient la garde. Sur les quais, des marins étaient regroupés autour de brasiers.

Un accent lienidien provenant d'un groupe de gardes

attira l'attention de Katsa. Bitterblue la regarda en haussant les sourcils.

— Oui, j'ai entendu, murmura Katsa. Nous allons continuer à marcher, mais rappelez-vous de ce bateau.

— Pourquoi ne pas leur parler maintenant ?

— Ils sont quatre et il y a trop de monde autour d'eux. S'il y a un problème, nous ne pourrons le régler discrètement.

Elles dépassèrent des navires plus petits dont les matelots semblaient engagés dans un concours de vantardises. Certains étaient de Wester, d'autres de Monsea, selon Bitterblue. Katsa continua d'avancer avec la princesse comme si de rien n'était, mais elle demeura sur le qui-vive jusqu'à ce qu'elles se soient suffisamment éloignées de leurs ennemis potentiels.

Le mousse était assis seul au bord d'un appontement. Ses jambes pendaient au-dessus des vagues sombres. Il se tenait non loin d'un vaisseau dont le pont grouillait d'hommes et de garçons affairés. À la lueur de leurs lanternes, des éclats dorés scintillaient à leurs doigts et à leurs oreilles. Katsa n'avait jamais navigué, mais elle avait l'impression que le navire venait d'arriver ou s'apprêtait à lever l'ancre.

— Les bateaux partent-ils au milieu de la nuit ? demanda-t-elle à Bitterblue.

— Aucune idée, répondit la fillette.

— J'espère que celui-ci est sur le point de larguer les amarres.

Elle regarda le mousse isolé. S'il lui créait des ennuis, elle pourrait toujours le jeter dans les flots sans que ses compagnons occupés s'en aperçoivent. Suivie par Bitterblue, elle s'approcha de sa victime. Dès qu'il les remarqua, il porta la main à sa ceinture.

— Du calme, commença Katsa. Nous avons simplement quelques questions, dit-elle en s'asseyant près de lui.

Il s'écarta afin d'être mieux placé pour se servir de son couteau. Bitterblue s'installa à côté de sa protectrice.

— D'où vient ton vaisseau ? reprit Katsa.

— De la ville de Ror, répondit-il d'une voix un peu plus grave que celle de Katsa.

— Vous êtes prêts à partir ?

— Oui.

— Pour où ?

— Sunport, South Bay, Westport, et ensuite nous retournons à Ror.

— Vous ne passez pas à Monport ?

— Nous ne faisons pas de commerce avec Monsea durant cette saison.

— Avez-vous des nouvelles de Monsea ?

— Vous voyez bien que c'est un bateau de Lienid, s'énerva le mousse. Si vous voulez des nouvelles de Monsea, adressez-vous à des marins de Monsea.

— Qui est ton capitaine ? poursuivit Katsa. Et que transportez-vous ?

— Pourquoi toutes ces questions ? Vous êtes des espions de Murgon ? Il emploie des enfants, maintenant ?

— J'ignore qui emploie Murgon. Nous aimerions embarquer afin de nous rendre à l'ouest.

— Pas de chance. Nous n'avons pas besoin d'aide à bord. Et vous n'avez pas l'air de pouvoir payer votre traversée.

— Vraiment ? À quoi le vois-tu ?

— À vos tenues de pouilleux.

— Nous pouvons payer.

Le jeune homme hésitait.

— Soit tu mens, soit vous êtes des voleurs. Les deux probablement.

— Nous ne sommes ni l'un ni l'autre, assura Katsa en plongeant la main dans la poche de son manteau.

Le mousse sortit son couteau et bondit sur ses pieds.

— Je cherche simplement ma bourse, expliqua Katsa. Prends-la toi-même, si tu veux. Je garderai les bras loin du corps et mon ami s'éloignera.

Bitterblue recula de quelques pas. Katsa se leva et écarta les bras. Le jeune homme lui plaqua son arme sous le menton et extirpa la bourse de sa main libre. Il l'ouvrit et répandit son contenu au creux de sa paume. Sous la clarté de lune, les pièces scintillaient. Il les examina avec attention.

— C'est de l'or de Lienid, déclara-t-il. Vous avez dévalisé mes compatriotes.

— Conduis-nous à ton capitaine et laisse-le décider s'il veut notre or. Si tu acceptes, tu auras droit à une pièce, quelle que soit sa décision.

Le mousse considéra sa proposition. Katsa attendit. De toute façon, c'était sur son vaisseau qu'elle voulait embarquer. S'il fallait l'assommer et le traîner sur la passerelle en agitant l'anneau de Po sous le nez des gardes, elle le ferait.

— Entendu, répondit le jeune homme, tout en choisissant une pièce et en la fourrant à l'intérieur de son manteau. Je vais vous conduire au capitaine Fawn. Mais je vous garantis qu'elle vous mettra aux fers pour vol. Jamais, elle ne croira que vous avez obtenu cet or honnêtement, et nous n'avons pas le temps de vous signaler aux autorités de Suncliff.

— C'est une femme ? s'enquit Katsa.

— Une femme Graceling, précisa le mousse.

— Ce vaisseau appartient donc au roi ?

— Non, c'est le sien.

— Comment…

— À Lienid, les Graceling sont libres. Ils n'appartiennent pas au roi.

Katsa se rappela que Po lui avait expliqué cela un jour.

— Quel est son don ? demanda-t-elle.

Son interlocuteur s'écarta. De sa dague, il leur fit signe d'avancer. Elles marchèrent sur le quai mais Katsa guettait la réponse. Si la capitaine était une voyante ou même une combattante, elle préférait le savoir avant d'atteindre les gardes, afin d'avoir le temps de jeter le mousse à la mer et de détaler.

Devant elles, les gardes échangeaient des plaisanteries. L'un d'eux tenait une torche. Animée par la brise, la flamme éclairait leurs mines patibulaires, leurs larges épaules et leurs épées dégainées. Bitterblue les regardait d'un air effaré. Katsa lui serra doucement l'épaule.

— Ça doit être un don lié à la navigation, je suppose ? insista Katsa d'une voix calme.

— Elle voit les tempêtes avant qu'elles éclatent. Nous

partons cette nuit pour devancer le blizzard qui arrive de l'est.

Selon Katsa, les Gracelings doués de prescience étaient plus rassurants que ceux qui savaient lire dans les pensées.

Les gardes les regardaient approcher. L'un d'eux les éclaira de sa torche. Katsa rentra le menton à l'intérieur de son manteau et le toisa de son unique œil visible.

— Qu'est-ce que tu nous amènes, Jem ? demanda-t-il.

— C'est pour la capitaine, répondit le mousse.

— Des prisonniers ?

— Ou des passagers, elle verra.

Le garde fit signe à un de ses compagnons.

— Escorte-les, Bear. Assure-toi qu'aucun malheur n'arrive au petit Jem.

— Je peux me débrouiller sans eux, répliqua Jem.

— Bien sûr que tu le peux. Mais Bear est en mesure de veiller sur toi, tes deux prisonniers, tout en tenant une épée et une lanterne. Et de protéger notre capitaine.

Le dernier argument convainquit Jem. Il dépassa Katsa et Bitterblue puis monta sur la passerelle. Bear fermait la marche derrière elles. Katsa n'avait jamais vu un homme de carrure aussi large. Sur le pont, les marins s'écartèrent pour leur céder le passage.

— Que se passe-t-il, Jem ? lancèrent plusieurs voix.

— On va voir la capitaine, répondit le mousse.

Le pont était très long. Des hommes s'y bousculaient et des formes inhabituelles pesaient sur elles, créant des ombres étranges à la lumière de la lanterne de Bear. Tel un gros oiseau prisonnier cherchant à s'envoler, une voile d'un gris lumineux s'enfla et battit au-dessus de la tête de Katsa. Elle ne comprenait aucun des commandements qu'elle pouvait entendre, mais la frénésie de l'équipage, les rafales de vent, le pont qui oscillait – tout cela avait quelque chose de grisant.

Elle s'adapta rapidement au mouvement du navire. De son côté, Bitterblue peinait à garder l'équilibre. Le vacarme et l'agitation qui l'entourait la déstabilisaient. Finalement, Katsa marcha près d'elle et maintint son bras autour des épaules de sa protégée.

Jem s'arrêta devant une écoutille.

— Suivez-moi, ordonna-t-il.

Sa dague entre les dents, il descendit le long d'une échelle. Katsa et Bitterblue le rejoignirent au niveau inférieur. Le falot de Bear leur révéla un étroit couloir.

Elles suivirent la forme sombre de Jem qui s'éloignait. Une odeur désagréable flottait dans l'air. Elles dépassèrent des portes noires et se rapprochèrent d'un rectangle de lumière orangée. Katsa devina qu'il s'agissait de la cabine du capitaine. Des voix s'en échappaient, l'une d'elles était autoritaire et féminine. Ils s'arrêtèrent au seuil de la pièce. La conversation cessa.

— Qu'y a-t-il, Jem ? s'enquit la capitaine.

— Pardonnez-moi de vous déranger. Ces deux garçons de Sunder veulent payer leur traversée pour se rendre à l'ouest. Mais leur or me paraît louche.

— Pourquoi louche ?

— C'est de l'or de Lienid, capitaine, et ils en ont plus qu'ils ne le devraient.

— Fais-les entrer. Montre-moi cet or.

Elles suivirent Jem à l'intérieur d'une cabine bien éclairée qui rappelât aussitôt à Katsa le désordre et l'étrangeté du laboratoire de Raffin. Sauf qu'ici, les livres étaient remplacés par des cartes, les flacons emplis de liquides colorés, par des instruments de cuivre et des objets qu'on trouvait habituellement sur les navires mais dont la fonction échappait à Katsa. Dans un coin, elle remarqua un lit étroit près d'un coffre. Raffin avait lui aussi installé un lit dans son laboratoire, où il dormait parfois quand le travail le préoccupait davantage que le confort.

À côté d'un colosse presque aussi grand que Bear, la capitaine se tenait devant une table sur laquelle reposait une carte. Ses cheveux gris étaient noués derrière la nuque, sa tenue identique à celle des matelots : un pantalon et un manteau brun, de lourdes bottes, une ceinture agrémentée d'un couteau. Son œil gauche était gris clair, son œil droit d'un bleu aussi lumineux que celui de Katsa. Face à son regard perçant, Katsa sentit que leurs déguisements n'allaient plus leur servir.

Jem déposa les pièces dans la main tendue du capitaine.

— Cette bourse en contient d'autres, précisa-t-il.

La femme les examina.

— Comment les avez-vous obtenues ? questionna-t-elle.

— Nous sommes des amies du prince Greening de Lienid, répondit Katsa. C'est son or.

Le colosse ricana.

— Des amis du prince Po. Elle est bonne, celle-là !

La capitaine darda son regard sévère sur Katsa.

— Vous voulez me faire croire que le prince Po a donné son or à deux garçons des rues de Sunder ?

— Nous ne sommes pas de Sunder, répliqua Katsa en portant la main à son cou. Il m'a remis cet anneau afin que vous puissiez avoir confiance en nous.

Elle fit passer le cordon par-dessus sa tête et le tendit à la femme dont l'expression se métamorphosa. Les cris outragés de Jem et Bear s'élevèrent. Les deux hommes plongèrent sur Katsa. Jem brandissait une dague, Bear une épée. Le marin qui se tenait près du capitaine fit également surgir une lame.

Po aurait pu la prévenir que la vue de cet anneau rendrait les gens de son royaume fous furieux. Mais elle n'avait pas le temps de lui en vouloir. Katsa poussa Bitterblue dans un coin et se plaça devant elle afin de la protéger. Elle bloqua le bras armé de Jem, qui lâcha sa dague en poussant un gémissement, puis le fit tomber au sol en lui fauchant les jambes. Elle esquiva le fer de Bear et lui assena un coup de pied au front. Elle saisit le couteau du mousse, le maintint contre la gorge de ce dernier, s'empara de l'épée de Bear qui avait perdu connaissance, et la dirigea vers le colosse qui la menaçait. L'anneau pendait toujours au cordon, retenu par la même main qui serrait l'épée.

— Arrêtez ! lança Katsa au marin. Je ne veux pas vous faire de mal et nous ne sommes pas des voleurs.

— Le prince Po n'aurait jamais donné cette bague à un vaurien de Sunder, glapit Jem.

— Tu ne rends guère honneur à ton prince Graceling si tu penses qu'un vaurien aurait pu le dévaliser, rétorqua Katsa en lui enfonçant son genou dans le dos.

— Ça suffit ! intervint le capitaine Fawn. Lâchez ses armes, Lady Katsa, et délivrez Jem.

Katsa pointa son épée vers le colosse.

— S'il s'approche de moi, il finira aux côtés de Bear.

— Recule, Patch, déclara la capitaine. Et rengaine ton épée.

Puis voyant qu'il hésitait, elle ajouta :

— C'est un ordre !

Patch s'exécuta en foudroyant Katsa du regard. Elle posa les armes au sol. Jem se leva en se frottant la nuque et lui adressa un regard hostile. Katsa songea aux insultes que Po méritait. Elle replaça le cordon autour de son cou.

— Qu'avez-vous fait à Bear ? s'irrita la capitaine.

— Il ne va pas tarder à se réveiller, assura Katsa.

— Je l'espère. Pourriez-vous nous fournir une explication, à présent ? La dernière fois que nous avons entendu parler de notre prince, il se trouvait à la cour des Middluns. Il s'entraînait avec vous si je ne m'abuse.

Un bruit les fit tous se retourner vers Bitterblue. Accroupie contre le mur, elle vomissait. Katsa l'aida à se relever. Bitterblue s'agrippa maladroitement à elle.

— Le sol bouge.

— Oui, dit Katsa. Vous vous y habituerez.

— Quand ?

— Approche, mon enfant, ordonna la capitaine.

Katsa fit avancer la fillette jusqu'à la femme.

— Voici la princesse Bitterblue de Monsea, déclara-t-elle. La cousine de Po. Comme vous l'avez deviné, je suis Lady Katsa.

— Je suppose que ce bout de tissu ne couvre pas une blessure.

Katsa le retira et dévoila son œil vert. Elle croisa le regard glacial de son interlocutrice. Patch et Jem la dévisageaient en haussant les sourcils.

— La princesse est en danger, expliqua Katsa. Je l'emmène à Lienid pour la protéger de ceux qui veulent lui nuire. Po m'avait dit qu'en voyant cette bague, vous nous aideriez. Mais si vous refusez de le faire, je n'hésiterai pas à me servir de mon don pour vous forcer la main.

D'un air impassible, la capitaine demanda :

— J'aimerais voir cet anneau de plus près.

Katsa s'avança. La femme saisit le cercle d'or qui brillait sur le manteau de Katsa et le fit tourner entre ses doigts. Elle le lâcha et plissa les yeux en direction de Bitterblue.

— Où est notre prince ?

— Loin d'ici, répondit Katsa. Il attend que ses blessures guérissent.

— Est-il mourant ?

— Non ! fit Katsa surprise. Bien sûr que non.

La capitaine fronça les sourcils.

— Alors pourquoi vous a-t-il remis cette bague ?

— Je vous l'ai dit. Afin qu'un vaisseau de Lienid accepte de nous conduire sur la côte où se trouve son château.

— C'est absurde. Si c'était tout ce qu'il souhaitait, alors il vous aurait donné l'anneau du roi ou celui de la reine.

— J'ignore ce que ces anneaux signifient, répliqua

Katsa. Je sais simplement qu'ils représentent différents membres de sa famille.

— Po a donné ce bijou à Katsa, intervint Bitterblue. Il ne lui a pas expliqué ce que ce cadeau signifiait et vous devriez le faire à sa place.

Le menton levé, l'air buté, elle regardait la capitaine Fawn. Cette dernière soupira.

— Il est très rare qu'une personne de Lienid offre une de ses bagues, surtout celle le représentant. Offrir cet anneau-là, c'est renoncer à sa propre identité. Princesse Bitterblue, votre amie porte autour du cou l'anneau du septième prince de Lienid. Si le prince Po le lui a réellement remis, cela signifie qu'il a abdiqué la couronne. Désormais, il n'est plus un prince de notre royaume. Il a fait d'elle une princesse et lui a donné son château et sa succession.

Katsa tira une chaise et s'y laissa choir.

— C'est impossible, murmura-t-elle.

— Il n'y a pas un Lienidien sur mille qui donne cette bague, poursuivit la capitaine. La plupart les emportent avec eux dans leur tombe, au fond de la mer. Occasionnellement, si une femme mourante souhaite que sa sœur élève sa fille à sa place, ou si un commerçant au bord du trépas veut qu'un ami hérite de sa boutique, ou si un prince gravement malade désire modifier la succession au trône, cela se produit. Nous aimons nos princes, lui dit-elle avec un air de reproche. En particulier, le plus jeune, le prince Graceling. Voler son anneau serait un terrible crime.

Troublée par les paroles de la femme, Katsa secoua la tête.

— Je n'en veux pas, bredouilla-t-elle. Ses blessures n'étaient pas si graves, il ne me l'a pas donné parce qu'il était mourant…

— Katsa, coupa Bitterblue d'une voix fatiguée. Il vous l'a remis avant d'aller se battre avec les soldats de Leck. Il n'était alors pas sûr de revenir en vie. C'est pour cette raison qu'il l'a fait.

— Pourquoi ne m'a-t-il rien expliqué ? gémit Katsa.

— Vous ne l'auriez pas pris, répondit la fillette.

— C'est juste. Je ne l'aurais pas pris. Jamais je n'aurais accepté. Et il a raison de me l'avoir donné car je vais le tuer quand je le reverrai !

— Bien sûr, fit Bitterblue d'un ton calme.

— Je peux le lui rendre ? demanda Katsa au capitaine.

Celle-ci la regardait différemment. De même que les marins. Le teint blême, ils l'observaient d'un air gêné. Ils la croyaient, maintenant, ils savaient qu'elle n'avait pas volé la bague. La femme s'éclaircit la gorge.

— Oui, princesse.

— Je vous en prie, protesta Katsa. Je ne veux pas de ce titre.

— Vous pouvez le lui rendre quand vous voulez et même l'offrir à quelqu'un d'autre. Et il peut demander à le récupérer. Cependant, tant qu'il est en votre possession, vous détenez aussi le pouvoir et l'autorité d'un prince de Lienid. Et nous nous plierons à vos requêtes.

— J'aimerais que vous nous déposiez au château de Po.

— C'est votre propriété, à présent, princesse.

Un homme tambourina contre le montant de la porte.

— Nous attendons vos ordres, capitaine.

— Patch, retourne à ton poste ! ordonna la femme. Jem, occupe-toi de Bear ! Et nettoie la cabine.

Elle se tourna vers Katsa et ajouta :

— On a besoin de moi sur le pont, princesse. Montez aussi, si vous le souhaitez. Votre amie aura moins le mal de mer là-haut.

— Je vous interdis de m'appeler ainsi, répéta Katsa.

Fawn l'ignora et se dirigea vers le couloir. Katsa et Bitterblue lui emboîtèrent le pas. Arrivée à l'échelle, la capitaine se retourna vers elles.

— Princesse, je ne vous questionnerai pas à propos de vos déguisements ni de la raison pour laquelle cette fillette est en danger, cela ne me regarde pas. Toutefois, si vous avez besoin de mes conseils ou de quoi que ce soit, sachez que je suis à votre service.

Katsa effleura l'anneau d'or. Après tout, elle était contente du pouvoir qu'il lui procurait, puisque cela lui permettait d'aider Bitterblue. Po lui avait peut-être remis cette bague pour mieux protéger sa cousine. Mais elle ne voulait pas que l'équipage remarque le bijou et la traite comme une altesse royale. Elle le fit glisser à l'intérieur du col de son manteau.

— Le prince Po est donc en train de se rétablir ? demanda la capitaine Fawn avec inquiétude.

Katsa hocha tristement la tête. Depuis qu'elle était montée à bord de ce vaisseau, tout était devenu confus dans son esprit.

Sur le pont, elle entraîna Bitterblue vers le bastingage. Ensemble, elles respirèrent l'air marin et scrutèrent les flots sombres.

33

Ce qu'elle aimait vraiment, c'était se pencher au-dessus du bastingage et regarder la proue du navire fendre les vagues. En particulier quand celles-ci étaient hautes ou que des flocons de neige lui picotaient les joues. Cela faisait rire l'équipage qui affirmait que Katsa était un marin-né. Ce à quoi Bitterblue ajoutait que Katsa était venue au monde pour accomplir des choses qui terrifiaient les gens normaux.

Ce qu'elle voulait vraiment, c'était grimper au sommet du plus haut mât. Par un jour de ciel dégagé, Patch, le second du capitaine Fawn, envoya un dénommé Red dénouer des cordages emmêlés et proposa à Katsa d'accompagner ce dernier.

— Vous ne devriez pas l'encourager, reprocha Bitterblue à Patch.

— De toute façon, avec ou sans mon accord, elle finira par monter là-haut, répliqua Patch. Je préfère qu'elle le fasse quand je peux la surveiller que de nuit ou par mauvais temps.

— Si vous croyez que cela l'empêchera d'y retourner…

— Attention ! prévint Patch alors que le navire tanguait.

Tandis que Bitterblue glissait sur le pont, il la souleva et la prit dans ses bras. Ensemble, ils observèrent Katsa escalader le mât derrière Red, et quand depuis son perchoir qui se balançait avec le bateau elle baissa enfin la tête, elle songea à Bitterblue qui faisait difficilement confiance aux hommes, et qui laissait maintenant le grand marin la serrer contre lui, comme un père, et avait même passé un bras autour de son cou en riant.

Selon les prévisions du capitaine, la traversée devait durer quatre ou cinq semaines. Le vaisseau progressait à vive allure et, la plupart du temps, ils étaient seuls sur l'océan. C'était un soulagement pour Katsa de ne pas se sentir traquée, de ne pas avoir à se cacher.

— Quand je pense que nous ne sommes même pas restés vingt-quatre heures à Suncliff, commenta la capitaine. Vous avez de la chance. C'est mon don qui nous a permis de partir ce jour-là.

— Et qui nous permet d'aller si vite, renchérit Katsa.

Car c'était un hiver orageux, et même si leurs fréquents changements de cap ressemblaient à une danse étrange, ils parvenaient à échapper aux tempêtes.

Katsa avait expliqué au capitaine les raisons de leur fuite et le danger que représentait le don de Leck. Elle le lui avait dit après avoir eu le sentiment que les quarante et quelques hommes à bord savaient exactement qui étaient Katsa et Bitterblue et connaissaient leur destination. Une fois qu'elles auraient atteint Lienid et que le navire poursuivrait ses activités commerciales entre les différents royaumes, ces marins deviendraient donc de potentiels informateurs. Elle fit part de cette inquiétude à son interlocutrice.

— J'ai confiance en la majorité de mes matelots, princesse, répondit Fawn. Pas en tous.

— Vous ne comprenez pas, répliqua Katsa. Même avec un don, je suis vulnérable face au pouvoir du roi Leck. Jurer de garder le secret ne suffit pas. Si la rumeur répandue par Leck arrive à leurs oreilles, ils oublieront leur promesse.

— Qu'attendez-vous de moi, princesse ?

Katsa scruta les cartes étalées sur la table et attendit que la capitaine trouve seule la réponse. Ce ne fut pas long.

— Vous voulez que nous restions en mer après vous avoir débarquées, n'est-ce pas ? Durant tout l'hiver – ou plus longtemps, indéfiniment, peut-être – jusqu'à ce que vous et le prince Po, qui n'avez par ailleurs aucun moyen de communiquer l'un avec l'autre, parveniez à neutraliser le roi de Monsea. Et pendant ce temps-là, nous devrons attendre patiemment un bateau qui nous annoncera que nous pouvons de nouveau poser un pied sur la terre ferme, je suppose ? Nous sommes un navire marchand, princesse, conçu pour naviguer de port en port, pour se réapprovisionner en nourriture et en eau douce à chaque escale. Retourner directement à Lienid ne nous arrange pas.

— Vous transportez des fruits et des légumes, répliqua Katsa. Vos marins savent pêcher.

— Nous allons manquer d'eau douce.

— Dans ce cas, passez sous un orage.

La capitaine la dévisagea d'un air incrédule. Katsa se dit qu'il s'agissait d'une suggestion absurde. Qu'il était stupide d'espérer qu'un vaisseau aille tourner en rond dans un coin glacial de l'océan, en guettant des nouvelles qui n'arriveraient peut-être jamais. Tout cela pour sauver une jeune vie. Mais à sa surprise, la femme déclara :

— Vous en demandez beaucoup. Néanmoins, votre requête est justifiée. Leck est un homme dangereux. Et pas seulement pour sa fille, pour les sept royaumes. Si mes hommes restent en mer, loin des rumeurs, ils garderont l'esprit clair et demeureront opérationnels. De plus, j'ai promis de vous aider.

— Vous êtes vraiment prête à accepter ma proposition ? s'étonna Katsa.

— Princesse, je ne suis pas en position de vous refuser quoi que ce soit. Je resterai en mer tant que la vie de mon équipage et la mienne ne seront pas menacées. Et à condition qu'on me dédommage pour les stocks de marchandises non écoulées.

— Vous serez dédommagée.

Elles parvinrent donc à un accord. La capitaine

patienterait à l'ouest d'une île déserte, au large de Lienid, jusqu'à ce qu'un bateau vienne les chercher, ou que les circonstances à bord l'obligent à débarquer sur la terre ferme.

— Je me demande ce que je vais dire à mon équipage, déclara la capitaine.

— La vérité, conseilla Katsa. Quand le moment sera venu.

Un jour, alors que Katsa et Bitterblue déjeunaient dans la cuisine du navire, la capitaine Fawn leur demanda comment elles avaient pu se rendre à Suncliff sans se faire repérer.

— Nous avons franchi les montagnes de Monsea pour atteindre Sunder.

— Le col est pourtant surveillé…

— Nous avons emprunté le col de Grella.

La capitaine posa son gobelet sur la table.

— Je ne vous crois pas.

— C'est pourtant vrai.

— Et vous n'y avez pas perdu la vie ? Ni même vos orteils et vos doigts ?

— Katsa me portait, intervint Bitterblue.

— Et le temps était clément, renchérit Katsa.

La capitaine éclata de rire.

— Inutile de mentir, princesse. Je sais qu'il neige même en été sur le col de Grella, c'est l'un des endroits les plus froids des sept royaumes.

— Il n'empêche que cela aurait pu être pire le jour où nous l'avons franchi, insista Katsa.

Le capitaine rit de nouveau.

Quelques jours plus tard, Katsa prit un bain dans l'océan glacé, ce qui, selon Bitterblue, prouvait une fois de plus qu'elle était folle. Alors qu'elle était assise sur le lit de leur cabine étroite, et qu'elle se séchait à l'aide d'une serviette, Bitterblue lui toucha l'épaule, là où le puma avait laissé sa marque.

— Ça a bien cicatrisé, commenta-t-elle. C'est le souvenir d'un combat que vous avez gagné haut la main.

— Je m'en suis sortie de justesse. Il aurait pu me tuer.

— J'aimerais tant posséder votre don, murmura la fillette. Et pouvoir me défendre contre n'importe quoi.

Bitterblue formulait souvent ce souhait. Et Katsa se souvint, soudain alarmée, que la princesse se trompait. Car, face à Leck, Katsa était sans défense.

Cependant, Bitterblue pouvait apprendre à se défendre. Quand un après-midi Patch la taquina à propos du couteau rangé dans l'étui de cuir qui pendait à sa ceinture – celui qui était aussi long que son avant-bras –, Katsa décida de faire d'elle une enfant plus menaçante. Car elle trouvait absurde qu'on n'apprenne pas aux êtres les plus faibles des sept royaumes – les filles et les femmes – à se battre. Alors que les plus forts recevaient un entraînement qui leur permettait d'exploiter au mieux leurs capacités physiques.

Katsa commença donc à enseigner l'art de manier un couteau à Bitterblue. Il fallait d'abord se sentir à l'aise avec, comme si c'était une extension naturelle du bras. Et le tenir correctement, afin qu'il ne glisse pas. Cette première leçon fut plus difficile pour l'enfant que Katsa ne l'avait imaginé. Le couteau était lourd. Tranchant. Et le pont du bateau tanguait. Bitterblue serrait le manche trop fort.

— Vous avez peur de votre propre dague, commenta Katsa.

— J'ai peur de tomber dessus, répondit Bitterblue, ou de blesser quelqu'un avec par accident.

— C'est normal. Il faut vous détendre. Et tenir ce couteau comme je vous l'ai montré.

L'enfant se détendit un instant, puis, dès qu'un marin s'approcha, ses doigts se crispèrent de nouveau autour du manche.

Katsa changea de stratégie. Elle mit temporairement fin aux leçons et fit déambuler la fillette, le couteau à la main, sur le bateau. Bitterblue rendait visite à ses amis les marins, empruntait l'échelle pour passer d'un pont à un autre, mangeait dans la cuisine, et inclinait la tête sur le côté quand elle regardait Katsa grimper dans les voiles. Au début, elle avait du mal à faire passer le couteau d'une main à l'autre. Après quelques jours, elle se familiarisa avec son arme et Katsa commença à lui apprendre à s'en servir. Les progrès furent lents. Malgré sa détermination et sa persévérance, la fillette n'était pas habituée à effectuer certains mouvements. Si elle avait essayé de se battre, elle n'aurait eu une chance de s'en sortir qu'en employant des méthodes non traditionnelles.

— Ce qu'il faut faire, lui expliqua Katsa, c'est infliger le plus de douleur possible dès que l'occasion se présente.

— Et essayer d'oublier votre propre douleur, conseilla Jem.

Lorsqu'il n'était pas occupé, Jem participait à l'entraînement de Bitterblue, ainsi que Bear et d'autres marins. Certains jours, les leçons se déroulaient dans la cuisine et distrayaient l'équipage durant les repas. Les matelots ne comprenaient pas tous la raison pour laquelle il fallait enseigner ce genre de techniques à une enfant, mais nul ne se moquait d'elle, même quand Katsa lui apprenait à mordre, à griffer ou à tirer les cheveux.

— Vous n'avez pas besoin de force pour enfoncer les pouces dans les yeux d'un ennemi, déclara Katsa.

— C'est répugnant, protesta Bitterblue.

— Quelqu'un de votre taille ne peut s'offrir le luxe de se battre proprement.

— Je n'ai pas dit que je ne le ferai pas. Je trouve simplement cela dégoûtant.

Katsa réprima un sourire.

— Oui, je suppose que ça l'est.

Elle lui montra les endroits du corps où elle pouvait tuer un homme en le poignardant. Elle lui enseigna comment cacher un petit couteau à l'intérieur de sa botte et comment le brandir rapidement.

Un après-midi, alors que Bitterblue venait d'envoyer un coup de coude dans les parties de Bear, lequel, plié en deux, gémissait, Red la félicita.

— Et maintenant, que faites-vous ? demanda Katsa à la fillette.

— Je le poignarde à la nuque, répondit Bitterblue.

— Bravo.

— Elle a du cran, complimenta Red.

Les marins ne manquaient pas d'encourager l'enfant. Et ils lui avaient ainsi donné davantage confiance en elle-même.

— Naturellement, elle n'aura jamais besoin d'utiliser ces méthodes, ajouta Red.

— Mieux vaut qu'elle n'ait jamais à s'en servir que de ne pas les connaître le jour où elle en aura besoin, répliqua Katsa.

— Certainement, princesse. Comme le prince Po, vous êtes bien placée pour le savoir. Ensemble, vous seriez capable de former une armée d'enfants.

Soudain, une vision de Po vacillant sur ses pieds vint troubler Katsa. Elle la chassa de son esprit et se concentra sur les exercices de Bitterblue.

34

Quand elle vit Lienid, Katsa était perchée sur le nid-de-pie avec Red. C'était conforme à la description de Po ; irréel, comme une tapisserie, une chanson. Des falaises sombres, couvertes de champs enneigés, s'élevaient de la mer. Au centre des champs, elle pouvait distinguer, scintillante et dorée, une ville juchée sur un relief rocheux.

Tandis que le navire se rapprochait, elle comprit que les demeures de la ville brillaient car elles étaient composées de grès brun, de marbre jaune, et de quartz blanc que le soleil illuminait, de même que l'or des dômes et des tourelles du château qui se dressait au-dessus des autres habitations : le château de Ror où Po avait grandi. Si majestueux et si lumineux que Katsa en restait bouche bée.

Cela fit rire Red, qui annonça :

— Terre en vue !

Sur le pont, les hourras des marins fusèrent. Red commença à descendre, mais Katsa restait immobile. Elle contemplait la ville de Ror dont la taille croissait peu à peu. Sur le relief, elle pouvait distinguer une route qui montait en spirale jusqu'à la ville, ainsi que des monte-charge, qui s'élevaient depuis les champs. Quand le vaisseau s'éloigna de la côte sud-est de Lienid pour se diriger vers le nord, Katsa se retourna et regarda la ville jusqu'à ce qu'elle ne fût plus qu'un point à l'horizon. Regarder la ville de Ror lui avait presque fait mal aux yeux, et que Po fût originaire d'un endroit aussi lumineux ne l'étonnait pas.

Le navire contourna le nord de l'île de Lienid puis se dirigea vers l'ouest. Katsa aperçut des plages de sable blanc. Des nuages orageux masquaient les montagnes. Sur une falaise, les troncs noirs des arbres dépouillés se découpaient sur le ciel d'hiver.

— Les arbres de Po, commenta Patch. Leurs feuilles prennent des couleurs argent et or durant l'automne. Il y a deux mois, ils étaient magnifiques.

— Ils le sont toujours, répondit Katsa.

— Mais il fait gris à Lienid durant l'hiver. Les autres saisons sont une explosion de couleurs. Vous verrez, princesse.

Katsa le regarda d'un air surpris. Après tout, si elle restait longtemps à Lienid, elle verrait, en effet. Elle explorerait le château de Po, localiserait les cachettes, les rendrait plus sûres. Elle mettrait sur pied une garde avec les soldats qu'elle trouverait sur place. Elle réfléchirait à un plan en attendant des nouvelles de Po ou de Leck. Et tout en renforçant la sécurité du château, elle protégerait son esprit des éventuelles nouvelles imprégnées du venin de Leck.

— J'ai eu connaissance de votre requête, confia Patch d'un air grave. La capitaine en a parlé à quelques membres de l'équipage, dont moi. Elle cherche à obtenir notre soutien quand le moment sera venu de faire part de votre demande au reste des matelots.

— Alors, êtes-vous dans son camp ? demanda Katsa.

— J'ai fini par m'y ranger.

— J'en suis heureuse. Et je suis également navrée.

— Ce n'est pas votre faute si le roi de Monsea est un monstre.

La neige se mit à tomber. Katsa tendit les mains pour recueillir des flocons.

— À votre avis, quel est son problème ? reprit Patch.

— Comment cela ?

— Pourquoi éprouve-t-il du plaisir à faire souffrir les gens ?

Katsa haussa les épaules.

— Parce que son don lui permet de le faire facilement.

— Mais chacun a le pouvoir de martyriser autrui et ne s'en sert pas pour autant.

En songeant à la cruauté de Randa et de Murgon, Katsa répondit :

— Je ne sais pas. Il me semble que beaucoup de rois profitent de leur pouvoir pour commettre des actes iniques, et Leck est tout-puissant. J'ignore l'origine de son sadisme, je sais simplement que nous devons y mettre un terme.

— Pensez-vous qu'il sait où vous êtes, princesse ?

Katsa regarda les flocons fondre dans sa paume.

— Après avoir quitté Monsea, nous avons croisé peu de gens sur notre route. Et hormis l'équipage de ce vaisseau, nul ne connaît notre destination. Néanmoins, Leck nous a vus, Po et moi, il nous a reconnus. Il existe peu d'endroits où cacher Bitterblue. Il finira sans doute par orienter ses recherches vers Lienid. Je dois trouver un endroit sûr dans le château ou parmi la nature environnante.

— Le temps restera rude jusqu'au printemps, informa Patch.

— Si nous devons rester en plein air, cela ne sera sans doute pas d'un grand confort pour Bitterblue, mais je veillerai sur elle.

Po lui avait confié que son château était petit. Cependant, après avoir vu celui de Ror emplir le ciel, Katsa se demanda si le prince Graceling mesurait la taille des choses de la même façon que les autres gens. Car aussi grand que fût le château de Randa, il semblait minuscule comparé à celui de Ror.

Quand elle distingua enfin la propriété de Po, elle sourit. De taille modeste, construit en pierre blanche, agrémenté de fenêtres et de balcons bleus, il ne possédait qu'un seul élément évoquant une résidence princière : une tour carrée. Érigé au sommet d'une falaise, il paraissait vulnérable au vent, comme si une forte brise eût pu le faire basculer dans la mer. Elle comprenait pourquoi les balcons étaient dangereux durant l'hiver. Certains surplombaient le vide.

Sous le château, les vagues allaient s'écraser contre la paroi rocheuse. Elle distingua une petite plage de sable parmi les rochers, ainsi qu'un escalier qui apparaissait et disparaissait le long de la falaise, et qui menait à l'un des côtés du château, puis à un balcon.

Fawn la rejoignit.

— Où allons-nous débarquer ? demanda Katsa.

— Il y a une baie de l'autre côté de cet escarpement, non loin de la plage. Nous jetterons l'ancre là-bas. Sur cette baie, vous trouverez un sentier qui monte en s'éloignant du château. Vous aurez l'impression de progresser dans la mauvaise direction, mais, à un moment donné, le sentier forme une boucle qui vous conduira à l'entrée de votre résidence. Même s'il neige, le chemin sera déblayé en prévision du retour du prince.

— A-t-il beaucoup de domestiques ?

— Non, je ne pense pas, princesse. Et permettez-moi de vous rappeler qu'il s'agit maintenant de votre propriété et de vos serviteurs.

Oui, Katsa le savait. C'était d'ailleurs pour cela qu'elle songeait avec appréhension à sa première rencontre avec les résidents du château. Comment allaient-ils réagir face à Lady Katsa des Middluns, terreur Graceling notoire, en possession de l'anneau de Po ? Que diraient-ils de ses intentions de transformer le château en forteresse et de couper tout contact avec le monde extérieur ?

Elles gravirent le sentier abrupt. N'ayant plus l'habitude de marcher sur la terre ferme, Bitterblue manquait d'équilibre et Katsa la soutenait. Le vent les poussait vers la bâtisse blanche dont la cour était cernée par des arbres massifs. La tour carrée surgissait derrière les arbres. Katsa distingua de grandes fenêtres, un belvédère, une écurie et un jardin potager.

Arrivées au château, elles foulèrent le sol carrelé et coloré de la cour. Katsa s'approcha de la lourde porte de bois. À sa surprise, celle-ci s'ouvrit avant qu'elle n'ait eu le temps d'y frapper. Un vieil homme vêtu d'un long manteau brun de domestique les fit entrer.

— Bienvenue ! dit-il. Dépêchez-vous, nous sommes en train de laisser sortir la chaleur.

Elles le suivirent à travers un hall sombre. Katsa remarqua un escalier qui menait à l'étage supérieur ainsi que trois cheminées. Bitterblue s'appuyait au bras de Katsa.

— Je suis Lady Katsa des Middluns, commença-t-elle.

Mais l'homme l'interrompit en lui indiquant des doubles portes situées devant eux.

— Par ici. Mon maître vous attend.

Katsa le dévisagea d'un air incrédule.

— Votre maître ! Comment est-ce possible ?

— Toute la famille est dans la grande salle, poursuivit le serviteur en pressant le pas.

— Toute la famille ! répéta Katsa.

Elle croisa le regard stupéfait de Bitterblue. La fillette aussi semblait étonnée que Po ait pu regagner Lienid si vite, malgré son état de santé, et sans se faire remarquer.

— Le prince est arrivé depuis combien de temps ? questionna-t-elle.

— Les princes sont là depuis peu de temps, répondit le vieil homme, et il ouvrit les portes.

— Comme je suis heureux de vous voir ! s'exclama une voix. Entrez, mes chères, venez nous honorer de votre présence.

La voix semblait familière à Katsa. La fillette s'agrippait à elle. Katsa examina les étrangers assis le long des murs de la vaste pièce. Au bout de celle-ci, souriant et les jaugeant de son œil unique, se tenait le roi Leck de Monsea.

35

Katsa se méfia aussitôt de ce roi si aimable et si chaleureux. Pourtant, ses paroles étaient accueillantes, les gens souriaient avec bienveillance autour de lui, Katsa n'aurait pas dû se sentir mal à l'aise. En fait, il lui déplaisait pour une raison qu'elle ne pouvait pointer. Plantée à l'entrée de la salle, elle hésitait. Elle avança d'un pas. Elle procéderait avec prudence. Mais Bitterblue protestait.

— Reculez ! implorait-elle. Il ment ! Il ment !

Katsa prit conscience que l'enfant non plus n'aimait pas le roi.

— Ma fille est souffrante, déclara ce dernier. Cela me chagrine de la voir ainsi.

Et Katsa se rappela qu'il était le père de Bitterblue.

— Aidez votre nièce, dit Leck en se tournant vers la dame qui était assise à sa gauche.

Celle-ci bondit et s'élança vers elles.

— Pauvre enfant ! s'apitoya la tante.

Mais Bitterblue la repoussa en hurlant et en la frappant.

Katsa prit la fillette dans ses bras d'un air absent. Elle regarda l'inconnue. Son front, son nez ressemblaient à ceux de Po. Ainsi que la forme de ses yeux, mais pas la couleur. Katsa comprit. Il s'agissait de la mère de Po.

— Elle est hystérique, gémit la dame.

— Oui, répondit Katsa en serrant Bitterblue contre elle. Je vais la calmer.

— Où est mon fils ? Le savez-vous ?

— En effet, renchérit Leck, la tête inclinée sur le côté. Vous n'êtes que deux. Votre partenaire est vivant, j'espère ?

— Oui, répondit Katsa.

Leck se redressa.

— Vraiment ? Quelle excellente nouvelle. Nous allons peut-être pouvoir le secourir. Où est-il ?

— Ne le lui dites pas ! cria Bitterblue. Ne le lui dites pas ! Ne le…

Katsa la fit taire.

— Tout va bien, murmura-t-elle.

— Je vous en supplie, ne le lui dites pas.

— Entendu, répondit Katsa.

Et Bitterblue se tut.

Leck caressa le manche de son couteau d'un air pensif. Il scrutait Bitterblue.

— Ma fille a perdu la raison, déclara-t-il. Elle est perturbée, elle pense que je lui veux du mal. Je l'ai expliqué à la famille du prince Po, je leur ai raconté comment elle s'était enfuie après l'accident de sa mère et que vous aviez veillé sur elle pour m'aider.

Katsa étudia les autres visages familiers. Elle avisa un homme plus âgé que Leck, le père de Po. Un port de tête fier, mais un regard vague. Comme celui des jeunes hommes – ses fils – et de leurs épouses.

— Oui, répondit distraitement Katsa, j'ai veillé sur elle.

— Dites-moi, tonna Leck, comment avez-vous quitté Monsea ? En franchissant les montagnes ?

— Oui, répondit Katsa.

Leck renversa la tête en arrière et s'esclaffa.

— Je m'en étais douté. Quand j'ai perdu votre trace, j'ai failli me résigner à attendre. Je savais que vous referiez surface quelque part. Et lorsque je me suis renseigné, Lady Katsa, j'ai appris que vous n'étiez plus la bienvenue chez vous, au château de Randa. Cela me rendait fou de rester assis pendant que ma chère enfant … (Il regarda Bitterblue et se frotta les lèvres.) Pendant que ma fille n'était pas auprès de moi. J'ai donc ordonné à mes soldats de poursuivre leurs recherches à travers les royaumes et décidé de me rendre seul à Lienid.

— Vous n'auriez pas dû vous inquiéter, répondit Katsa, le cerveau embrumé. Je l'ai protégée.

— Oui. Et vous l'avez emmenée sur la côte ouest de Lienid, afin de la déposer ici, à mon domicile.

Katsa avait cru qu'il s'agissait de la propriété de Po. Ou de la sienne. Non, c'était absurde. Son royaume était celui des Middluns et elle ne possédait aucun château. Elle avait du mal à comprendre ce que quelqu'un lui avait dit.

— À présent, vous pouvez me la rendre, reprit Leck.

Katsa opina, mais se détacher de la fillette l'ennuyait. D'un air abasourdi, cette dernière gémissait et répétait les paroles de Leck en marmonnant.

— Oui, fit Katsa, mais quand elle sera moins troublée.

— Non, répliqua Leck. Sur-le-champ. Je sais comment l'apaiser.

Katsa n'aimait pas le ton autoritaire de cet homme. Ni sa façon de regarder Bitterblue. Elle leva le menton.

— Tant qu'elle ne sera pas rétablie, elle restera avec moi.

Leck rit. Il se tourna vers les gens réunis autour de lui.

— Lady Katsa est très contrariante. Mais on ne peut lui en vouloir de chercher à protéger une enfant. Soit. Je profiterai de la compagnie de ma fille plus tard.

— Pouvez-vous me dire où se trouve mon fils ? demanda la femme qui se tenait près de Katsa. Pourquoi n'est-il pas venu ? Est-il blessé ?

— Veuillez rassurer une mère anxieuse, Lady Katsa, dit Leck. Parlez-nous du prince Po ? Est-il près d'ici ?

Katsa se tourna vers la femme. Confusément, elle savait qu'il y avait des choses qu'elle devait ne pas révéler à propos de Po. Lesquelles ? Impossible de s'en souvenir. Le mieux était peut-être de ne rien dire du tout.

— Je ne souhaite pas parler de lui, répliqua Katsa.

— Vraiment ? lança Leck. Quel dommage ! Pour ma part, j'ai l'intention de le faire.

Il réfléchit un instant en tambourinant contre l'accoudoir de sa chaise, puis se lança :

— Notre Po est un jeune combattant vaillant. Il fait certainement honneur à sa famille. Toutefois, il me semble qu'une partie de la vérité est restée dans l'ombre.

Katsa frémit. Leck l'observait en affichant une moue désapprobatrice. Puis il regarda tour à tour les membres de la famille de Po.

— J'hésitais à vous exposer ma vision des choses, reprit-il, mais je pense maintenant qu'il est nécessaire de le faire avant son éventuel retour. Naturellement, ce que je m'apprête à vous révéler modifiera sans doute la manière dont vous accueillerez votre héros. Voyez-vous, j'ai développé une théorie à propos de notre cher prince. Une théorie fascinante bien que navrante. (Il sourit aux visages perplexes qui l'écoutaient.) Car il est toujours désolant d'apprendre que l'on a été trahi par un frère ou un fils. Et j'ai le sentiment que Lady Katsa sait parfaitement à quoi je fais allusion.

Les princes et le roi Ror fronçaient les sourcils. Katsa sondait sa propre mémoire où la confusion continuait de régner.

— Ma théorie concerne le don du prince Po, reprit Leck.

— Attendez ! protesta la reine de Lienid.

Elle se tourna vers Katsa, puis, semblant soudain effarée, se tut. Katsa sentit alors un danger imminent. Des souvenirs lui revenaient à l'esprit.

— Votre Po vous a caché un secret, poursuivit Leck. N'est-il pas vrai, Lady Katsa, que le prince Po...

Ce fut à ce moment-là que Katsa réagit. En un éclair,

elle posa Bitterblue à terre, saisit sa dague, la lança en direction de Leck. Pas parce qu'elle se rappelait qu'il fallait tuer le roi de Monsea, mais parce qu'elle se souvenait que Po détenait en effet un secret, un terrible secret qu'elle avait oublié, mais dont la révélation entraînerait de graves conséquences pour lui. Elle devait donc faire taire Leck avant qu'il ne fût trop tard.

Finalement, Leck aurait dû se contenter de mentir. Car c'était en voulant dire la vérité qu'il était mort.

La dague atteignit sa cible. Elle s'enfonça à l'intérieur de la bouche ouverte de Leck et le cloua au dossier de sa chaise. Du sang coulait le long de son habit. Les dames hurlaient et les hommes s'élancèrent vers Katsa en brandissant leurs épées. Instantanément, elle comprit qu'elle ne devait pas blesser les frères de Po ou son père. Soudain, ceux-ci s'immobilisèrent. Bitterblue s'était placée entre eux et Katsa. Elle avait sorti son couteau et sa main tremblait légèrement.

— Ne lui faites pas de mal, déclara la fillette. Elle a eu raison d'agir ainsi.

— Mon enfant, répondit Ror. Ôtez-vous de notre chemin. Vous divaguez, vous défendez l'assassin de votre père.

— Je ne divague pas, sa mort me soulage. Je ne suis plus une princesse. Je suis devenue la reine de Monsea et c'est donc à moi de décider s'il faut punir Katsa.

Sa main ne tremblait plus et elle affichait un air déterminé. Les frères et le père de Po formaient un demi-cercle. L'or luisait à leurs doigts et à leurs oreilles. Même si aucun éclat n'animait leurs yeux, ils ressemblaient à sept variantes de Po. Katsa les observait. La fatigue l'empêchait de réfléchir. Au fond de la salle, plusieurs femmes sanglotaient.

— Elle a tué votre père, bredouilla Ror.

— Mon père était un homme diabolique. Son don lui permettait de fourvoyer les gens avec ses paroles. Il vous a menti à propos du décès de ma mère, de ma santé mentale, de ses intentions envers moi. Lady Katsa m'a protégée de sa malveillance. Aujourd'hui, elle m'a sauvée.

Les hommes se frottèrent le crâne d'un air ahuri.

— Leck a-t-il dit… que ce château lui appartenait ? questionna Ror en contemplant les anneaux à ses doigts.

La mère de Po se tourna vers son époux.

— Il me semble que oui, répondit-elle. Écoutez, ce qu'a commis Lady Katsa n'est pas totalement injustifié. De toute évidence, Leck s'apprêtait à accuser Po de quelque crime ridicule. Pour ma part, je crois qu'il nous a menti, ajouta-t-elle en pressant une main sur sa poitrine. Nous devrions nous rasseoir et en débattre.

Son mari et ses fils hochèrent la tête sans conviction. Ror fit un geste vers les chaises. Il regarda le cadavre de Leck comme s'il l'avait oublié.

— Apportez les sièges ici ! ordonna-t-il. Loin de cet affligeant spectacle. Et consolez vos femmes. Bitterblue, pourriez-vous répéter ce que vous venez de nous révéler ? Je n'ai pas les idées très claires. Quant à vous, mes fils, ne rengainez pas vos fers et restez prudents.

— Je vais la désarmer, annonça Bitterblue. Vous vous sentirez plus à l'aise.

D'un air navré, elle tendit la main vers Katsa. Katsa introduisit la sienne à l'intérieur de sa botte et remit son couteau à l'enfant. Elle se laissa choir sur la chaise qu'on lui apporta. D'un air hébété, elle avisa les femmes qui séchaient leurs larmes, cramponnées au bras de leurs maris. Puis elle se prit la tête entre les mains. La mémoire lui revenait et elle comprit enfin ce qui venait de se passer.

C'était comme l'effet d'un sortilège qui s'estompait, laissant l'esprit vide en se retirant. La famille de Po se remit à parler lentement, peinant à restituer les propos d'une conversation oubliée. Quand Bitterblue interrogea Ror, ce dernier se montra incapable de lui répondre. Il ne savait plus quand le roi de Monsea était arrivé à Lienid, ni ce que ce dernier lui avait déclaré pour le convaincre de venir le rejoindre avec sa femme et ses fils dans cet endroit isolé de Lienid. Il ne savait plus pourquoi il avait accepté de se soumettre à la volonté de Leck, ni d'attendre avec lui l'éventuel retour de sa fille.

— Il… il m'a dit qu'il aimerait s'établir dans ma ville, confia soudain Ror. Près de mon trône !

— Il m'a révélé quelque chose à propos de mes servantes ! s'exclama son épouse. Quelque chose que je ne devais répéter à personne.

— Il a parlé de modifier nos accords commerciaux en sa faveur ! éructa Ror.

Il se leva et se mit à arpenter la pièce. Par respect, Katsa se leva aussi, mais la mère de Po la fit rasseoir.

— Si nous l'imitions à chaque fois qu'il se lève, nous passerions notre temps debout…

Elle lui parlait d'une voix douce. Plus l'assemblée réunie dévoilait les manipulations de Leck, plus la reine de Lienid contemplait Katsa avec gentillesse. La fureur de Ror augmentait. Ses fils manifestaient leur outrage et marchaient maintenant dans la salle en gesticulant. L'un d'eux s'approcha de Katsa.

— Comment va Po ? s'enquit-il.

Katsa sentit une larme rouler sur sa joue et laissa Bitterblue raconter leur épopée à sa place. La fillette leur apprit que Leck avait enlevé Tealiff et assassiné Ashen. Que ses soldats avaient presque tué Po. Agenouillé au sol, Ror en pleurait de rage. Et les cris indignés de ses fils redoublaient.

Le jeune homme qui s'était adressé à Katsa revint vers elle.

— Vous pensez qu'il va guérir ? demanda-t-il. Allez-vous retourner le chercher ? Puis-je vous accompagner ?

— Comment vous appelez-vous ? répondit Katsa.

L'inconnu sourit.

— Skye. Je n'ai jamais vu quelqu'un lancer une dague aussi vite. Vous êtes exactement comme je vous avais imaginée.

Il se dirigea vers son père. Katsa eut un haut-le-cœur. Le meurtre qu'elle venait de commettre la rendait malade. Certes, la mort de Leck était unc bonne chose. Mais elle avait utilisé une dague pour empêcher un homme de parler. Et cela, elle ne l'avait jamais fait auparavant. Même pour satisfaire Randa. Elle n'avait même pas eu conscience de la gravité de son acte.

Tandis que le soir tombait, la famille continua de se disputer au sujet de Leck, ressassant des détails sans importance. Bitterblue était saine et sauve, voilà ce qui comptait, selon Katsa. Et loin d'eux, blessé, seul, Po luttait contre l'hiver de Monsea. Elle devait le retrouver au plus vite.

— Allez-vous leur parler de l'anneau ? questionna Bitterblue alors qu'elles se trouvaient toutes deux dans leur chambre à coucher.

— Non. Je ne tiens pas à les inquiéter inutilement. Je le rendrai à Po dès que je le reverrai.

— Allons-nous partir de bonne heure ?

Katsa dévisagea l'enfant qui se tenait devant elle, le visage sérieux, la main reposant sur le couteau accroché à sa ceinture. Avec ses cheveux courts et son pantalon, la reine de Monsea possédait l'allure d'un pirate miniature.

— Vous n'êtes pas obligée de venir, répondit Katsa. Ce ne sera pas un voyage reposant. Dès que nous aurons atteint Monport, nous irons le plus vite possible, et je ne ralentirai pas ma monture pour votre confort.

— Je veux vous accompagner.

— Vous êtes la reine de Monsea, maintenant. Vous pouvez naviguer à bord d'un navire de luxe. Et même attendre une saison plus clémente pour voguer sur les flots.

— Je ne veux pas attendre, répliqua Bitterblue.

Dans le fond, la décision de la fillette faisait plaisir à Katsa. Mais elle ne voulait pas le reconnaître.

— Alors nous partirons à l'aube, répondit Katsa. Je demanderai à Ror de réquisitionner un bateau au village le plus proche. Nous irons d'abord chercher la capitaine Fawn afin de réapprovisionner son navire. Puis elle nous emmènera à Monport.

Bitterblue opina.

— Dans ce cas, je vais prendre un bain et me coucher. À qui dois-je m'adresser pour avoir de l'eau chaude ?

Katsa sourit.

— Faites tinter la cloche, Votre Altesse. Les domestiques de Po sont débordés, mais pour la souveraine de Monsea, quelqu'un viendra, je suppose.

En fait, ce fut la mère de Po qui se présenta. Elle appela une servante, laquelle, les bras chargés de serviettes, fit une révérence à la fillette avant de l'entraîner dans une autre pièce. La reine de Lienid s'assit près de Katsa sur le lit. La lumière du feu qui brûlait dans l'âtre éclairait ses bijoux.

— Po m'a dit que vous portiez dix-neuf bagues, déclara Katsa, tout en essayant de chasser de son esprit l'image du cadavre de Leck.

La reine contempla ses doigts puis posa les mains sur ses genoux. Elle jeta un regard de biais à Katsa.

— Les autres pensent que la vérité à propos de Leck vous est revenue d'un coup. Que c'est la raison pour laquelle vous l'avez fait taire, afin que ses mensonges ne vous empêchent pas de perdre de nouveau la mémoire. Cependant, je crois savoir ce qui vous a réellement poussée à agir à ce moment-là.

Katsa dévisagea le visage calme de son interlocutrice et répondit :

— Po m'a révélé la véritable nature de son don.

— Il doit vous aimer énormément, commenta la reine.

— J'étais très en colère la première fois qu'il m'en a parlé. Je ne le suis plus.

— Allez-vous l'épouser ?

— Je ne me marierai jamais.

La mère de Po fronça les sourcils, mais ne la questionna pas davantage.

— Vous avez sauvé mon fils à Monsea, déclara-t-elle. Et vous l'avez de nouveau sauvé aujourd'hui. Je ne l'oublierai pas.

Elle se leva et baisa le front de Katsa. Puis elle quitta la chambre. Quand la porte se referma derrière elle, l'image de Leck ressurgit dans l'esprit de Katsa.

36

Sur le pont, Katsa observait les hommes qui hissaient le cercueil de Leck à bord du vaisseau. En son for intérieur, elle espérait que les cordages allaient rompre, afin que la dépouille de Leck tombe dans les flots et soit dévorée par les créatures marines. Elle grimpa le long du mât et s'installa dans les voiles.

Plusieurs têtes couronnées étaient maintenant en route pour Monport. Car non seulement Bitterblue était reine, mais le prince Skye et le roi Ror l'escortaient. Sa nièce, avait souligné Ror, était une enfant. Par ailleurs, elle allait devoir faire front à une situation difficile. Un royaume encore envoûté, croyant à la bonté de son souverain, à la folie de la fille de ce dernier. Bitterblue ne pouvait être envoyée seule à Monsea, pour dénoncer les crimes de son père devant un peuple qui le vénérait. Elle avait besoin de conseils et d'autorité. Ror pourrait l'aider.

Ror avait chargé Skye d'aller chercher Po. Silvern avait été envoyé dans les Middluns pour ramener Tealiff. Les uns après les autres, le reste des fils avaient insisté pour gouverner la ville de leur père en son absence, mais Ror était resté sourd à leurs demandes et leur avait ordonné de regagner leurs propres châteaux. Comme toujours, lorsqu'il s'éloignait du trône, Ror préférait laisser la reine gérer ses affaires.

Jour après jour, juchée en haut d'un mât, Katsa observait Ror. Elle s'était habituée à son rire sonore, à ses conversations qui mettaient les matelots à leur aise. Rien n'était compromettant ou humiliant avec Ror. Il était beau, comme Po, sûr de lui, comme Po, mais bien plus ferme que son fils. Il n'était pas ivre de pouvoir. Il n'aiderait sans doute jamais un matelot à hisser une charge en tirant sur une corde, néanmoins, il se tiendrait près du marin, et le questionnerait à propos de la corde, de son travail, de son foyer, de ses parents, de son cousin qui avait naguère passé un an à pêcher dans les lacs de Nander. Katsa n'avait jamais rencontré un roi qui regardait vraiment ses sujets au lieu de regarder au-dessus de leur tête, un roi qui s'intéressait à autre chose qu'à lui-même.

Katsa sympathisa facilement avec Skye. À l'occasion, il venait la rejoindre sur son perchoir. Malgré son rire qui s'envolait dans la voilure dès que le navire descendait au creux d'une vague, il n'était jamais aussi détendu que Katsa.

— Après avoir rencontré votre famille, j'ai pensé que Po devait être le plus silencieux de ses frères, lui dit-elle. Mais en fait, vous ne parlez guère plus que lui.

— Je peux me disputer avec vous si vous le souhaitez, fit-il en souriant. Et j'ai des milliers de questions à vous poser. Mais je me suis dit que si vous désiriez bavarder, vous bavarderiez, n'est-ce pas ? Au lieu de grimper jusqu'ici au risque d'être précipitée dans la mort dès que nous franchissons la crête d'une vague !

Sa présence, le ton amical de Ror, les gentillesses des marins envers Bitterblue quand celle-ci montait sur le pont – tout cela réconfortait Katsa. En pensant à son oncle Randa, elle le trouva minuscule comparé à Ror. Elle se demanda comment il avait pu un jour la placer sous son contrôle. Le contrôle, c'était cela qui tourmentait Katsa. Leck, lui, avait perdu le contrôle de soi.

— Katsa, reprit Skye, j'ai juste une question à vous poser. Vous n'êtes pas la femme de mon frère ?

— Non, répondit-elle avec un sourire sinistre.

— Alors pourquoi l'équipage vous appelle-t-il princesse ?

Elle glissa la main à l'intérieur du col de son manteau et produisit l'anneau d'or.

— Il me l'a donné sans m'expliquer les conséquences de son geste. Ni les raisons.

Skye examina la bague. Son expression passa de l'étonnement à la consternation, et finit par se transformer en dénégation bornée.

— Il avait probablement une raison rationnelle, décréta-t-il.

— Oui, répondit Katsa. J'ai l'intention de le faire parler, de gré ou de force.

Skye s'esclaffa puis se tut. Une ride d'inquiétude apparut sur son front. Katsa se sentit également anxieuse, car elle ne pouvait guérir Po à distance. Certaines choses n'étaient pas en son pouvoir et elle devait se préparer au pire avant de pénétrer à l'intérieur de la cabane située au pied des montagnes de Monsea.

Quand ils eurent débarqué à Monport, l'attente fut interminable. Le capitaine de la garde royale de Leck et ses gens de cour s'étaient déplacés afin d'écouter les incroyables changements que Ror avait à leur annoncer : l'interruption des recherches de Bitterblue, l'annulation des ordres concernant la capture de Katsa et l'exécution de Po.

— Quelqu'un l'a-t-il retrouvé ? questionna Katsa.

— Qui ? demanda le capitaine de la garde.

Il la regardait d'un air vague et se frottait la tête.

— Vos soldats ont-il retrouvé le prince de Lienid ? aboya Ror. Le plus jeune, un Graceling avec des yeux or et argent. Quelqu'un l'a-t-il vu ?

— Non, sire, je ne pense pas. Pardonnez-moi, ma mémoire me fait défaut.

— Oui, répondit Ror. Je comprends. Nous devons aller lentement.

Katsa bouillait d'impatience. Elle se mit à marcher de long en large derrière le roi de Lienid. Elle s'accroupit au sol et tenta de se calmer. La conversation s'éternisait. Il allait falloir attendre des heures avant que ses hommes se débarrassent du sortilège de Leck.

— Nous pourrions peut-être demander des montures ? suggéra Skye à son père.

Katsa bondit sur ses pieds.

— Oui, renchérit-elle. Au nom des Middluns, je vous en conjure !

Ror regarda Skye et Katsa tour à tour, puis ses yeux se posèrent sur Bitterblue.

— Si vous me laissez gérer la situation en votre absence, je ne vois aucune raison de vous retarder, ma nièce.

Bouche bée, le capitaine et les nobles de Monsea contemplaient leur nouvelle reine, déguisée en garçon et deux fois moins grande que Ror. Ils se frottèrent le crâne et les yeux. Le roi se tourna vers Katsa.

— Plus vite vous rejoindrez Po, mieux ça sera. Je ne vais pas vous retenir.

— Il nous faut deux chevaux, répliqua-t-elle. Les plus rapides de la ville.

— Et une escorte armée, souligna Ror. Car les gens que vous croiserez ne sauront pas ce qui s'est passé. N'importe quel soldat de Monsea tentera de vous capturer.

— Très bien, une escorte. Mais s'ils sont plus lents que moi, je ne les attendrai pas, déclara Katsa en faisant volte-face vers Skye. J'espère que vous êtes aussi bon cavalier que votre frère, lui lança-t-elle.

— Ou vous ne l'attendrez pas non plus ? questionna Ror. Et vous vous délesterez de Bitterblue quand votre destrier sera fatigué de la porter ? Et de votre monture quand elle s'effondrera d'épuisement ?

Il leva le menton et ajouta :

— Soyez raisonnable, Katsa. Des soldats vous escorteront durant tout le voyage. Et vous resterez avec la reine de Monsea et mon fils. C'est clair ?

— Pensez-vous vraiment que j'ai besoin de renfort pour les protéger d'éventuels attaquants ?

— Non ! aboya Ror. Vous êtes parfaitement capable de défendre Bitterblue, mon fils, le reste de mes fils et une centaine de chatons de Nander contre une armée déchaînée ! Mais que comptez-vous accomplir, au juste, en fonçant à travers Monsea avec la reine sur votre monture, et en massacrant à tour de bras les soldats de son royaume ? Cela ne pourra que nous desservir, Katsa. Vous voyagerez avec une escorte et cette escorte se chargera de fournir des explications à ceux qui veulent vous attaquer. Compris ?

Sans attendre sa réponse, il avisa le capitaine de la garde :

— Nous voulons quatre de vos meilleurs cavaliers et six de vos plus fringants destriers.

La route du port était large. Sa surface, un mélange de boue et de neige, portait les empreintes de milliers de sabots. Des talus blancs au-delà desquels s'étendaient des champs enneigés flanquaient chaque côté de la voie. Au loin, à l'ouest, Katsa pouvait distinguer la ligne sombre de la forêt et les montagnes. L'air était glacial, mais, assise devant elle, Bitterblue ne grelottait pas ; leur rythme effréné ne semblait pas la déranger. La fillette avait changé. Un jour, elle serait en mesure de diriger un royaume mieux que son prédécesseur. Raffin aussi. Et Ror semblait en bonne santé, son règne durerait longtemps. Cela faisait donc trois royaumes sur sept sur la bonne voie. Cela paraissait peu mais représentait pourtant un grand progrès.

Il y avait des villes, le long de la route du port, des villes abritant des auberges. Parfois, le groupe s'arrêtait dans l'une d'elles pour y manger en hâte ou y dormir durant les nuits les plus froides. Sans leur escorte, c'eût été impossible. Dès qu'ils entraient quelque part, les soldats présents dégainaient leurs épées, et ne relâchaient leur vigilance qu'après avoir entendu les explications des membres de la garde royale. Un soir, alors qu'ils pénétraient dans une auberge, Katsa se jeta sur Skye et le fit tomber au sol, évitant de justesse une flèche tirée par un archer. Puis, alors qu'elle s'apprêtait à riposter avec son arc, leur escorte intervint, mettant fin au conflit. Katsa aida Skye à se relever.

— Je pense que l'archer vous a confondu avec Po, déclara-t-elle. Il a remarqué vos anneaux d'or, vos cheveux sombres, et a tiré avant d'avoir pu voir vos yeux gris. À l'avenir, nous devrions laisser parler les soldats qui nous accompagnent avant d'entrer dans une pièce.

Skye l'embrassa sur le front.

— Vous m'avez sauvé la vie.

Son baiser fit sourire Katsa.

— Les gens de Lienid manifestent facilement leur affection, commenta-t-elle.

— Mon premier enfant portera votre prénom.

Katsa s'esclaffa.

— Attendez au moins de savoir si c'est une fille. Ou

même mieux : attendez que tous vos enfants soient plus âgés et prénommez Katsa le plus querelleur et borné d'entre eux.

Skye éclata de rire et l'étreignit. Katsa venait de se faire un nouvel ami.

Le groupe monta se coucher. L'archer fut conduit dehors où il allait probablement être puni pour avoir tiré une flèche qui aurait pu blesser Bitterblue. Car à Monsea, même si la plupart des gens ignoraient encore les détails de la mort de Leck et la véritable nature de ce dernier, ils commençaient à comprendre que Bitterblue était reine, qu'elle allait bien et qu'elle était saine d'esprit.

La route était dégagée mais ils durent s'en éloigner. À travers les champs couverts de neige et de glace, ils progressèrent vers l'ouest, en direction du repaire de Po. Les chevaux s'enfonçaient parfois dans la poudreuse jusqu'au poitrail.

Quelques jours plus tard, le groupe pénétra dans la forêt, où ils purent galoper de nouveau. Puis le sol commença à s'élever et les arbres à disparaître. Ils mirent pied à terre et gravirent l'escarpement à côté de leurs montures. À mesure qu'ils se rapprochaient de leur but, Katsa pressait ses compagnons d'accélérer l'allure. Un matin, Skye lui lança :

— Mon cheval est blessé !

Katsa s'arrêta et se retourna vers lui. Son destrier soufflait par les naseaux, comme s'il poussait un long soupir.

— Pauvre bête ! reprit Skye. Je suis sûr qu'il boite.

— Il ne boite pas, s'impatienta Katsa. Il est simplement fatigué et nous sommes presque arrivés.

— Qu'en savez-vous ? Vous n'avez même pas observé son pas.

— Faites-le avancer, maugréa-t-elle.

— Tu fais toujours de ton mieux pour épuiser les montures, lança une voix au-dessus de leurs têtes.

Katsa se figea. Puis elle leva les yeux et le vit, debout sur ses jambes, droit, le regard étincelant, les lèvres frémissantes. Le sentier qu'il avait creusé dans la neige s'étendait derrière lui.

— Je croyais qu'il était impossible de te surprendre, reprit Po. Que tu possédais la vue d'un aigle et l'ouïe d'un loup.

Katsa laissa échapper un cri de joie et s'élança vers Po. En se jetant dans ses bras, elle le fit tomber au sol. Il rit et l'enlaça. Bitterblue accourut et se vautra sur eux. Skye les aida tous à se relever. Po étreignit dignement sa cousine. Il donna l'accolade à son frère et ils s'amusèrent un instant à s'ébouriffer les cheveux. Puis Katsa se lova contre son bien-aimé et sanglota. Elle le serrait si fort contre elle qu'il se plaignait de ne plus pouvoir respirer.

Po serra les mains des soldats souriants – lesquels, bien qu'accablés de fatigue, souriaient – puis il conduisit le groupe à sa cabane.

37

La cabane était propre et en meilleur état qu'auparavant. Une pile de petit-bois gisait près de la porte et un feu brûlait dans la cheminée. Un bel arc était accroché au mur. Katsa nota rapidement tout cela, car c'était Po qu'elle désirait regarder.

Il marchait d'un pas souple mais il était trop maigre. Quand elle lui en fit la remarque, il répliqua :

— Le poisson ne fait pas grossir, Katsa. Et je n'ai avalé que ça depuis ton départ. Si tu savais à quel point j'en ai assez d'en manger !

Sur la table, ils déposèrent des abricots secs, du pain, du fromage et des pommes, apportés spécialement pour lui. Il rit, s'extasia sur les fruits – qu'il dégusta.

— Les abricots viennent de Lienid, dit Katsa. Ils ont accompli un long périple pour arriver jusqu'ici.

Po lui sourit.

— Toi, tu as une histoire à me raconter. Avec un heureux dénouement puisque tu es là. Peux-tu commencer par le début ?

Katsa lui rapporta les moments importants de leur aventure ; Bitterblue, les détails. « Katsa a combattu un puma », disait la fillette, telle une gamine vantant les exploits de sa grande sœur. « Katsa m'a cousu des vêtements en fourrure de loup. Katsa a fabriqué des raquettes. Katsa a volé une citrouille. » Et ces touches de gaieté rendaient l'évocation des moments les plus pénibles moins difficile à relater.

Quand Katsa se mit à narrer ce qui s'était déroulé au château de Po, elle sentit que quelque chose ne tournait pas rond. Po était distrait. Au lieu de la regarder, il fixait la table d'un air absent. Il leva un instant les yeux vers elle, puis les baissa vers ses propres mains. Il semblait triste.

Effrayée, Katsa s'arrêta de parler. Elle étudia son visage d'un air perplexe puis poursuivit son récit.

— Nous étions donc tous envoûtés par Leck. Heureusement, j'ai soudain eu un éclair de lucidité et je l'ai tué. *Je te raconterai la vérité plus tard.*

Il grimaça, comme si communiquer par transmission de pensée lui faisait mal. Katsa paniqua. Puis il sourit, affichant une expression détendue, et elle se demanda si son imagination lui jouait des tours.

— Et tu es revenue me chercher, conclut-il.

— Aussi vite que je l'ai pu, répondit Katsa. À présent,

j'ai un anneau d'or à te rendre. Ton château est aussi merveilleux que tu me l'avais décrit.

De nouveau, une expression douloureuse parcourut le visage de Po. Katsa bondit de sa chaise et s'approcha de lui. Il se leva, lui prit la main et sourit.

— Viens chasser avec moi, Katsa. Tu pourras essayer mon arc.

Il parlait d'un ton léger, Skye et Bitterblue semblaient rassurés. Katsa eut l'impression d'être la seule à s'inquiéter.

— Qu'est-ce qui ne va pas ? lui demanda-t-elle dès qu'ils se furent éloignés de la cabane.

— Tout va bien.

Ils gravirent la colline rocheuse. La cascade avait gelé, seul un mince filet d'eau coulait en son centre.

— Ma cage t'a été utile ? s'enquit Katsa.

— Oui, et elle contient encore des poissons.

— Les soldats de Leck ont fouillé la cabane ?

Po hocha la tête.

— As-tu réussi à gagner la grotte malgré tes blessures ?

— Facilement, assura Po. Je me sentais mieux au moment où ils ont débarqué.

— Tu devais être gelé.

— Ils ne sont pas restés longtemps. Dès qu'ils sont partis, je suis retourné à mon repaire et j'ai allumé un feu.

Près d'un arbre, un long rocher plat surgissait de la neige vierge. Elle s'y installa. Po se posa à côté d'elle. Il évita son regard.

— Dis-moi ce qui te tracasse, insista-elle.

— Écoute, je ne t'obligerais pas à partager quelque chose que tu préfèrerais garder pour toi, rétorqua Po.

— C'est juste. Mais moi je ne te mens pas par omission.

Po afficha soudain l'expression d'un enfant de dix ans cherchant à réprimer son chagrin.

Po.

— Arrête, gémit-il. La télépathie me donne le vertige.

— Tu as toujours mal au crâne, depuis ta chute ?

— De temps à autre.

— C'est ça, le problème ?

— Il n'y a pas de problème.

Elle lui toucha le bras.

— Po. S'il te plaît…

D'un geste, il chassa la main de Katsa.

— Cela ne mérite pas ton inquiétude.

Stupéfaite, blessée, Katsa se mit à pleurer en silence. Le Po dont elle se souvenait ne l'avait jamais rejetée de la sorte. Cet homme n'était pas son bien-aimé, cet homme était un étranger. Elle fit passer le cordon auquel était accroché l'anneau d'or au-dessus de sa tête et le lui tendit.

— Cela t'appartient, déclara-t-elle.

— Je n'en veux pas, répondit-il sans la regarder. Garde-le.

— Je n'y tiens pas. J'ignore pourquoi tu me l'as donné, j'aurais préféré ne pas l'avoir.

— Quand je te l'ai remis, je pensais que j'allais mourir, répondit-il d'un ton amer. Je savais que les hommes de Leck pouvaient me tuer et que tu n'avais plus de domicile. Je voulais que tu vives chez moi.

Katsa s'essuya rageusement la figure et se détourna de Po. Elle ne supportait plus de le voir scruter le sol le visage fermé.

— Je t'en supplie, implora-t-elle. Dis-moi ce qui se passe.

— Mon château est isolé dans un coin sauvage. Tu y seras heureuse. Ma famille respectera ton intimité.

— Tu ne comptes plus y habiter ?

— Je ne veux pas retourner à Lienid, murmura-t-il. Je pense rester ici. C'est tranquille, loin de tout. Je... je désire être seul.

Katsa le dévisagea d'un air hébété.

— Continue à vivre ta vie, reprit-il. Et conserve cet anneau.

Elle secoua la tête et glissa la bague dans la paume de Po. Il soupira.

— Je le confierai à Skye afin qu'il le remette à mon père. Il pourra décider de ce qu'il veut en faire.

Sans lui jeter le moindre regard, son arc à la main, il se leva, avança d'un pas hésitant, comme s'il testait son équilibre. Il saisit une racine d'arbuste, se hissa sur le bord d'un rocher. Elle l'observa s'éloigner dans la montagne.

Durant la nuit, entourée par la respiration des autres, Katsa réfléchit à ce qui lui échappait. Elle s'assit contre le mur et contempla Po. Enroulé dans une couverture, couché à même le sol près de son frère et des soldats de Monsea. Magnifique, les traits détendus, il dormait.

Après leur conversation, il avait regagné la cabane et remis sa chasse à Skye. Il s'était approché d'elle, lui avait baisé les mains, et, plaquant son visage froid contre ses doigts, avait murmuré qu'il était désolé. Soudain, Katsa avait cru que tout était redevenu normal, que Po était de nouveau lui-même. Puis, au cours du dîner, tandis que Bitterblue et Skye bavardaient avec les soldats, l'air maussade, il s'était retiré dans un profond mutisme. Saisie par la tristesse, Katsa était sortie de la cabane où elle avait longuement cogité dans l'obscurité.

Par moments, Po lui semblait heureux. Mais elle aurait aimé qu'il la regarde droit dans les yeux.

Naturellement, s'il avait réellement besoin de solitude, elle respecterait son choix. Néanmoins, il faudrait qu'il le lui prouve de façon convaincante. Alors seulement, elle l'abandonnerait à son étrange tourmente.

Au matin, Po lui parut de bonne humeur. Cependant, Katsa nota son manque d'appétit. Il expliqua qu'il voulait rendre visite aux chevaux et sortit.

— Qu'est-ce qu'il a ? s'enquit Bitterblue.

Katsa soutint le regard gris de la fillette.

— Je l'ignore. Il refuse de me le dire.

— La plupart du temps, il se comporte comme à l'accoutumée, déclara Skye. Mais parfois, il se rétracte. J'ai cru que c'était peut-être lié à une querelle d'amants.

Katsa le scruta. Elle avala un morceau de pain.

— C'est possible, mais je ne le pense pas.

Skye haussa un sourcil et sourit.

— Vous le sauriez si c'était le cas, il me semble.

— Si seulement c'était aussi simple que cela, rétorqua Katsa d'un ton sec.

— Son regard est étrange, souligna Bitterblue.

— Oui, c'est le regard le plus étrange des sept royaumes, répondit Katsa. Cela m'étonne que vous ne l'ayez pas remarqué plus tôt.

— Non, ce n'est pas ce que je voulais dire, répliqua Bitterblue. J'essayais d'expliquer que ses yeux ont changé.

Katsa hocha la tête. La fillette avait raison. Et Po ne regardait plus personne. Comme si cela lui demandait un effort trop pénible. Comme si…

Une image surgit dans l'esprit de Katsa. Po chutant à travers la lumière, sous l'énorme masse d'un cheval. Po s'écrasant à plat ventre sur la surface de l'eau, juste avant sa monture.

D'autres images. Po se frottant les yeux devant le feu, malade, livide.

Katsa avala le morceau de pain de travers. En se levant, elle fit tomber sa chaise. Skye lui frappa dans le dos.

— Ça va ?

Katsa toussa et s'élança hors de la cabane.

Po n'était pas auprès des chevaux. Mais quand elle questionna un soldat, d'un geste, ce dernier lui indiqua la cascade. Katsa courut derrière la cabane et gravit la colline.

Dos tourné, les épaules affaissées, les mains dans les poches, Po contemplait l'étang gelé.

— Je sais que tu es invincible, Katsa, déclara-t-il sans se retourner. Mais tu aurais dû mettre un manteau.

— Po, dit-elle. Regarde-moi.

Il pivota lentement vers elle. Ses yeux se concentrèrent un instant sur ceux de Katsa. Puis il afficha un regard vide.

— Es-tu aveugle ? murmura-t-elle.

Quelque chose sembla se briser en lui. Il tomba à genoux. Une larme dessina un sentier glacé sur son visage. Katsa s'agenouilla devant lui. Il la laissa se rapprocher. Elle le prit dans ses bras. Il la serra si fort qu'il la broya presque, sanglotant dans son cou. Elle embrassait ses pommettes, caressait ses cheveux.

— Oh, Katsa ! sanglotait-il. Katsa !

Ils restèrent ainsi un long moment.

38

Quand Katsa et Po regagnèrent la cabane, le vent soufflait en bourrasques.

— L'idée de voyager par ce mauvais temps me décourage, se plaignit Bitterblue, à demi endormie devant le feu. Maintenant que nous avons retrouvé le prince Po, ne pourrions-nous pas rester ici jusqu'à ce qu'il arrête de neiger, Katsa ?

Mais les tempêtes se succédèrent les unes aux autres. Katsa chargea deux soldats de porter une missive à Ror. Depuis le château de Bitterblue, Ror lui répondit que le mauvais temps l'arrangeait. Plus l'enfant lui laisserait le temps d'expliquer aux gens la vérité à propos de Leck, plus facile serait la transition au trône. Le couronnement officiel aurait lieu au printemps et, selon lui, Bitterblue pouvait s'attarder dans la montagne.

Katsa savait que Po eût préféré être seul avec son triste secret. Néanmoins, si personne ne partait, cela lui évitait de justifier son intention de rester dans la cabane.

Dès qu'il trouvait un moyen de s'isoler avec Katsa, il lui confiait la façon dont il avait vécu en son absence. Après son départ avec Bitterblue, il n'avait pas encore perdu la vue, mais celle-ci s'était modifiée. Et cela l'avait inquiété.

— Tu ne m'en as pas parlé, reprocha Katsa. Tu m'as laissé t'abandonner comme ça.

— Si je te l'avais dit, tu ne serais pas partie.

Po était resté allongé sur le lit de la cabane presque toute la journée. Les yeux fermés, il avait attendu que ses vertiges s'estompent. Il avait espéré que lorsque ses maux de tête disparaîtraient, sa vue s'améliorerait. Mais le lendemain matin, il avait ouvert les yeux sur les ténèbres.

— J'étais en colère, confia-t-il. J'avais du mal à me déplacer. Sachant que pour manger, il fallait que je grimpe jusqu'à la cascade où se trouvait la cage à poissons, j'ai laissé passer plusieurs jours avant de m'y rendre.

Il y était en fait allé le jour de l'arrivée des hommes de Leck. Pendant qu'ils gravissaient l'escarpement en direction de la cabane, il avait senti leur présence.

— J'ai rassemblé mes affaires et je les ai cachées dans une fente, entre deux rochers. J'ai réussi à me traîner jusqu'à la cascade. J'ai plongé dans l'eau. La température était glaciale, mais ça m'a réveillé, et nager nécessitait moins d'efforts que marcher. J'ai réussi à accéder à la grotte et à me hisser sur la berge. Et là, alors que les soldats braillaient dehors pendant que je grelottais, j'ai retrouvé la clarté. Il n'y avait pas de lumière à l'intérieur de la grotte. Pourtant, grâce à mon don, je percevais ses parois. Et je me suis vu dans la cabane, occupé à m'apitoyer sur mon sort, pendant qu'ailleurs la vie de tas de gens était menacée à cause de Leck. Je me suis trouvé méprisable.

Il avait regagné la cabane avec quelques poissons, et, engourdi par le froid, s'était posté devant le feu. Au cours des jours suivants, son état l'avait déprimé davantage.

— J'étais faible, ma tête tournait, j'avais la nausée. Au début, je m'entraînais à marcher uniquement jusqu'à la cage à poissons. Puis, en songeant à Leck, je me suis mis à fabriquer un arc.

Il baissa la nuque. Le silence se fit. Katsa pensa qu'elle avait compris la suite. C'était l'idée de tuer Leck qui avait motivé Po à se rétablir, à retrouver ses forces et son équilibre. Puis on était venu lui annoncer la mort de son ennemi. Po n'avait alors plus eu de raison de lutter. Son mécontentement avait repris le dessus.

— Je n'ai pas le droit de me plaindre, déclara-t-il, un matin, alors qu'ils étaient allés chercher de l'eau. Je vois des choses que je ne devrais pas être en mesure de voir. En fait, je n'ai rien perdu.

Katsa s'accroupit avec lui au bord du point d'eau.

— C'est la première chose stupide que tu dis depuis que je te connais, déclara-t-elle.

Les mâchoires serrées, Po détourna la tête. Il s'empara

d'une pierre qu'il projeta sur la surface gelée. Et finalement, il gratifia Katsa d'un rire.

— Ton réconfort est similaire à tes tactiques offensives.

— Tu as perdu quelque chose, insista Katsa. Tu as le droit de te sentir peiné par cette perte. Ton don te permet de distinguer la forme des choses, pas leur beauté. Tu as perdu la beauté.

Quand Po la regarda de nouveau, il semblait au bord des larmes. Cependant, ce fut d'un ton glacial qu'il lui répliqua :

— Je ne retournerai pas à Lienid. Mon château ne m'intéresse plus si je ne peux le voir. C'est pour cela que je ne t'ai pas dit la vérité. Je voulais que tu t'en ailles parce que cela me fait de la peine d'être avec toi sans pouvoir te contempler comme avant.

Katsa inclina la tête sur le côté.

— Félicitations. Ce sont des lamentations plus convaincantes.

Il rit. Puis une expression douloureuse parcourut son visage et Katsa le prit dans ses bras. De ses lèvres, elle effleura son cou, son épaule couverte de flocons blancs, le doigt qui ne portait plus l'anneau d'or, et le couvrit de baisers. Leurs deux fronts se touchaient.

— Je ne veux pas te retenir, confia-t-il. Mais si tu peux me supporter, j'aimerais mieux que tu restes.

— Je resterai auprès de toi jusqu'à ce que tu me demandes de partir. Ou jusqu'à ce que tu sois prêt à quitter cet endroit.

Il était assez bon acteur. Katsa pouvait en témoigner.

Devant son frère et sa cousine, il marchait d'un pas stable, assuré, et faisait passer son chagrin pour une saute d'humeur. Quand croiser leurs regards lui demandait un trop gros effort, il feignait l'inattention. Il avait donc l'air d'un jeune homme solide, vaguement distrait, mais qui s'était bien rétabli. C'était un numéro impressionnant, qui paraissait satisfaire son audience. Au moins, ainsi, il n'éveillait pas les soupçons concernant les véritables facultés qu'il possédait grâce à son don.

Dès que Katsa et Po allaient chasser, ou se rendaient à la cascade, ou encore bavardaient, seuls, à l'intérieur de la cabane, le masque tombait. L'anxiété regagnait son visage, son corps, sa voix. De temps à autre, il s'appuyait à un arbre ou à un rocher afin de retrouver son équilibre.

Un jour, durant un répit entre deux tempêtes, Katsa le vit encocher une flèche puis viser une cible qu'elle ne parvenait pas à distinguer. Un petit rocher ? Une souche ? Po pencha la tête comme s'il écoutait. Il libéra la flèche qui déchira l'air froid avant de s'enfoncer dans la neige. Aussitôt, celle-ci se teinta de rouge.

— Un lièvre, déclara-t-il. Un gros.

Il fit un pas vers sa proie quand un troupeau d'oies sauvages le survola. Il porta la main à sa tempe et tomba à genoux.

Katsa tira deux flèches et abattit deux oies. Ensuite, elle aida Po à se relever.

— Tu as eu un malaise ? s'enquit-elle.

— Les oiseaux. Ils m'ont surpris.

— Pourquoi ? Cela ne te faisait pas trébucher auparavant.

— Mon don s'est développé, il me montre trop de détails. Ceux de la montagne qui s'élève au-dessus de moi et ceux de la dénivellation qui descend jusqu'à la forêt. Je peux détecter le déplacement de chaque oiseau et celui de chaque poisson du point d'eau. La croûte de glace que nous avions brisée est en train de se reformer. Des flocons de neige vont bientôt tomber. (Il se tourna vers Katsa.) Skye et Bitterblue sont dans la cabane. Bitterblue se fait du souci à mon sujet, elle trouve que je ne mange pas assez. Et naturellement, tes inquiétudes me traversent aussi. Tout cela me perturbe en permanence. Toi, pour ne plus voir, il te suffit de fermer les yeux. Je n'ai pas cette possibilité. Je suis sans cesse conscient de ce qui passe au-dessus, en dessous, derrière et devant moi. Comment veux-tu que je parvienne à me concentrer sur le sol situé sous mes pieds ?

Il s'éloigna vers la tache de sang et revint avec un gros lièvre blanc. Tandis qu'ils se tenaient l'un en face de l'autre, comme l'avait prédit Po, des flocons descendirent du ciel et Katsa ne put s'empêcher de sourire. Lorsqu'ils s'éloignèrent dans la montagne, Po s'agrippa à son bras.

— La neige me désoriente, confia-t-il.

Katsa commençait à s'habituer au fait que Po était désormais aveugle. Elle savait qu'elle ne sentirait plus jamais l'intensité de son regard, mais évitait d'y penser car cela l'attristait. Ce qui était ridicule, selon Katsa, car quand Po se concentrait entièrement sur elle, son corps et son visage immobiles à l'écoute, elle éprouvait un grand plaisir. Elle sentait de nouveau le lien qui les unissait. Par ailleurs, il se montrait plus tendre avec elle, lui baisait les mains si elle se tenait à son côté ou lui caressait la joue. Et il prêtait davantage attention à tout le monde. Sans doute s'adaptait-il à l'évolution de son don. Ou peut-être était-il moins absorbé par lui-même.

— Regarde-moi, lui lança-t-il, un après-midi, alors qu'ils étaient seuls à la cabane. Est-ce que j'ai l'air de te voir ?

Ils taillaient des branches devant le feu afin d'en faire des flèches. Elle croisa soudain son regard brillant et retint son souffle. Une chaleur l'envahit. Un instant, elle se demanda si ce n'était pas le moment de profiter de l'absence des autres. Po sourit.

— Ma tigresse, murmura-t-il. Je n'en espérais pas autant.

— Qu'espérais-tu ? questionna Katsa, vexée.

Il baissa la tête et ses mains se remirent à l'ouvrage.

— J'ai besoin de savoir si j'ai vraiment l'air de regarder les gens quand je les regarde. J'aimerais que Bitterblue arrête de penser que mon regard est bizarre.

— Très bien. Recommence.

Il leva les yeux vers Katsa.

— Alors ?

— C'est un peu comme si tu étais ailleurs, répondit-elle. Tu comprends ?

Il opina du chef.

— C'est ce que Bitterblue a remarqué.

— Prends plutôt un air pensif, conseilla Katsa. Fronce les sourcils. Voilà, c'est mieux. Là, on ne peut rien soupçonner.

— Merci, Katsa. À l'avenir, pourrais-je m'entraîner

avec toi ? Sans crainte que tu te jettes sur moi et que tu m'arraches mes vêtements ?

Katsa gloussa et lança la tige d'une flèche vers lui. Il l'attrapa au vol et éclata de rire. Un instant, elle crut qu'il avait réellement retrouvé la joie de vivre. Puis, dès qu'il eut capté sa pensée, sa figure s'assombrit et il poursuivit sa besogne. Elle contempla ses mains, le doigt dépourvu de l'anneau d'or. Elle saisit une nouvelle branche et demanda :

— Que sait Bitterblue, au juste ?

— Que je lui cache quelque chose. Que mon don n'est pas seulement celui du combat. Elle l'a deviné depuis le début. Toutefois, elle ignore encore que je suis aveugle.

Le silence retomba.

Po et Skye ne rataient jamais une occasion de taquiner Bitterblue à propos de ses privilèges de reine. Dès que le temps fut plus clément, ils reçurent les visites fréquentes de cavaliers chargés de vivres et d'affaires destinées à Sa Majesté : des légumes, du pain, des fruits, des couvertures, des robes. Ror prenait sa nièce très au sérieux. Par courrier, il l'informait de l'organisation du couronnement, l'interrogeait sur tel ou tel problème, la questionnait sur la santé de Po. Un matin, après le petit déjeuner, Bitterblue annonça :

— Je vais demander à Ror de m'envoyer une épée. Katsa, vous m'apprendrez à m'en servir ?

Skye s'illumina.

— Acceptez, Katsa, implora-t-il. J'ai hâte d'assister à une démonstration de vos talents.

— Selon vous, je suis un adversaire à sa mesure ? s'étonna Bitterblue.

— Bien sûr que non, répondit Skye. Mais elle sera obligée de choisir quelques soldats pour vous montrer les techniques de l'escrime.

— Je ne me battrai pas avec des hommes sans armure, informa Katsa.

— Même à mains nues ? insista Skye d'un air arrogant. Je suis moi-même assez doué pour ce genre de combat.

Po éclata de rire.

— Prends-le au mot, Katsa. Bats-toi avec lui. Ce sera certainement un spectacle très divertissant.

— Vraiment ? répliqua Skye. C'est si drôle que cela ?

— Katsa t'écrasera avant même que tu n'aies levé le petit doigt, assura Po.

— Oui, c'est exactement ce que je veux voir, lâcha Skye. Je veux la voir sonner quelqu'un. Katsa, pourriez-vous escagasser mon frère pour moi ?

Katsa souriait.

— Po n'est pas facile à vaincre, répondit-elle.

— Je crains que si, dit Po. Surtout en ce moment.

— Revenons-en à ma demande, intervint Bitterblue d'un air sévère. J'aimerais apprendre l'escrime.

— Oui, fit Katsa. Dans ce cas, écrivez une lettre à Ror.

— Il y a deux soldats qui s'apprêtent à partir, je crois, informa Po. Je vais aller les chercher.

Il se leva et sortit. Trois paires de prunelles se rivèrent sur la porte qui s'était refermée derrière lui.

— Le printemps approche, déclara Bitterblue. J'ai hâte de regagner mon château et de m'occuper des affaires du royaume. Mais tant que Po n'ira pas mieux, je resterai ici.

D'un air absent, Katsa mastiqua un morceau de pain. Elle se tourna vers Skye et contempla ses épaules. Il était d'aussi forte carrure que Po. Durant leur enfance, ils s'étaient probablement livré bataille des milliers de fois. Elle se demanda comment on pouvait se battre en étant à la fois aveugle et perturbé par le mouvement des choses autour de soi.

— Enfin, au moins, il a retrouvé l'appétit, reprit Bitterblue.

Katsa la dévisagea.

— C'est vrai ?

— Oui, hier et ce matin, il avait l'air affamé. Vous n'avez pas remarqué ?

Katsa se leva et se dirigea vers la porte.

Elle le trouva planté au bord de la cascade. Il frissonnait.

— Po, lança-t-elle derrière lui, où est ton manteau ?

— Et le tien ?

— Je n'ai pas froid, répondit-elle en le rejoignant.

— Dans ce cas, tu sais ce qu'il te reste à faire pour me réchauffer ?

— Aller chercher de quoi te couvrir ?

Il secoua la tête et l'attira à elle. Surprise, Katsa le prit dans ses bras. D'un geste vigoureux, elle lui frotta le dos.

— C'est parfait, murmura-t-il. Continue.

Elle rit et l'étreignit.

— Quelque chose a changé récemment, confia-t-il. Cela fait des mois que je lutte contre mon don. J'essaie de chasser de mon esprit la plupart des choses qu'il me permet de percevoir afin de me concentrer uniquement sur ce qui m'intéresse. Or, il y a quelques jours, j'ai cessé de résister à cette invasion. Et sais-tu ce qui s'est passé ?

Il n'attendit pas la réponse de Katsa pour poursuivre :

— Ce qui m'entourait – le paysage, le sol, le ciel, le déplacement des bêtes et même les pensées des gens – s'est mis à former une seule image dans mon esprit. Je me sens toujours envahi, mais moins qu'avant.

Katsa se mordit la lèvre.

— Je ne comprends pas.

— C'est pourtant simple. Il y a un oiseau perché dans l'arbre situé derrière moi. Le vois-tu ?

Katsa regarda par-dessus son épaule. Sur une branche, elle aperçut un rouge-gorge qui lissait ses plumes.

— Je le vois, répondit-elle.

— Jadis, j'aurais essayé de chasser ma perception de cet oiseau afin de pouvoir me concentrer uniquement sur notre étreinte. Aujourd'hui, quand j'accepte l'image de l'oiseau, celle-ci finit par s'estomper, cédant la place à mon centre d'intérêt du moment. Toi, en l'occurrence.

Katsa éprouva une étrange sensation. Comme si on venait de lui retirer une épine du pied. Comme si elle retrouvait espoir.

— C'est réconfortant, répondit-elle.

— C'est tellement agréable de ne plus avoir le vertige.

— À mon avis, tu devrais recommencer à te battre.

— Tu crois ? fit-il étonné.

— Absolument ! insista Katsa. Cela t'aiderait à améliorer ton équilibre, à retrouver ta puissance physique. Ton frère pourrait te servir d'adversaire.

Il appuya son front contre celui de Katsa.

— Très bien, ma belle. C'est toi, l'expert, je suivrai tes conseils.

Il sourit. Katsa détourna les yeux car c'était le sourire le plus triste du monde. Cependant, alors qu'il levait la main pour lui caresser la joue, elle remarqua qu'il portait de nouveau l'anneau dont elle n'avait pas voulu.

39

Katsa se transforma en professeur. Elle inventa une série d'exercices de lutte pour Skye et Po. Elle enseigna à Bitterblue à tenir une épée, à en bloquer une autre, à allonger une botte. Au départ, Bitterblue se montra aussi maladroite qu'elle l'avait été avec une dague. Puis, peu à peu, comme Po, elle fit des progrès. Et de nouveaux élèves se mirent à participer aux cours. Intrigués par les séances d'entraînement, les soldats et les messagers se rassemblaient autour de Katsa et la questionnaient. Très vite, elle enseigna à deux jeunes soldats de Monsea une technique d'escrime destinée à avantager une personne de petite taille. Pour les gardes de Bitterblue, elle mit au point un exercice permettant d'améliorer un changement d'engagement. Et cela l'enchantait. Elle était heureuse de voir ses élèves progresser.

La puissance physique de Po s'accroissait. Son équilibre s'améliorait. Il continuait de perdre contre Skye mais, à chaque fois, il devenait plus difficile à battre. À la fonte des neiges, le sol situé devant la cabane se transforma en terrain boueux, et les deux frères, de taille et de carrure identiques, après avoir roulé dans la terre humide, ne se distinguaient parfois l'un de l'autre qu'à cause des yeux de Po.

Le jour arriva où Po cloua son homologue au sol et clama sa victoire. Il bondit sur ses pieds en riant et décocha un sourire malicieux à Katsa. Il s'essuya la figure, lui fit signe d'approcher.

— À ton tour, tigresse.

Appuyée sur une épée, Katsa rit.

— Il t'a fallu une demi-heure pour vaincre Skye et tu veux m'affronter ?

— Oui. Je vais t'aplatir.

Katsa abandonna Bitterblue et le rejoignit.

— Entendu.

Malgré son air sérieux, elle avait du mal à contenir sa joie. Po aussi. Il réconforta son frère qui, allongé au sol, gémissait, et comprenait, depuis sa position, que c'était le début de la fin.

Katsa eut l'impression d'avoir affaire à un adversaire différent. Grâce à son don qui avait changé, Po avait acquis de nouvelles perceptions. Comme naguère, il parvenait à percevoir par avance les intentions de

Katsa, mais aussi la vitesse et l'intensité de ses frappes. Parfois son équilibre lui jouait des tours. Cependant, il lui arrivait de surprendre Katsa, ce qui ne s'était jamais produit auparavant.

Il allait redevenir un combattant Graceling digne de ce nom et les séances d'entraînement lui remontaient le moral.

Bitterblue partit au printemps. Quelque temps après, sommé par son père de rejoindre la ville de Leck en vue du sacre imminent de la jeune reine, Skye s'en alla. Finalement, Katsa et Po se rendirent à la ville qui porterait bientôt le nom de Bitterblue. Grâce à ses nouvelles facultés, Po se comportait comme un enfant qui n'a jamais voyagé et qui trouve soudain le monde captivant.

Au matin du grand jour, au château de Bitterblue, Katsa enfila une robe inconfortable. Près d'elle, sur le lit de leur chambre, Po souriait en fixant le plafond.

— Qu'est-ce qui t'amuse ? questionna Katsa pour la troisième fois. Le plafond s'apprête-t-il à me tomber dessus ?

— Ce ne serait pas drôle, répondit Po.

Quelqu'un frappa à la porte. Po se mit à glousser.

— Tu es ivre, lui reprocha Katsa. Tu as bu trop de cidre.

Elle ouvrit. À sa stupéfaction, Raffin se tenait dans le couloir. Ses vêtements étaient couverts de boue et dégageaient une odeur de cheval.

— Sommes-nous arrivés à temps pour le dîner ? demanda-t-il. L'invitation évoquait une tourte salée et je meurs de faim.

Katsa éclata de rire et l'étreignit. Derrière lui, se trouvait Bann, et derrière Bann, elle aperçut Oll. Katsa les accueillit également dans une effusion de joie.

— Vous ne nous avez pas prévenus, déclara Katsa. Je ne savais pas que vous étiez invités.

— Facile pour toi de faire l'étonnée, répliqua Raffin. Tu nous as laissés sans nouvelles durant des mois. C'est finalement le prince Skye, qui, au cours d'une visite au royaume des Middluns, nous a conté une histoire insensée.

— Mais tu comprends, n'est-ce pas ? répondit Katsa en posant la tête contre le torse de son cousin. C'était afin de vous protéger que nous ne voulions pas vous impliquer dans cette affaire.

Raffin lui embrassa le sommet du crâne.

— Bien sûr que je comprends.

— Randa est avec vous ?

— Il n'a pas voulu venir.

— Le Conseil va bien ?

— Ça va. Nous n'allons peut-être pas rester dans le couloir ? Je suis affamé, je ne plaisantais pas. Po, vous avez l'air en forme.

Soudain, d'un air sceptique, Raffin scruta les mèches courtes de Katsa et déclara :

— Helda t'a envoyé une brosse à cheveux. Je pense qu'elle ne te sera d'aucune utilité.

— Je la chérirai, assura Katsa. Entrez.

La cérémonie du couronnement était fastidieuse, mais Bitterblue endurait ce moment avec le sérieux et l'assurance appropriés. Une large épaisseur de velours violet bordait l'intérieur de sa couronne afin d'empêcher celle-ci de glisser jusqu'au bout de son nez. Elle semblait aussi lourde que la fillette. Katsa se tenait entre Raffin et Bann. Quand ce dernier lui confia en chuchotant que Raffin avait découvert deux remèdes : un qui guérissait les douleurs d'estomac mais provoquait des démangeaisons, et l'autre qui calmait les démangeaisons mais provoquait des douleurs d'estomac, Katsa pouffa. Trois rangées devant elle, Ror se retourna et la fusilla du regard.

— Nous ne sommes pas au carnaval de Sunder, reprocha-t-il d'un air indigné.

Les épaules secouées par le rire, Po se tourna vers les gens qui murmuraient à Ror de se taire. Toutefois, dès que ces derniers s'aperçurent, avec effroi, à qui ils s'adressaient, ils se confondirent en excuses.

— Très bien, grommela Ror à plusieurs reprises. Assez.

Cette diversion finit par troubler l'homme qui, à côté de Bitterblue, déclinait la liste des anciens souverains de Monsea. Après cela, dans la foule, il fut dit que la jeune reine de Monsea avait bon cœur et qu'elle ne punirait pas les erreurs mineures.

— Comment va Giddon ? chuchota Katsa à Raffin.

Comme elle était heureuse et entourée d'amis, Katsa se sentait pleine de bienveillance à l'égard de son ancien soupirant. Derrière elle, Oll s'éclaircit la gorge.

— Il a souvent la larme à l'œil quand nous parlons de vous, répondit le capitaine de Randa.

— Randa s'emploie à lui présenter de bons partis mais Giddon les rejette systématiquement, murmura Raffin. Il passe plus de temps sur son domaine qu'avant. Et il est totalement dévoué au Conseil. C'est un allié de valeur, Katsa. Il ne serait pas mécontent de te revoir, je pense. Si tu voulais nous rendre visite, nous pourrions trouver un moyen de te faire entrer au château à l'insu de Randa. Quels sont tes projets ?

— Je compte retourner dans les montagnes avec Po.

Le cœur empli d'allégresse, elle posa la tête sur l'épaule de son cousin et assista au reste du sacre.

Épilogue

Katsa et Po nagèrent à travers le tunnel et émergèrent à l'intérieur de la grotte obscure. Ils se hissèrent sur les rochers, essorèrent leurs vêtements comme ils le purent.

— Donne-moi la main, dit Po.

Il la guida sur une surface inégale. Katsa ne pouvait rien distinguer, pas même les contours d'une forme. En trébuchant, elle laissa échapper un juron.

— Où allons-nous ? s'enquit-elle.

— À la plage, répondit Po.

Il s'arrêta, la souleva au-dessus d'une formation rocheuse. Quand il la reposa au sol, elle sentit du sable sous ses pieds.

À l'extérieur de la grotte, un soleil printanier réchauffait la nature verdoyante, mais, à l'intérieur, la saison demeurait hivernale. Ils s'assirent sur le sable et se blottirent l'un contre l'autre. Afin de se tenir chaud, ils se mirent à se bagarrer en riant jusqu'à ce que Po se retrouve cloué au sol sous Katsa. Il avoua sa défaite en lui caressant la jambe d'une façon peu combative. Et leur lutte se transforma en quelque chose de lent, de tendre, qui les occupa un bon moment.

*

* *

Ils étaient allongés, leurs corps tièdes se touchaient.

— J'ai inhalé du sable, dit Po en toussant. Toi aussi, bien sûr, mais cela n'a pas l'air de te gêner.

— Non, répondit distraitement Katsa, scrutant les ténèbres en même temps qu'elle effleurait les cicatrices de son épaule et de sa poitrine. Dis-moi, Po, les hommes qui vont devenir les conseillers de Bitterblue sont-ils dignes de confiance ?

— Oui, pour la plupart.

— J'espère qu'elle va être heureuse. Elle n'évoque jamais la mort de sa mère, et pourtant je sais qu'elle fait encore des cauchemars.

— Je ne vois pas comment il pourrait en être autrement, répondit Po. Elle est si jeune, il y a tellement de choses qu'elle essaie de comprendre : une mère assassinée, un père fou.

— Tu penses qu'il était fou ?

Po hésita.

— Franchement, je n'en sais rien. Il était certainement cruel et pervers. Nous ne saurons jamais d'où il venait, je suppose. Ni quel était son véritable but. (Il inspira profondément.) Au moins, l'opinion des gens a changé à son sujet. Ils ne garderont pas un souvenir très flatteur de lui.

— Cela aidera Bitterblue.

— Tu sais, elle se demande si je possède un don de télépathe. Et malgré cela, elle continue de me faire confiance, sans m'interroger à ce sujet, sans m'obliger à lui révéler mon secret. C'est extraordinaire.

— Oui, répondit Katsa. Bitterblue est exceptionnelle.

— Skye m'a accusé de refuser de t'épouser, confia Po.

Katsa soupira.

— Oll m'a également parlé de cela. Il trouve que notre avenir est trop vague. Qu'il est dangereux pour moi de t'accorder autant de liberté sans la moindre promesse. Je lui ai répondu que je n'avais pas l'intention de t'épouser et de m'accrocher à toi afin de t'empêcher d'aimer d'autres femmes.

— Ce n'est pas grave, s'il ne comprend pas.

— Cela me préoccupe.

— Ne t'en fais pas. Nous nous débrouillerons. Et il y a d'autres personnes qui adhèrent à notre choix. Raffin, Bann…

— C'est vrai. Te sens-tu prêt à retourner à Lienid ? demanda Katsa tout en réchauffant Po qui grelottait.

— Ma mère va pleurer quand je lui expliquerai que j'ai perdu la vue. Honnêtement, je redoute ce moment.

— Je t'accompagnerai.

— Non, Katsa, je préfère régler ce problème seul. Je ne veux pas que tu modifies tes projets pour moi.

Katsa avait prévu de donner des cours de combat aux jeunes filles des sept royaumes. Après le couronnement, Bitterblue l'avait suppliée de commencer à Monsea.

— Je vais rester dans la ville de Bitterblue quelques mois, répondit Katsa. Ensuite, les prochaines leçons se dérouleront à Lienid.

— Je te reverrai à l'automne, j'espère. J'essaierai de me convaincre que le temps passe vite.

— J'ai également envie de me présenter à la cour des Middluns, Po. Afin d'affronter Randa.

Po laissa échapper un soupir d'étonnement.

— Tu l'as déjà affronté, Katsa.

— Oui. Mais j'avais peur de moi-même. De lui. Plus maintenant. Je veux pouvoir rendre visite à mes amis sans être obligée de me cacher, sans être considérée comme personna non grata. Raffin me manque, Helda aussi – j'aimerais la persuader de venir à Monsea. Bitterblue a besoin d'elle.

Po la pressa contre lui.

— Très bien, dit-il. Sois prudente.

Le silence se fit. Katsa écoutait l'écho du clapotis des vagues et les battements du cœur de son bien-aimé.

— C'est dommage que tu ne puisses voir cette grotte, déclara Po.

— Elle est comment ?

Il réfléchit un instant.

— Magnifique, répondit-il.

— Décris-la-moi.

Et Po lui révéla ce que dissimulait l'obscurité de la grotte, pendant que, dehors, le monde les attendait.

Remerciements

Un premier roman est un véritable travail d'équipe. De tout mon cœur, je remercie ma sœur Catherine (et les garçons) qui est toujours ma première lectrice ; Kathy Dawson, mon fantastique éditeur ; Faye Bender, qui est à la fois une rock star et mon agent ; Liza Ketchum, qui m'a appris à réfléchir comme une romancière ; Susan Bloom, Cathie Mercier, Kelly Hager, Jackie Horne, Lisa Jahn-Clough, et tous ceux qui, au Centre d'études de littérature jeunesse de Simmons College, ont changé ma vie ; ma sœur Dac, Dana Zachary, Deborah Kaplan, Joan Leonard, Rebecca Rabinowitz, alias mes intrépides lecteurs ; Daniel Burbach, pour son soutien ; mon oncle, le Dr Walter Willihnganz, qui a répondu à de nombreuses questions médicales stupides avec une patience d'ange, et Michael Previtera, qui a répondu à des questions encore plus idiotes sur le tir à l'arc ; mes parents, pour tout.

Si tu as aimé ce roman, tu aimeras
suivre Torak et Loup
dans leurs aventures
dans Chroniques des Temps Obscurs.

Tome 1. Frère de Loup
Tome 2. Fils de l'Eau
Tome 3. Les Mangeurs d'Âme
Tome 4. Le banni
Tome 5. Le serment

Composition MCP - Groupe JOUVE - 45770 Saran
N° 314903M

Impression réalisée sur TINSON par
RODESA en Espagne
en avril 2009

« Pour l'éditeur, le principe est d'utiliser des papiers composés de fibres naturelles, renouvelables, recyclables et fabriquées à partir de bois issus de forêts qui adoptent un système d'aménagement durable. En outre, l'éditeur attend de ses fournisseurs de papier qu'ils s'inscrivent dans une démarche de certification environnementale reconnue. »

20.16.1770.5/01 - ISBN 978-2-01-201770-2
Loi n° 49-956 du 16 juillet 1949 sur les publications destinées à la jeunesse.
Dépôt légal : avril 2009